LES

ORAGES DE LA VIE

PAR

CHARLES BARBARA

PREMIÈRE SÉRIE

THÉRÈSE LEMAJEUR — MADELEINE LORIN

PARIS

LIBRAIRIE DE L. HACHETTE ET Cⁱᵉ

RUE PIERRE-SARRAZIN, Nº 14

1860

PRIX : 2 FRANCS

LES

ORAGES DE LA VIE

PARIS. — IMPRIMERIE DE CH. LAHURE ET Cie

Rues de Fleurus, 9, et de l'Ouest, 21

LES

ORAGES DE LA VIE

PAR

CHARLES BARBARA

PREMIÈRE SÉRIE

THÉRÈSE LEMAJEUR — MADELEINE LORIN

PARIS

LIBRAIRIE DE L. HACHETTE ET Cie

RUE PIERRE-SARRAZIN, Nº 14

1860

Droit de traduction réservé

THÉRÈSE LEMAJEUR.

I

Ouverture.

C'était un désœuvré. L'épithète équivaut à une biographie, ou tout au moins à plusieurs pages de détails. Outre un revenu d'une dizaine de mille francs, il devait un jour hériter de sa mère, Mme veuve Marcille, et de deux oncles maternels , l'un est commandant de cavalerie, l'autre procureur général , tous deux garçons et fort riches. Élevé dans le respect des traditions et des conventions humaines, il ne semblait pas que ses actions dussent jamais sortir des bornes que lui avait tracées l'éducation. L'étonnement, on le conçoit, n'en serait que plus vif s'il arrivait qu'il fût condamné à être l'occasion d'un scandale.

Depuis quelque temps déjà, il était l'objet d'un bruit qui prenait chaque jour plus de consistance. Lui, Marcille, tenant aux premières familles de l'endroit par les alliances, et pouvant, par sa fortune, aspirer à la main des plus riches héritières, avait, prétendait-on, promis le ma-

riage à une jeune fille obligée de travailler pour vivre. On
la nommait Thérèse Lemajeur. Elle s'occupait de lingerie
et raccommodait les dentelles. Sa mère, depuis longtemps
veuve, femme mélancolique, moins vieille qu'il ne semblait, avait eu des revers de fortune.

La médisance s'était déjà à satiété amusée de ces détails,
que Mme Marcille les ignorait encore absolument. Son
amie la plus intime, Mme Adélaïde Granger, se décidait
un matin à venir les lui apprendre. De même que
Mme Marcille n'avait qu'un fils, Mme Granger n'avait
qu'une fille, et les deux amies, dans leur intimité constante, s'étaient plu à convenir toujours plus sérieusement de marier Eugène Marcille à la vive et spirituelle
Cornélie. Au bruit qui circulait, Mme Granger ne pouvait
donc manquer de s'émouvoir. Mme Marcille, au contraire, se crut fondée à y opposer une incrédulité dédai-
gneuse.

« La chose est à ce point ridicule, dit-elle, que je m'é-
tonne de vous en voir émue. »

Ces paroles empruntaient une certaine âcreté du ton et
de l'air dont elles étaient dites. On comprenait, rien qu'à
la voir, combien devait la blesser l'hypothèse seule d'une
pareille mésalliance. De petite taille, à la veille de prendre
de l'embonpoint, elle avait un visage d'une blancheur
mate, exempt encore de ces rides qui semblent compter
sur la peau les années qui s'envolent. Mais elle en était à
cet âge où l'on ne retient plus la jeunesse et la fraîcheur,
prêtes à s'échapper, qu'à force de quiétude et d'art, à ce
moment critique où il suffit pour vieillir irrémédiablement
d'un jour d'oubli ou de chagrin. Des fossettes, creusées
aux angles de sa bouche, dont elle avait coutume de mor-
dre la lèvre inférieure, donnaient à sa physionomie une
expression moqueuse que, du reste, corrigeait la douceur
de l'œil voilé à demi sous les paupières et les cils. Un nez

aquilin, délicatement effilé, ennoblissait l'ensemble. Le
long des joues, de chaque côté du front, tombait une
grosse boucle de cheveux bruns, parfilés à peine de quelques brins d'argent. Sa beauté, son esprit, sa dévotion, sa
qualité de mère d'un jeune homme aimable, héritier pré-
somptif des fortunes de deux riches célibataires, lui va-
laient, bien que d'une famille enrichie par le commerce,
d'être de l'aristocratie et de jouir d'une grande considération.

« Voyons, reprit-elle, nous n'en sommes plus à craindre
d'appeler les choses par leur nom. Il s'agit probablement
de quelque amourette passagère. Cela est mal, sans doute,
il mérite qu'on l'en blâme, et je ne me fais pas faute de le
lui répéter chaque jour. Mais soyez certaine aussi que
mon Eugène est trop bien né pour jamais entreprendre
quoi que ce soit contre l'honneur de sa famille. »

Mme Granger ne fut que médiocrement touchée par
l'assertion.

« La vérité est, répliqua-t-elle, que votre Eugène s'est
amouraché d'une fille de rien, à laquelle il a fait une
promesse de mariage : vous êtes seule à ignorer cela.
Comme vous, dans le principe, Henriette Desmarres, qui
prend à la fortune de votre fils autant d'intérêt que vous
en prenez vous-même, refusait absolument d'y croire. Sa
consternation prouve assez aujourd'hui qu'elle ne doute
plus. »

Au nom d'Henriette Desmarres, Mme Marcille tressaillit légèrement; un éclair d'impatience, sinon de colère,
brilla dans ses yeux. L'expression de ses traits présagea
quelque remarque peu bienveillante. Soit charité, soit
prudence, elle l'arrêta sur ses lèvres. Après un effort évident, elle répondit avec une négligence affectée :

« Vous me rassurez tout à fait. Que ne le disiez-vous
plus tôt? Je connais effectivement la bienveillance de cette

chère Henriette pour Eugène ; mais je sais aussi que mon
frère Narcisse passe tout son temps chez elle. Vous ima-
ginez-vous l'indignation et la fureur du commandant, si le
fait que vous m'annoncez avait quelque fondement sérieux ?
Or, j'ai vu Narcisse hier, et il ne m'en a pas seulement
ouvert la bouche. La chose ne mérite évidemment pas
qu'on en parle. Allez, croyez-moi, bon sang ne saurait
mentir : Eugène est parfaitement incapable de vouloir
autre chose que ce que nous ambitionnons pour lui. »

L'entrée imprévue de celui dont il était question émut
légèrement les deux femmes. Son visage préoccupé respirait la tristesse. Il s'inclina froidement devant l'amie de sa
mère et voulut sortir.

« Attends donc, Eugène, dit Mme Marcille, j'ai à te
parler. »

Eugène Marcille s'arrêta, quoique l'invitation de sa mère
parût peu lui sourire.

« Que me voulez-vous, ma mère ? demanda-t-il.

— C'est que vraiment je ne sais comment dire ! fit
Mme Marcille avec hésitation.

— De quoi parlez-vous ?

— Ne dit-on pas.... Mme Marcille hésita à continuer ;
enfin elle ajouta : Réellement je n'ose, tu vas te moquer de
moi.

— Peut-être, dit le jeune homme assez aigrement.

— Peut-être ! s'écria Mme Marcille ; mais moi j'en suis
sûre ! Tu ne te marierais pas, j'imagine, sans me prévenir.
Or, à en croire un bruit qui court, tu ne songerais à rien
moins qu'à épouser.... une grisette. »

Mme Marcille, qui se flattait de connaître son fils, s'attendait à le voir hausser les épaules et à l'entendre se ré-
crier. Il fut impassible.

« Réponds-moi donc, dit-elle avec vivacité.

— Ma mère, répondit Marcille d'un air plein de gêne,

nous parlerons de cela une autre fois, quand nous serons seuls. »

L'ambiguïté de cette réponse frappa la mère de stupeur. D'autre part, Mme Granger, outre qu'elle y puisa la confirmation éclatante de ce qu'on disait, en fut blessée au vif. Elle se leva et dit précipitamment :

« Je ne voudrais pas vous déranger, ma chère ; je m'en vais. »

Comblée de confusion, la mère, sans regarder son amie, balbutia, uniquement par politesse, quelques mots pour la retenir.

« Eugène a besoin de vous voir seule, s'empressa de repartir Mme Granger ; je craindrais d'être indiscrète. »

Et s'avisant que Mme Marcille voulait se lever :

« Je vous en prie, ajouta-t-elle, ne vous dérangez pas, vous me désobligeriez.... »

Une situation tellement nette rend tous les commentaires inutiles. Ce qu'éprouvait la mère se devine aisément. Elle attachait sur son fils des yeux remplis d'inquiétude ; un pressentiment cruel modérait actuellement son envie de l'interroger. La preuve en est dans l'effort dont elle eut besoin pour dire d'une voix éteinte :

« M'expliqueras-tu enfin ce que cela signifie ? »

Marcille, de son côté, ne semblait nullement pressé de répondre.

« Le déjeuner est-il prêt ? demanda-t-il en détournant la tête.

— Oui.

— Allons à table, nous serons mieux. »

Ils passèrent dans la salle à manger et s'assirent l'un devant l'autre.

Les fenêtres de la salle étaient grandes ouvertes. Marcille, toujours plus indécis, pria le domestique qui servait de les fermer.

Impatiente de ces lenteurs, la mère ouvrait de nouveau la bouche pour questionner son fils, quand on entendit, dans un cabinet voisin, le bruit aigre d'une étoffe qu'on déchire.

« Il y a quelqu'un dans l'antichambre ? dit le jeune homme à sa mère.

— C'est une fille de journée, dit Mme Marcille ; tu peux parler.

— Veuillez lui dire d'aller travailler plus loin : il n'est pas nécessaire qu'elle nous entende. »

Tant de précautions, de la part du jeune homme, indiquaient évidemment l'intention de différer un aveu pénible, et de prédisposer les oreilles maternelles à l'entendre. Il faut ajouter qu'il atteignait ce dernier point à merveille. Il n'était pas douteux que Mme Marcille ne pressentît à cette heure la révélation de quelque fait exorbitant. Elle prétexta d'un motif quelconque pour envoyer la couturière dans une autre pièce, et revint s'asseoir vis-à-vis de son fils.

« Allons, parle, explique-toi, fit-elle d'un accent et avec des gestes fébriles.

— Du calme, ma mère, dit Marcille en proie à une perplexité croissante.

— Mais tu me fais souffrir mille morts ! s'écria Mme Marcille. Qu'y a-t-il, mon Dieu ?...

— Il y a, ma mère, dit le jeune homme dont le front se couvrit du rouge de la honte, qu'on vous a dit la vérité....»

L'explosion d'une bombe n'eût certainement pas bouleversé plus profondément Mme Marcille. Elle envisagea son fils d'un œil où il y avait de l'épouvante.

« Cette grisette ! ce mariage !... » Elle s'arrêta, car elle étouffait. Elle reprit haleine et ajouta : « Ce n'est pas un mensonge abominable ?

— Non, ma mère.

— Comment, non? fit la mère anéantie. Mais tu es fou !

— Je vous jure, dit le jeune homme, que je n'eus jamais l'esprit plus sain.... Écoutez-moi....

— Je n'écoute rien, s'écria violemment Mme Marcille. Tu es un enfant dénaturé ! »

A mesure que la colère de sa mère grandissait, Marcille redevenait maître de lui-même.

« Je vous en prie, ma chère mère, dit-il d'un air navré, pas d'emportement. J'ai pour vous une telle affection que je vous sacrifierais ma vie sans hésiter. Nul ne saura jamais combien il m'en coûte de vous causer des chagrins. La fatalité s'en mêle. Je me suis dit tout ce qu'on peut se dire. C'est plus fort que moi....

— Crois-tu donc que je survivrai à une pareille honte? repartit Mme Marcille au désespoir. Mais cela est impossible ; cela ne sera jamais ! Tu serais écrasé sous le mépris de ceux qui te connaissent. D'ailleurs, tes oncles sont là. Ils te déshériteront, et moi aussi, tu peux en être certain. »

Marcille se leva.

« Ma mère, dit-il du ton le plus calme, n'allons pas plus loin. Dans l'état d'exaspération où vous êtes, il n'y a pas de discussion possible. Tout ce qui, entre nous deux, peut ressembler à une querelle, n'est digne ni de vous ni de moi. J'attendrai que vous soyez maîtresse de votre indignation. Seulement, je vous le déclare avec douleur, mais aussi avec fermeté, j'ai donné ma parole, et je la tiendrai. La jeune fille dont il est question sera ma femme, quoi qu'on dise et quoi qu'on fasse. »

Et il quitta la salle.

II

Deux oncles, l'un d'épée, l'autre de robe.

Un moment accablée par la menace d'un mariage qui n'allait à rien moins qu'à ruiner sa considération, Mme Marcille se remit promptement de la secousse. Au souvenir d'un passé exemplaire que n'avaient troublé ni grandes joies ni grandes peines, elle se rassura contre un malheur sérieux. Les gens gâtés par la fortune ne croient point aisément à des douleurs capables d'empoisonner leur vie entière. D'ailleurs, moins ferme que son fils, elle se savait bien plus habile, et les moyens pour l'empêcher de consommer une alliance honteuse affluaient déjà à son esprit. N'eût-elle songé qu'à ses frères, n'était-ce pas assez pour apaiser ses craintes? Leur caractère, leur autorité, leur qualité d'oncles riches, devaient infailliblement lui apparaître comme autant d'entraves que son fils n'oserait jamais briser.

L'ex-commandant, de stature élevée, large des épaules, avec des traits durs, un œil brillant, des joues teintes d'un rouge vif, une lèvre sensuelle, des moustaches noires retroussées en crocs, avait l'air vraiment redoutable. Il passait à juste titre pour un bel homme. Parce qu'il se teignait les sourcils et avait des cheveux artificiels artistement mêlés aux véritables, parce qu'il ne se laissait voir que frais rasé et se mettait toujours avec le goût le plus jeunet, il paraissait dix ans de moins que son âge.

Tant de coquetterie témoignait jusqu'à l'évidence du désir de plaire. Cependant, avec les femmes, la plupart, à son avis, également faibles, frivoles et vaines, il affectait un dédain qui touchait à l'impertinence. Une seule trouvait grâce à son tribunal ; il la tenait pour une exception et la regardait comme une femme supérieure. Veuve d'un médecin qui, à défaut d'une grande fortune, lui avait laissé un nom estimé, pleine de grâce, bien que petite et chétive, avec de la lecture, beaucoup de goût et d'esprit, Mme Desmarres, préférablement désignée sous le prénom de Mme Henriette, ne semblait plus vivre que pour l'établissement d'une jeune nièce qu'elle avait adoptée. Toujours malade, ou au moins toujours languissante, sortant peu, mais recevant beaucoup de visites, elle était insensiblement devenue l'Égérie d'un cercle d'hommes mûrs à l'aide desquels, sans en avoir l'air, elle exerçait, du fond de sa chaise longue, un véritable empire sur l'opinion.

La bonhomie avec laquelle le commandant Narcisse subissait son joug était exemplaire. Aussi fut-elle étrangement surprise, le connaissant comme elle faisait, de le voir simplement sourire et hocher dédaigneusement la tête au projet de mariage qu'on prêtait à son neveu. Elle ne réussit même pas, malgré les assertions les plus précises, à éveiller des doutes en son esprit. En effet, la certitude de son autorité non moins que l'orgueil lui défendait de s'arrêter seulement à la supposition d'une honte si grande. Sur ce point, Mme Marcille elle-même ne troubla que très-légèment sa quiétude. A tous les témoignages, il opposa la même incrédulité et persista à soutenir qu'il y aurait démence à s'émouvoir de pareilles sornettes.

En attendant, la patience lui manqua. Sans cesser de croire à une médisance, il se décida tout à coup à sortir de l'inaction, uniquement dans le but d'étouffer net un bruit qui commençait à l'importuner. Marcille, à la première invitation, se rendit chez son oncle. Celui-ci tout d'abord tira un augure favorable de cet empressement. Quoique

bien élevé et se piquant de belles manières, il n'en agit pas
moins avec son neveu à peu près comme un sergent instruc-
teur avec ses recrues. Plus que jamais éloigné d'admettre
la vraisemblance du fait, il dédaigna de parler sérieusement et tourna au début la chose en plaisanterie. L'enjouement disparut vite de ses traits. A l'air grave dont Marcille
l'écouta, il tressaillit subitement comme un mort galvanisé.
En même temps qu'il changea de couleur, il prit un autre
ton ; d'une irritabilité excessive, par suite de son tempérament, de la raillerie il passa d'un bond à la violence. Exaspéré enfin par le sang-froid imperturbable de son neveu,
après avoir épuisé le vocabulaire des exclamations injurieuses, il conclut ainsi :

« Avant que tu épouses cette drôlesse, je te briserai
comme ce verre ! »

Il tenait effectivement un verre qu'il menaçait de lancer
contre le mur.

Marcille exprima plus d'étonnement que de frayeur.
Sans souffler mot, il salua froidement son oncle et s'en
alla.

Avec le procureur général, au contraire, la scène fut
extrêmement calme. C'était un homme à visage long et pâle,
qui faisait usage de besicles, et chez lequel un air doux, un
langage toujours poli, des manières affables, recouvraient
une inflexible fermeté. Les quarante et quelques années
que précisait son acte de naissance avaient glissé si légèrement sur lui qu'aux côtés de Marcille, on l'eût pris plutôt
pour un frère aîné que pour un oncle. Il suivit une méthode conforme à son humeur, celle de la discussion. Précisément, à l'égard des mœurs de Thérèse Lemajeur, on
procédait déjà par des *on dit* diffamatoires, la plus terrible
manière de procéder, pour le dire en passant, quand on
veut perdre quelqu'un sur le compte duquel il n'y a rien à
dire. On repousse une calomnie nettement formulée ; on ne

peut rien contre des bruits vagues. Dans un autre ordre
d'idées, ils produisent des effets analogues à ceux des brouil-
lards qui, tout en noyant les objets dans une pénombre,
et en empêchant de les apercevoir d'une manière distincte,
les agrandissent outre mesure et leur prêtent toutes les
formes fantastiques qu'il plaît à l'imagination d'inventer.

« Je puis, mon oncle, interrompit Marcille, vous édifier
au sujet de ces bruits. Vous connaissez Mme Ferdinand....»

Il s'agissait d'une couturière dont la nombreuse clientèle
se composait en partie des femmes les plus riches de la
ville. Elle avait, sans parler de sa grande taille et de sa
maigreur, de son œil langoureux et de sa bouche oblique,
une démarche toute dégingandée et un parler décousu qui
étaient cause qu'on lui attribuait un cerveau légèrement
fêlé.

« Elle jouit d'une excellente réputation, fit observer
l'oncle.

— Ce qu'on peut quelquefois acheter au prix de la ruse
et de l'hypocrisie, répondit Marcille.

— Ce n'est sans doute pas de cette digne femme que tu
parles, dit le procureur général.

— Je vous demande pardon, répliqua Marcille. Pour
être parvenue à surprendre l'estime d'une foule d'honnêtes
gens par des apparences de dévotion, elle n'en est pas moins
la créature la plus perverse que je sache au monde.

— Oh ! mon ami, dit l'oncle, la haine t'entraîne un peu
loin.... »

Choqué du sentiment qui lui était prêté à l'égard d'une
femme qu'il était fondé à croire méprisable, Marcille ne
se fit aucun scrupule de dévoiler ce qu'il savait. L'habileté
et la force de la couturière résidaient à peu près exclusivement dans une position qui favorisait à merveille sa tactique
et lui épargnait le souci d'une prudence dont son esprit,
en effet quelque peu trouble, n'était guère capable. Il eût

fallu être singulièrement ombrageux pour s'alarmer de la voir, à certains jours, inviter quelques-unes de ses ouvrières à passer la soirée chez elle sous le prétexte de jouer à ce qu'on appelle des *jeux innocents*. Aussi bien elle était d'humeur folâtre et passait pour aimer beaucoup la jeunesse. Après cela, ce n'était pas sa faute si, au milieu de ces fêtes *improvisées*, il lui survenait de malencontreuses visites. Que trois ou quatre de ces fils de famille qu'elle avait vus naître, en quelque sorte, qu'elle avait tenus tant de fois sur ses genoux, vinssent, *par hasard*, lui donner des marques d'estime et d'affection, il n'y avait certes pas là de quoi crier au scandale. D'ailleurs, au bruit de la sonnette, elle se composait une figure chagrine, se plaignait d'être dérangée, marquait l'envie de ne pas recevoir ces messieurs, bien que cela pût lui porter préjudice, finalement, jouait si bien son personnage, que les jeunes filles étaient les premières à intercéder en faveur des importuns. Ceux-ci, dont le rôle était tracé à l'avance, remettaient en train les jeux interrompus. On plaisantait, on riait, on donnait des gages et l'on s'embrassait par la force des choses. Le reste va de soi. Quoi qu'il résultât des liaisons issues de ces rencontres, les coupables se cachant de la couturière par peur de son apparente rigidité, sa responsabilité se trouvait à couvert et sa réputation continuait d'être *excellente*.

A l'air attentif du procureur général, il ne semblait pas que ces détails fussent pour lui dénués d'intérêt.

« Vous le savez, reprit Marcille, j'ai toujours été plus timide qu'entreprenant. J'avais tout au plus le courage de me trouver sur le passage de Thérèse et de la dévorer des yeux. Elle ne tenait pas plus compte de moi que si je n'eusse jamais existé. Ma fantaisie s'éteignait d'elle-même. Mme Ferdinand est intervenue. Bientôt impatronisée chez les Lemajeur, sous des prétextes quelconques, elle s'est appliquée à gagner le cœur de l'enfant, à la combler de mon souvenir, à varier les moyens de nous rapprocher et de nous laisser ensemble. Dans la persuasion, au début, d'avoir affaire à quelqu'une de ces jolies créatures que la vanité livre sans force aux séductions, j'ai essayé sur elle l'effet des plus adroites flatteries comme des plus coûteux présents. Eh bien, je l'affirme, à moins de calomnie, on ne peut pas même articuler contre elle un doute injurieux. Et il n'y a pas à prétendre qu'elle avait une arrière-pensée et mettait un plus haut prix à sa vertu. Elle me fuyait avec la même opiniâtreté que je cherchais à la voir. Maintes fois elle m'a fermé la bouche avec cet argument sans réplique : « Vous savez parfaitement que je ne peux pas être « votre femme; quant à être votre maîtresse, à moins que « vous ne me méprisiez profondément, vous devez être « convaincu que ça ne sera jamais. » Impatiente de mes protestations, elle me disait encore : « Si jamais je vous « aimais, il n'y aurait pas de quoi vous réjouir; car, sa- « chez-le une fois pour toutes, le devoir sera toujours plus « fort en mon cœur que n'importe quel sentiment. » Cependant, elle m'aime, et de mon côté, sans m'en apercevoir, tout en surfaisant ce que je sentais, je me suis pris d'une passion sérieuse. »

L'oncle demanda avec surprise quel intérêt pouvait décider la couturière à ainsi calomnier Thérèse.

« Vous n'ignorez pas, mon oncle, répondit Marcille, jusqu'où peut aller la rage des hypocrites, quand on les démasque. Or, c'est justement ce qui est arrivé.... »

Aux prises avec la fièvre, effrayée de son état, Thérèse, en qui s'allumaient par-ci par-là des lueurs de raison, ressentait enfin la nécessité de se ménager un recours contre sa propre faiblesse. Le nombre restreint de ses relations ne lui laissait à choisir une confidente que parmi trois personnes : sa mère, une dame Hilarion, occupant le rez-de-chaussée, au-dessous d'elles, puis Mme Ferdinand. Mais

au moment de parler à sa mère, femme triste, peu expan-
sive, sans sagacité, elle se sentait prise d'une honte invincible. Elle se fût ouverte de préférence à Mme Hilarion,
et l'eût fait certainement, si cette dame n'eût été alors retenue au lit par de vives douleurs. Faute de mieux, elle se
confia à la couturière. Après lui avoir avoué ce qui se passait en elle et combien elle souffrait de sentiments si blâ-
mables, elle lui marqua la volonté de ne plus revoir
l'homme qui les lui inspirait, et la pria à mains jointes de
l'aider dans cette résolution. Mme Ferdinand joua la plus
grande surprise. Elle ne trouva point d'assez fortes louanges
pour tant de vertu. Et cependant qu'elle parvenait à ras-
surer la jeune fille, elle signifiait à son protégé que les soupirs n'étaient plus de saison, que Thérèse était tourmentée
de scrupules alarmants, qu'il fallait craindre l'intervention
de la mère et se hâter sous peine de perdre toute espérance. Marcille se laissa persuader. La couturière se chargea d'organiser lo complot, c'est-à-dire de lui ménager un
long tête-à-tête, le soir, avec la jeune fille. Un jour, en effet,
lasse de le faire chercher en vain, elle lui adressa un billet
à peu près conçu ainsi :

« Ce soir, à la nuit, chez Thérèse. Je dois aller à la pro-
« menade sur le champ de foire avec la mère. Je la retien-
« drai dehors le plus longtemps possible. Saisissez l'occa-
« sion aux cheveux, et tâchez de vous montrer digne de
« mes faiblesses pour vous. »

Suivait la signature en toutes lettres.

« Mais, mon ami, c'est superbe ! s'écria ici l'oncle dans
l'enthousiasme.

— Comment, superbe ? fit Marcille.

— Ne vois-tu pas, reprit l'oncle que poursuivait évidemment l'idée d'un réquisitoire, le parti qu'on peut tirer
de ces détails et de cette lettre qui en constate l'authenti-
cité ?

— Attendez, dit Marcille.... Je courus au rendez-vous.
Thérèse était seule. A ma première parole, elle m'avertit
résolûment qu'elle ne voulait pas m'entendre. Je ne tins
pas compte de cela. Elle prit alors son ouvrage et voulut
descendre chez Mme Hilarion. Je lui barrai le passage.
Mon air décidé lui causa moins de frayeur que de surprise.
Elle me fit des reproches d'une voix pleine de larmes et
d'indignation. Avant d'entrer, me défiant de mes forces, je
m'étais monté la tête à l'aide de moyens factices. Je mar-
chai vers elle, lui disant que sa cruauté me rendait brutal
et méchant, que j'étais résolu à la violence. « Vous vous
« perdez dans mon esprit, me dit-elle en se levant avec
« effroi ; je ne vous reconnais plus. » Je la saisis dans mes
bras. Prête à se trouver mal, elle s'écria : « Par grâce,
« monsieur, cessez, ou j'appelle ! » Sans me préoccuper de
sa menace, je parvins à effleurer ses lèvres. Elle poussa
un cri. J'entendis la porte s'ouvrir. Je me retournai et j'a-
perçus, dans l'entre-bâillement de la porte, sur un fond
noir, la silhouette d'une femme qui, à cause des linges
blancs dont elle était couverte, ressemblait à un fantôme.
J'eus bientôt reconnu la vieille malade du rez-de-chaussée.
Sa présence me rappela à moi-même et me remplit de
confusion.

— Dans le vrai, le contre-temps était fâcheux, dit l'oncle d'un ton railleur. Mais continue....

— Au récit de Thérèse, poursuivit Marcille, Mme Hilarion devina sur-le-champ le caractère infâme de la couturière. Mme Lemajeur, au contraire, ferma d'abord les
yeux à l'évidence. Elle s'obstinait à rejeter tous les torts
sur moi et à ne voir autre chose qu'une de mes dupes dans
la pieuse Ferdinand, quand elle trouva, au premier, la lettre de cette femme que j'avais laissée tomber à terre lors
de ma lutte avec Thérèse.

— Mais, mon ami, dit le procureur général, dont le

visage s'épanouit de nouveau, voilà de quoi faire aller cette créature pieds nus jusqu'à Rome !

— Oui, repartit Marcille, si Mme Lemajeur eût suivi les conseils de sa vieille amie. Par malheur, elle n'écouta que son ressentiment. Quoi qu'on pût lui dire, le lendemain matin, armée de la fameuse lettre, elle se rendit chez la couturière. Mme Ferdinand ouvrit de grands yeux et affecta ne rien comprendre aux reproches qu'on lui adressait. Toutefois, il ne fut pas plus tôt fait allusion à la lettre, qu'elle devint blême. « Je n'ai pas écrit de lettre ! « s'écria-t-elle, c'est une invention de M. Marcille. » La mère de Thérèse avait hâte de la confondre. « Cette lettre « est entre mes mains, répliqua-t-elle. — A la bonne « heure, dit Mme Ferdinand, j'y croirai quand je l'aurai « vue. » Mme Lemajeur tira la lettre de sa poche, et, sans défiance, la mit sous les yeux de la couturière. Celle-ci s'en empara aussitôt d'un geste fébrile. Elle la parcourut machinalement des yeux, puis supposa entendre du bruit dans une chambre voisine. « Pardon, madame, dit-elle, « on m'appelle de l'autre côté. Je reviens à l'instant. »

— Aïe ! aïe ! fit l'oncle.

— Elle revint en effet, continua Marcille, mais sans la lettre. « Que disions-nous ? » demanda-t-elle d'un air délibéré. « Comment ! s'écria Mme Lemajeur ; et la let- « tre ? » Les yeux de la Ferdinand étincelèrent d'effronterie et de méchanceté. « La lettre, la lettre, répéta-t-elle, je « n'ai pas de lettre, je vous l'ai rendue. » La mère de Thérèse suffoqua de stupeur. « Oh ! madame, fit-elle. — « D'ailleurs, continua la couturière, elle ne contenait rien « de ce que vous dites. » Et, pour surcroît d'impudence, elle mit Mme Lemajeur à la porte avec des injures et des menaces.

— Quel malheur ! dit le procureur général désappointé.

— Comprenez-vous actuellement la haine de cette

femme pour la mère et la fille? ajouta Marcille. Concevez-vous pourquoi elle sème à pleines mains les calomnies contre elles? C'est de sa part une lutte sans miséricorde; elle n'attribue pas aux autres plus de générosité qu'elle n'en a, et il lui semble qu'elle est perdue si elle ne perd pas Mme Lemajeur de réputation.

—Je l'accorde, dit l'oncle après un instant de réflexion: ta Thérèse est un ange de vertu. Il n'en est pas moins vrai que le mariage auquel tu songes est une chose absolument inacceptable.

—Pourquoi? dit Marcille. De la naissance et de la fortune, n'en ai-je pas assez pour deux? Que lui manque-t-il donc? Elle n'a pas de parents dont j'aie à rougir. Outre sa mère, honnête et digne femme qui se tiendra modestement à l'écart, je ne lui connais qu'un frère, lequel est au service et pourra devenir officier.

— Mon ami, interrompit le procureur général, je lisais tout récemment, dans un livre excellent, une vieille histoire qui n'est pas sans analogie avec la tienne. Je me rappelle ce passage : « La nature a fondé sur la convenance des « personnes le bonheur des mariages ; les conventions hu-« maines y ont substitué celle des rangs. Nous savons, « vous et moi, combien les véritables sages ont de respect « pour les conventions humaines; elles maintiennent l'or-« dre dans les sociétés. Il ne faut pas avilir le rang dans « lequel on est né par des alliances que l'opinion con-« damne; c'est un crime que punit le mépris des hom-« mes, etc. »

— Bah! fit Marcille, on compte en ville plus d'une de ces alliances disproportionnées, et je ne sache pas qu'il en soit résulté un grand désordre. Il y a quelque dix ans, le fils Johannet épousait, à l'encontre de toute sa famille, une petite parfumeuse. On jetait feu et flamme, on criait au scandale, on le maudissait, on le déshéritait. Aujourd'hui, les colères sont apaisées : on a reconnu que la jeune fille était charmante, bien élevée et digne de sa fortune. La famille a pardonné, et la considération est acquise à cet heureux ménage. Plus récemment, l'avez-vous oublié, mon oncle? M. David, le lieutenant colonel, épousait une simple modiste. J'ai encore les oreilles pleines des clameurs d'indignation que ce mariage a soulevées. Cependant, vous ne pouvez pas l'ignorer, à l'heure qu'il est, la maison de l'ex-modiste est le rendez-vous de tout ce qu'il y a en ville de gens riches et distingués. Je crois même que vous y allez, mon oncle.

— Ce sont des exemples spécieux, dit l'oncle, qui ne prouvent rien, parce qu'ils sont des exceptions. L'avenir tout entier de la famille repose sur ta tête. Tu es, pour chacun de nous, l'espérance d'un accroissement de considération. Ce mariage ferait notre honte et notre désespoir. Ta mère en deviendrait folle, l'existence de ton oncle Narcisse en serait bouleversée, et, quant à moi, je ne resterais certainement pas ici.

— Vos raisons, mon oncle, font sur mon âme comme feraient des lames ébréchées dans ma chair. Et, avant cette heure, combien de fois déjà n'ai-je pas été supplicié par la rigueur de ces mêmes raisons? C'est de la folie au plus haut degré de puissance, mais cette folie existe, et je ne sais qu'y faire. Le résultat fatal de ce mariage serait de périr misérablement le lendemain, que je me marierais de même. Qu'on trouve un moyen d'étouffer mon amour, et je m'y accrocherai avec l'énergie d'un homme qui se noie. Ma mère m'aime-t-elle mieux mort que marié? Qu'elle le dise. Si ce mariage manquait par des raisons no venant ni de Thérèse ni de moi, il me semble que je mourrais.... »

III

Un rayon de soleil.

La scène de Marcille avec sa mère avait démontré jusqu'à l'évidence qu'il n'osait pas s'ouvrir à elle. Sans la ru-
meur publique, il semble même qu'il eût ajourné indéfi-
niment l'aveu formel de sa passion. Il comprenait pourtant
la convenance et la nécessité de cet aveu ; il paraissait content d'y avoir été forcé et de l'avoir fait. Mais n'était-on
pas déjà autorisé à craindre qu'il n'eût pas une énergie
proportionnée aux difficultés de son entreprise ?

Thérèse, à qui ces nuances n'échappèrent pas, parut
le penser ainsi. Un jour, remarquant qu'il avait le visage
radieux, elle lui en demanda la raison. Il répondit qu'il
était débarrassé d'un poids pesant, que le hasard s'était
chargé d'instruire sa mère, et qu'il venait d'avoir avec
elle la scène qu'il redoutait le plus.

La jeune fille, en ce moment, arrosait les fleurs qui ornaient sa fenêtre. Elle ne se dérangea pas.

« Ne prenez pas en mauvaise part ce que je vous dirai,
balbutia-t-elle sans le regarder. Vous ne doutez pas que je
ne sois fière et heureuse de vos préférences. Je ne parviens
que plus malaisément à me défendre de croire, sans vous
faire injure, que vous voulez une chose au-dessus des forces
d'un homme. Ma mère vous l'a dit souvent, ne vous fâchez
pas si j'ose vous le répéter, peut-être serait-il sage de ne
pas aller plus loin.

— Vous plaisez-vous à me désoler ? fit Marcille d'un ton
de reproche. A vous entendre, vous et votre mère, on

dirait vraiment que je songe à commettre une mauvaise action. En définitive, je ne veux rien que d'honnête, et je ne vois pas qu'aucune considération soit capable de m'ébranler.... »

Thérèse, ayant fini d'arroser ses fleurs, en ôtait les feuilles mortes ou flétries. Elle hocha mélancoliquement la tête.

« Est-ce que déjà, fit-elle d'un air distrait, vous n'avez pas confié au hasard le soin d'avertir votre mère ?

— Eh bien ?

— Vous ne nierez pas que cette démarche, la plus naturelle de toutes et comparativement la moins pénible, vous effrayait.

— Où voulez-vous en venir ? » demanda Marcille en souriant.

La jeune fille quitta la fenêtre et vint s'asseoir à sa table de travail où elle se mit à coudre. Avec une simplicité exquise, elle continua :

« Je n'ai jamais eu d'ambition. La pauvreté ne m'a pas une seule fois causé du chagrin, et je puis dire que, dans mes plus beaux rêves, je n'ai pas même entrevu l'ombre de la fortune qui m'arrive. Cette fortune m'a plutôt effrayée tout d'abord, et vous devez vous rappeler que je ne l'ai acceptée que de guerre lasse....

— Je sens à vous écouter un charme inexprimable, interrompit Marcille avec une sorte d'ivresse. Mais, par grâce, que voulez-vous prouver ?

— Je ne veux rien prouver, répliqua Thérèse d'une voix pleine d'âme ; je songeais simplement à ce que nous vous avons dit tant de fois, qu'il serait mal de s'engager à la légère dans une pareille aventure. A cette heure, vous pouvez encore vous dédire sans humiliation pour vous et sans désespoir mortel pour moi. Plus tard, il en serait autrement. Je me serais accoutumée à l'idée de ce mariage et à l'espérance de vivre toujours avec vous. Si l'on devait, à force d'ennuis, abattre votre courage, nous serions inutilement bien malheureux l'un et l'autre. Vous souffririez autant que moi, j'en suis certaine, des douleurs qui troubleraient ma vie entière. »

Elle ajouta, en élevant sur Marcille des regards angéliques :

« Ne vous offensez donc pas si, pour vous et pour moi, je vous renouvelle la prière de réfléchir mûrement avant d'entreprendre une lutte qui ne peut manquer d'être longue et douloureuse.

— J'admire votre haute raison, ma Thérèse, repartit Marcille, et vous ne m'en êtes que plus chère. S'il m'arrivait jamais de fléchir, je serais d'autant plus coupable, que j'aurais été vingt fois prévenu. Soyez pleine de confiance. Je sais que j'aurai de bien mauvais jours à passer. Mais j'ai la certitude d'être heureux avec vous et malheureux sans vous. Douleurs pour douleurs, je préfère encore celles que viendra adoucir votre tendresse.... »

IV

Les épreuves.

En réalité, Marcille n'avait que pressenti les persécutions auxquelles il serait en butte. L'expérience devait rapidement lui démontrer qu'il en coûte parfois moins d'enfreindre une loi du Code pénal que de toucher aux conventions humaines. Dans les délits de ce genre, la société, par instinct de conservation, se croit fondée à se faire juge et bourreau, et elle s'acquitte de la tâche en conscience.

Son supplice avait commencé du jour où il avait avoué son projet de mariage. Chez lui, il n'apercevait plus que les apparences de la désolation ; on eût dit qu'un membre de la famille était mort. Sa mère, foudroyée par l'insuccès des démarches de ses frères, n'entrevoyait pas encore de ressources plus efficaces que celles de pleurer et de se désespérer. Elle ne sortait plus, elle refusait de recevoir les visites, elle avait honte de se faire voir. La vivacité de son chagrin étouffait en elle jusqu'à la crainte de paraître vieille. Dans un négligé de malade, avec un visage défait, des paupières rouges d'insomnies, des yeux dont la direction oblique et la fixité exprimaient le désespoir, il ne paraissait pas qu'elle s'assît à table, aux heures des repas, sinon pour essayer d'attendrir son fils sur l'état où il réduisait une mère qui l'aimait plus qu'elle ne faisait elle-même. Souvent encore, non contente de ne toucher aux mets que du bout des lèvres, elle éclatait en larmes et suffoquait de sanglots. Tout l'intérieur était à l'unisson, et les domestiques eux-mêmes se croyaient dans l'obligation d'avoir l'air navré.

Sans compter que l'oncle Narcisse, subtilement dirigé par Mme Henriette, se faisait un devoir d'arriver *fortuitement* aux moments où son neveu était là, et de lui rappeler l'indignité de ses projets en termes peu mesurés. Le silence du neveu avait pour effet infaillible de jeter graduellement l'oncle hors de lui, et de substituer dans sa bouche les sarcasmes et les menaces aux bonnes raisons.

Habituellement, Marcille, pâle d'effort, à bout de patience, se levait de table et sortait.

Ce parti pris de modération ne se démentait pas devant les avanies qu'il recevait au dehors. On y mettait d'ailleurs encore de la réserve; il semblait qu'on tentât de l'amener à résipiscence à l'aide d'affronts gradués méthodiquement. Ainsi, il n'eut d'abord à souffrir que de procédés blessants, tout à fait personnels. La mère de Cornélie, Mme Granger, dans son dépit d'avoir perdu un gendre, après s'être imposé la tâche de publier la nouvelle du mariage sous le jour le plus ridicule, se tenait pour obligée de consigner Marcille à sa porte et d'engager chacun à faire de même. Il était déjà arrivé au jeune homme de saluer des femmes de sa connaissance qui avaient feint de ne pas le voir, et de se croiser avec des amis de collége qui s'étaient ostensiblement détournés de lui.

Ces mortifications ne lui causaient que du dédain et des velléités de révolte chaque jour plus vives.

On l'attaqua aussi dans la jeune fille dont il prétendait faire sa femme. Si Marcille, en dérogeant, exaspérait les gens de sa classe, Thérèse, par sa fortune extraordinaire, excitait l'envie et la haine des gens de la sienne, et Mme Ferdinand exploitait habilement cette haine et cetteen vie à la satisfaction de sa rancune contre la jeune fille et sa mère.

Au rez-de-chaussée de la maison où demeuraient celles-ci, vivait seule Mme Hilarion. Cette femme, dans les rares heures de relâche que lui laissait son mal incurable (elle était hydropique), courait le voisinage, allait chez l'un, chez l'autre, ou porter des consolations, ou donner des conseils, ou remettre la paix, ou distribuer quelques discrètes aumônes. Elle jouissait d'un grand crédit aux alentours. Sa longue vie de douleurs, son grand sens, sa bonté inaltérable, et aussi le sceau mystérieux qu'imprimait sur sa personne la mort visible en elle, pour ainsi dire, l'avaient investie d'une sorte de juridiction touchante dont les arrêts étaient rarement enfreints.

Cependant, en cette occasion, elle vit, pour la première fois peut-être, son autorité méconnue. Elle ne parvenait que passagèrement à démontrer l'invraisemblance des bruits odieux que Mme Ferdinand répandait contre Thérèse et sa mère. A peine tournait-elle le dos, que la calomnie reprenait toute sa force et toute son élasticité. On ne répugnait point à admettre, par exemple, que le mariage n'aurait jamais lieu, qu'il ne servait qu'à masquer la liaison scandaleuse de Thérèse et de Marcille, et que Mme Lemajeur, dont on taxait l'économie d'avarice, ne laissait pas que d'y trouver son compte.

On en agit insensiblement à peu près comme le médecin qui ajoute au poids d'un remède en raison du peu d'effet qu'il produit. Marcille et sa future femme furent de moins en moins épargnés. Avec cette hardiesse que donne l'anonyme, on déploya chaque jour, dans la persécution, plus de raffinement et de cruauté.

Les beaux esprits s'en mêlèrent : il eût été au moins surprenant qu'on ne rimât point un peu en cette occurrence. Dans les cafés, voire dans les salons, il circula tantôt des couplets sur un air de complainte, tantôt de vieilles épigrammes rajeunies au moyen du changement d'un mot ou d'un nom.

Marcille, un matin, reçut, sous pli cacheté, d'une écriture contrefaite, ces vers exécrables :

> La Lemajeur
> A du bonheur
> D'avoir trouvé Marcille.
> Il a du bien,
> Elle n'a rien.
> Hors d'amants un quadrille.

S'il arrive que les meilleures choses tombent à plat, faute d'être à leur place, l'à-propos, en revanche, assure trop souvent le succès des plus indignes platitudes, ce qui explique comment la malignité faisait ses choux gras de ce *sixain* (ainsi disaient les savants).

Marcille avait un arrière-cousin, conseiller à la cour, à la vérité moins fier de cette charge que du titre de membre de la *Société des belles-lettres* de l'endroit et de plusieurs

autres académies de province. Admirateur passionné de la
littérature fleurie et des petits poëtes, lui-même, aussi
bien le répétait-il volontiers, « gravissait le coteau sacré »
à ses heures de loisir. On lui attribua ces vers. Marcille,
qui avait déjà de fortes présomptions pour l'en croire l'au-
teur, n'en douta plus, quand, quelques jours plus tard,
son oncle Narcisse, à l'heure du déjeuner, après lui avoir
vanté l'esprit et les *moyens poétiques* du cousin, le conseiller à la cour, lui récita en ricanant ces mêmes vers. On
devine si le jeune homme eut de la peine à contenir son
indignation.

V

Poussé à bout.

Tandis que, graduellement, le miroir conseillait pour
ainsi dire à Mme Marcille de ne plus pleurer, le commandant, de son côté, s'évertuait et réussissait à la convaincre
que, sous la menace d'un pareil déshonneur, l'inaction
était coupable. En dépit des conseils de son autre frère,
elle se décidait finalement à prendre une part active à la
petite croisade contre son fils, et arrivait même à penser
que l'équité du but suffisait à l'excuse de tous moyens.

Le procureur général, lui, improuvait hautement les
vilains procédés dont on usait envers son neveu. Il se fondait, en cela, sur la connaissance profonde qu'il avait du
caractère de Marcille.

« Malgré les apparences, disait-il, mon neveu a plus de
tête que de sentiment, et, dans cette aventure, est bien
plutôt inspiré par des instincts d'opposition que par une
passion exclusive. Eu égard à son éducation et à son res-

pect pour les préjugés, en le laissant à ses réflexions, en se bornant à lui battre froid, il y a tout lieu d'espérer qu'il reculera toujours devant un plus grand scandale, qu'il se tiendra dans l'expectative, et que peut-être, qui sait? il renoncera de lui-même à une alliance qui ne lui convient probablement sous aucun rapport. Au contraire, parce que souvent on aime une femme en raison de ce que l'on souffre pour elle, les vexations et les intrigues ne peuvent que lui rendre Thérèse plus chère et lui fournir des prétextes de précipiter le mariage. »

Impuissant à faire prévaloir son avis, le procureur général affectait de rester neutre. Sous main, toutefois, il se mettait en mesure de pouvoir lutter plus loyalement et plus efficacement, au cas où son frère et sa sœur consentiraient enfin à s'en fier à sa prudence.

Enhardis par l'exemple même de la famille, nombre de gens ne manquaient pas une occasion d'infliger de nouveaux affronts au jeune homme. Avec l'intention d'acquitter un semestre échu et de prier qu'on cessât de le compter au nombre des abonnés, il alla à son cercle où il n'avait pas paru depuis deux mois. Il eut la honte d'être prévenu. On l'avertit officieusement que le cercle menaçait de se dissoudre s'il continuait d'en faire partie. Encore sous l'impression de cette insulte gratuite, il reçut deux lettres. L'une était des jeunes gens qui avaient avec lui une loge au théâtre ; sans donner de motifs, ils lui déclaraient qu'ils avaient choisi d'autres places. Dans l'autre, écrite d'un ton paternel et signée du directeur de la *Société philharmonique*, on lui donnait à entendre, à travers un amas de phrases confuses, qu'il cessait d'être commissaire de ladite société.

Il serait au moins superflu d'énumérer tous les faits analogues dont il eut à se plaindre.

Une après-dînée, il trouva la famille Lemajeur en larmes. Flairant quelque nouvelle infamie, il demanda avec inquiétude de quoi il s'agissait. La mère lui remit un papier que Thérèse avait trouvé le matin collé à la porte de la rue. C'était une caricature, à vrai dire grossièrement dessinée et enluminée à la hâte, mais dont les intentions n'étaient encore que trop saisissantes. Trois personnages y étaient représentés. Marcille, qui en occupait le centre, d'une part, donnait le bras à sa femme dans une toilette grotesque ; de l'autre, traînait, enchaînée à sa jambe, sa belle-mère, non moins indignement travestie. Au bas, figurait cette légende en gros caractères :

LE SUPPLICE DES DEUX BOULETS.

Marcille affecta de se montrer insensible à cette brutalité ; il essaya même d'en rire. De fait, après avoir consolé les deux femmes, il se retira en proie au plus intolérable des supplices.

Il était des instants où il souffrait à crier, où il se sentait pris d'une rage sourde, où il eût voulu se voir face à face avec un ennemi. Son impuissance à lutter contre des ombres, à éviter les coups de ces batteries souterraines l'étouffait. En l'entretenant perpétuellement dans cet état d'exaspération contenu, loin de le disposer à fléchir, on risquait de le déterminer par colère à faire un éclat. Quand sa pâleur, son amaigrissement, ses impatiences avec sa mère et son oncle le commandant accusaient énergiquement sa lassitude d'une telle existence, on s'obstinait à si mal interpréter tous ces symptômes qu'on le harcelait chaque jour avec moins de retenue.

Ce qui prouve jusqu'à quel point le procureur général connaissait bien son neveu, c'est que Marcille, malgré tout, balançait encore à obtenir le consentement de sa mère par la contrainte. Il protestait ainsi de sa répugnance à occasionner une dernière crise dans sa famille et de son respect pour l'autorité maternelle.

Malheureusement, par l'ajournement indéfini de son mariage, il accréditait de plus en plus les calomnies de la couturière. A force d'entendre 'redire la même chose, le soupçon devenait une certitude. Mme Lemajeur était accusée hautement de vendre sa fille. On voulait voir dans le visage pâle et triste de celle-ci la confirmation de ses relations criminelles avec Marcille. On ne se contraignait plus guère devant elle ; on se mettait sur le pas de la porte pour la regarder passer, et on la suivait des yeux d'un air de compassion méprisante.

Thérèse remarqua la réserve de la mercière chez qui elle allait chaque matin depuis des années, et le ton lamentable dont elle disait : *Pauvre enfant!* Enfin, elle saisit au vol une phrase équivoque qui, sans lui révéler toute la grossièreté des bruits, lui en laissa pressentir la perversité. Elle rentra dans un état affreux. Elle était rouge, elle tremblait, l'indignation ruisselait de ses yeux hagards. Cette agitation se traduisit en un torrent de larmes. Par égard pour sa mère, elle adoucit un peu l'injure en la racontant. Toujours est-il que cela, joint au reste, fit affluer les plus douloureuses réflexions à l'esprit de Mme Lemajeur.

Le désir de mettre un terme à ces indignités devenait incessamment plus énergique en elle, quand, pour achever d'éclairer sa religion, une scène eut lieu qui faillit tuer sa fille de peur et de honte.

Leur maison se perdait au cœur d'une de ces rues étroites et sinueuses comme il n'en manque pas aux environs des grandes artères d'une ville de province. A la tombée de la nuit, un peu avant l'heure où Marcille avait coutume de venir, des gens, en costume de carnaval et le visage barbouillé, s'attroupèrent tout à coup dans la rue et sous les fenêtres de Thérèse. Ils étaient armés d'instruments faux et discordants, tels que guitares, flageolets, crécelles,

mirlitons, auxquels on avait joint, en guise de basses, toute
une batterie de cuisine. Durant une demi-heure, ils exé-
cutèrent, à l'adresse de la jeune fille, une symphonie
burlesque qui troubla tout le quartier. Les curieux accoururent en foule à cette sérénade et donnèrent à la dé-
monstration un caractère encore plus outrageant.

Du saisissement qu'elle en eut, Thérèse fut prise de
fièvre et contrainte à se mettre au lit. Il n'était que juste
temps, au compte de Mme Lemajeur, de mettre sa fille,
une fois pour toutes, à l'abri de pareilles épreuves.

Quand, plus tard, Marcille vint, il ne trouva donc que la
mère, laquelle le reçut d'une façon glaciale. Elle lui rap-
porta en détail ce qui venait de se passer et lui apprit
que Thérèse en était sérieusement malade. Le jeune
homme ferma les poings et jeta des cris de fureur.

« Écoutez, monsieur, dit Mme Lemajeur d'un air impassible, ma pauvre fille n'a déjà que trop souffert. Il ne
faudrait plus beaucoup d'assauts de ce genre pour l'achever. Si vous n'êtes pas au bout de vos forces, nous sommes
au bout des nôtres. Thérèse m'a priée d'elle-même de vous
rendre votre parole. J'espère encore, à force de tendresse,
triompher du désespoir où la plongera cette séparation.
Mais, monsieur, il faut, pour commencer, qu'à dater
d'aujourd'hui vous cessiez absolument de venir chez
nous. »

Marcille voulut plaider contre de telles exigences. La
mère de Thérèse l'interrompit :

« Tout ce que vous diriez, monsieur, continua-t-elle avec
une énergie dont on ne l'aurait pas crue capable, serait
inutile. L'urgence du parti que je prends m'est si formellement démontrée, qu'à moins de forcer la porte, je vous le
déclare, quoique à regret, vous n'entrerez plus ici ! »

Cela ne souffrait pas de réplique. Marcille, frappé de
stupeur, après s'être promené quelque temps silencieux à

travers la chambre, sortit brusquement de l'air d'un homme
aux prises avec une résolution extrême.

Il courut chez sa mère. Comme il l'a avoué depuis, il
voulait avoir avec elle une dernière explication. Dans l'é-
tat de fièvre où il était, il se sentait capable de la convaincre qu'elle n'aurait plus de fils, si elle opposait une plus
longue résistance, et il croyait encore assez à son affection
pour se flatter d'en obtenir un consentement. Mais, en ap-
prochant de l'appartement qu'elle occupait, il fut arrêté
par le bruit d'une conversation, et saisit, à travers la porte
entre-bâillée, les accents d'une voix qui figea le sang dans
ses veines.

En présence de sa mère et du commandant, Mme Ferdinand, du ton de l'enthousiasme, rapportait au long la scène
du charivari, dont elle revendiquait à la fois l'idée première
et l'organisation.

Si Mme Marcille s'affligeait d'en être réduite à approu-
ver l'usage de telles ressources, son frère battait des mains
et riait aux éclats.

Les relations de sa famille avec cette femme révoltèrent
Marcille au delà de toute expression. Sans trop savoir ce
qu'il faisait, il allait pousser la porte et entrer.

Son oncle Narcisse prit la parole :

« Voilà le moment, dit-il à sa sœur, de leur envoyer tes
propositions. Ou je me trompe fort, ou elles doivent avoir
assez de cette vie-là, et il est présumable qu'à cette heure
on obtiendra leur désintéressement ou mieux, leur concours
à bon marché. »

A cet avis, qui trahissait une conspiration dont sa famille faisait partie, Marcille renonça sur-le-champ à ses
intentions conciliantes. De sa vie il n'avait éprouvé une indignation si profonde. D'un seul coup, il se sentit débarrassé des scrupules qui l'arrêtaient encore. Bien que, par
suite de ses prodigalités antérieures, il fût dans une sorte

de gêne et prévît de graves embarras d'argent, il se décida
à passer par-dessus toute considération, et quitta la maison
de sa mère, en faisant mentalement le serment de n'y plus
jamais remettre les pieds.

VI

Un notaire.

En un clin d'œil, la ville entière savait que Marcille ne
demeurait plus chez sa mère, qu'il logeait dans une maison
garnie et qu'il était résolu à se marier sans tenir compte
plus longtemps de l'opposition maternelle. On ne saurait
comparer au concert d'indignations que souleva cette nouvelle que celui des clients ruinés d'un banquier en fuite.
Marcille ne s'en occupa que plus activement des formalités
à remplir pour atteindre à son but dans le plus bref délai
possible. Le premier notaire auquel il s'adressa se défen-
dit de rédiger la sommation, sous le prétexte d'une loin-
taine parenté ; les autres s'excusèrent simplement à cause
de relations amicales avec tel ou tel membre de la famille.
Il était à la veille de recourir au ministère d'un notaire
étranger.

Cependant, un de ses anciens camarades de collége, notaire depuis peu, précisément au-dessus des préjugés qui
arrêtaient ses confrères, puisque, fils d'un aubergiste, il
avait récemment épousé la fille d'un fermier, se chargea
volontiers de la rédaction des actes.

Me Digoing, grand et gras jeune homme de trente-deux
ans, qui portait la tête en avant et marchait les pieds en
dehors, inspirait du respect. Il était toujours coiffé comme

si le bouillonnement de son cerveau eût rejeté son chapeau
en arrière. Sa large face pâle, bouffie, régulière, dont le
gros œil terne regardait vaguement à travers le cristal de
lunettes en écaille, avait perpétuellement l'air hébété. Il
perdait ses cheveux et prenait du ventre, qu'il n'avait pas
encore de barbe. A une vaste mémoire il devait l'éclat des
plus brillantes études. Verbeux, disputeur, paradoxal, dé-
molissant de verve aujourd'hui ce que huit jours avant il
défendait avec chaleur, ayant la versification facile, impro-
visant en prose des articles sur n'importe quel sujet, il avait
même eu une pièce en un acte jouée à Paris quelque dix
fois, sans cesser de faire du notariat. Exempt de fiel et
d'ambition, honnête et serviable en réalité, il était alors
réformiste par pur esprit de contradiction, comme depuis
il s'est rangé au parti contraire.

Au reste, parce que sa clientèle se composait en grande
partie de petits marchands et de campagnards, l'affaire
dont il se chargeait ne pouvait lui causer qu'un médiocre
préjudice. Il n'en fit pas moins usage de toutes les formes
délicates qui donnaient à sa tâche les apparences d'un devoir pénible et mettait ainsi sa personnalité à couvert.

Mme Marcille, depuis qu'elle ne voyait plus son fils,
vivait, malgré les assurances du commandant, dans une
anxiété mortelle. Elle craignait actuellement qu'on eût
manqué de prudence, et commençait à se repentir de n'a-
voir point écouté le procureur général. Sur ces entrefaites,
un matin, on lui annonça une visite. Au nom de Mᵉ Digoing, elle eut aussitôt un pressentiment douloureux. Que
devint-elle donc, quand elle aperçut la mine toute con-
tristée du fonctionnaire public ?

« C'est bien à Mme Marcille que j'ai l'honneur de parler ? dit celui-ci en s'inclinant profondément.

— Oui, monsieur.

— Madame, continua-t-il d'un ton dolent, je suis chargé

par monsieur votre fils d'une mission que ma charge ne me permet pas de refuser. Mon état d'officier public m'impose souvent des devoirs pénibles. »

Il fit une pause. Mme Marcille suffoquait.

« Vous savez probablement, madame, de quoi je veux parler, reprit Me Digoing. J'ai pris sur moi de venir vous voir, madame, avant de rédiger un acte qui fera à votre cœur de mère une si cruelle blessure....

— Quoi, monsieur, dit la mère prête à s'évanouir, mon malheureux fils persisterait....

— Je lui ai dit, madame, tout ce qu'un vif désir de conciliation m'a suggéré. Il m'a répondu qu'il avait besoin d'un acte et non d'un conseil.

— Et vous venez?...

— Je n'ai rien voulu faire que vous ne fussiez prévenue, madame, dit Me Digoing. Monsieur votre fils me paraît résolu. Avant de passer outre, j'ai voulu connaître votre décision et savoir s'il vous plairait, par un arrangement à l'amiable, épargner à votre fils le remords d'un vilain procédé. »

Incapable de contenir son désespoir, même en présence d'un étranger, Mme Marcille porta les mains à sa figure inondée de larmes.

« Vous n'espérez sans doute pas, monsieur, dit-elle d'une voix entrecoupée par des sanglots, que je donne jamais mon consentement à un mariage qui est notre déshonneur?

— Je vous prie de croire, madame, dit Me Digoing de plus en plus humble, que l'exercice de mon ministère ne m'a jamais semblé plus dur. Vous me rendrez au moins cette justice, madame, que j'ai fait ce qui était en mon pouvoir pour prévenir un éclat.

— Je sais, monsieur, balbutia la mère en donnant des marques d'une douleur croissante, que vous pouviez vous dispenser de ces ménagements. Je n'en suis que plus sensible à votre démarche.... »

VII

Les sommations respectueuses.

Au préalable, le notaire dut s'assurer, pour rédiger l'acte, du concours d'un collègue. Il réussit à s'adjoindre son ancien patron. C'était un homme prudent qui tout d'abord avait reculé devant la tâche ; mais qui n'hésita plus, dès qu'il se vit en société de son ex-premier clerc dont les succès de collège, gravés en son souvenir, lui imposaient toujours étonnamment.

Quelques jours plus tard, sur les instances réitérées de son client, Me Digoing, assisté de son confrère, Me Heurtier, se présentait donc de nouveau chez Mme Marcille.

Celle-ci était dans un état pitoyable. Le chagrin inclinait sa tête ; ses cheveux flottaient en désordre ; les pleurs et la privation de sommeil avaient éteint ses yeux ; son visage, d'une pâleur unie, se marquetait de taches violettes.

Elle indiqua des fauteuils aux notaires, et se laissa glisser plutôt qu'elle ne s'assit sur une causeuse.

La scène se passait dans une pièce haute, meublée sévèrement et presque sombre à cause des rideaux qui masquaient les fenêtres à demi. En cet endroit retiré, ces deux hommes vêtus de noir, vis-à-vis d'une pauvre femme affaissée sous le poids des plus poignants chagrins, composaient un tableau d'un caractère tout à fait solennel.

Pendant que Me Heurtier, petit homme maigre et jaune, qui encapuchonnait ses yeux dans des lunettes vertes, se tenait roide et conservait un masque impassible, Mᵉ Digoing, tout décontenancé, tirait les pièces une à une des poches de son habit.

Il les déplia lentement, toussa à plusieurs reprises, assura ses lunettes sur son nez et commença la lecture de la sommation.

« L'an mil huit cent quarante.... le jeudi, quatorze janvier,

« Par-devant Mᵉ Digoing et Mᵉ Heurtier, notaires soussignés et en l'étude de Mᵉ Digoing,

« A comparu.... »

Mᵉ Digoing se servait des notes de sa voix les plus graves et les plus faibles. Malgré le profond silence qui se faisait, il ne s'entendait pas lui-même. Il reprit d'un ton plus ferme :

« A comparu :

« M. *Joseph-Eugène* Marcille, rentier, demeurant rue du Chapon, nᵒ 3, fils majeur de plus de vingt-cinq ans, ainsi qu'il est constaté par son acte de naissance inscrit aux registres de l'état civil, dont il a représenté aux notaires soussignés une copie qui lui a été à l'instant rendue.

« Lequel a, par ces présentes, déclaré qu'il demande respectueusement à Mme *Marie-Joséphine-Suzanne* Deshaies, sa mère, veuve de M. *Pierre-Auguste* Marcille, ladite dame propriétaire, demeurant rue Sainte-Croix, nᵒ 76, son conseil sur le mariage qu'il a l'intention de contracter avec Mlle *Marguerite-Thérèse* Lemajeur, fille mineure, lingère, demeurant chez Mme *Anne-Françoise* Sabouret, sa mère, veuve de M. *Étienne* Lemajeur, demeurant rue Serpente.

« Requérant les notaires soussignés de se transporter incessamment en la demeure susindiquée de Mme veuve Marcille, mère du comparant, à l'effet de lui notifier le présent acte respectueux, conformément à la loi.

« Fait et passé en l'étude, les jour, mois et an susdits.

« Après la lecture, le comparant a signé avec les notaires. »

A cet endroit, M⁰ Digoing s'arrêta pour reprendre haleine. D'un geste qui lui était familier il releva ses lunettes, puis il continua :

« Et le même jour, jeudi quatorze janvier,

« Obtempérant au réquisitoire qui leur a été fait par M. Marcille fils,

« M⁰ Digoing et M⁰ Heurtier, notaires soussignés, se sont transportés au domicile de Mme veuve Marcille ci-dessus nommée, rue Sainte-Croix, n° 76.

« Où étant arrivés sur les douze heures de relevée, ils ont notifié à ladite dame veuve Marcille, en parlant à sa personne, l'acte respectueux qui précède, par lequel M. *Joseph-Eugène* Marcille demande respectueusement son conseil sur le mariage qu'il se propose de contracter avec Mlle *Marguerite-Thérèse* Lemajeur, lingère, demeurant rue Serpente, chez Mme veuve Lemajeur, sa mère. »

Le notaire, ici, interrompit de nouveau sa lecture afin d'apprendre de Mme Marcille les motifs qu'elle voulait qu'on notifiât pour expliquer son refus.

« Hélas ! monsieur, dit Mme Marcille en secouant douloureusement la tête, vous connaissez mes motifs. Je n'ai rien à ajouter à ce que tout le monde sait. »

M⁰ Digoing, avec la permission de la mère, s'approcha d'une table où était une écritoire, et remplit ainsi le blanc qu'il avait laissé dans l'acte :

« Mme veuve Marcille, invitée par les notaires soussignés à répondre à cette demande, a dit : « Que par des mo-
« tifs déjà connus de son fils lui-même, à qui elle les a
« expliqués, elle ne trouvait pas convenable le mariage que
« ce dernier persistait à vouloir contracter malgré la vo-
« lonté de sa mère, et qu'en conséquence elle lui refuse
« tout consentement. »

A la suite de cela, Mᵉ Digoing offrit la plume à Mme Marcille et l'invita respectueusement à signer. Voici comment se terminait l'acte :

« Desquelles notification et réponse, les notaires soussignés ont dressé procès-verbal.

« Fait et passé en la demeure de Mme veuve Marcille, les jour, mois et an susdits.

« Et à l'instant les notaires soussignés ont laissé à la dame veuve Marcille copie en bonne forme et signée desdits notaires, tant du procès-verbal que de l'acte respectueux qui précède et qui sera enregistré avec ces présentes. »

VIII

Éclairs et tonnerre.

Le commandant ne parut pas comprendre que plus qu'un autre il avait contribué à ce résultat. A la nouvelle de la visite des notaires, il fut saisi d'une fureur telle, qu'un moment on craignit qu'il ne tombât frappé d'un coup de sang. Il ne retrouva la parole que pour faire entendre les plus étranges propos. Il regrettait de n'être pas venu à temps pour jeter les hommes de loi dehors. Des notaires, il passa à celui qui les avait envoyés. Qu'un blanc-bec qu'il avait vu naître et grandir, qui était de son sang, dont il était le tuteur naturel, qui devait hériter de lui, narguât ainsi son autorité, cela n'entrait pas dans son entendement et suffisait à lui donner le vertige. Finalement, dans son espèce de démence, il ne voulait rien moins que provoquer en duel le misérable qui couvrait la famille de honte.

Insensible aux prières de sa sœur comme aux assurances

du procureur général, qui affirmait que rien n'était perdu encore, pourvu toutefois qu'on s'en reposât sur lui et qu'on n'ajoutât point encore aux maladresses commises, quand il fut las de s'agiter à l'instar d'un démoniaque, il sortit la menace à la bouche, et, *ab irato*, expédia au réfractaire l'ordre de venir le trouver sur-le-champ.

Sa lettre, qui était en termes blessants, lui fut retournée courrier par courrier.

Le lendemain matin il entrait tout à coup chez Marcille à l'heure où celui-ci sortait du lit et s'habillait. Sans préambule :

« Ah ! çà, monsieur, dit-il brutalement, je compte que la comédie touche à son terme. »

Le jeune homme se tourna avec surprise vers son oncle.

« Vous parlez bien légèrement, monsieur, lui répliqua-t-il en le regardant froidement, de l'acte le plus sérieux de ma vie.

— Sérieux, en effet, repartit le commandant de l'accent du sarcasme, l'acte qui doit conduire votre mère au tombeau.

— Je n'en crois rien, dit Marcille. D'ailleurs, sans vous, monsieur, je n'eusse jamais songé à la contrainte.

— Tout ce que vous voudrez, dit le commandant d'un ton impérieux, mais je vous défends d'aller plus loin ! »

Marcille examina son oncle d'un air où éclatait le dédain le plus énergique.

Le commandant devint pourpre ; il sembla que le sang allait jaillir de tous ses pores. A l'ombre de ses sourcils froncés se croisaient les étincelles, comme font les éclairs sur des nuages noirs.

« Vous me braveriez ! s'écria-t-il, tandis qu'il paraissait malaisément maintenir en repos des poings gonflés de menace, savez-vous bien !... »

Le jeune homme pâlit, mais, vraisemblablement, non de peur.

« Monsieur, dit-il avec une gravité sous laquelle perçait une émotion profonde, je ne vous reconnais le droit ni de m'insulter, ni de me menacer. Vous vous repentirez certainement de cet oubli en y réfléchissant. Sachez une fois pour toutes que, fussiez-vous mon père, et vous êtes moins que cela, vous ne m'empêcheriez pas d'épouser la femme qui me plaît. »

Le commandant se heurtait vainement la tête contre une muraille ; plus exaspéré peut-être du sentiment de son impuissance que de tout le reste.

« Eh bien ! monsieur, dit-il d'une voix étouffée par la rage, vous ne m'êtes plus rien, je vous maudis et vous déshérite !... »

IX

Note diplomatique.

Tout n'était pas dit encore. Le procureur général, au terme d'une discrétion actuellement inutile, se disposait à sortir de sa réserve. Il allait en résulter des incidents assez graves pour troubler passagèrement Marcille et reculer le dénoûment. On serait tenté de les laisser dans l'ombre. Bien que, peut-être, on ne sache pas d'homme qui ne puisse, à un moment donné, avoir des faiblesses, c'est toujours un désolant spectacle que celui des tergiversations d'un esprit dont on commençait à croire la fermeté imperturbable. Mais ces incidents peuvent aussi ne pas manquer d'intérêt, et, à ce titre, mériter au moins une analyse succincte....

Quoi qu'il en soit, ayant fait de nouveau sommer sa mère, Marcille était frappé de l'espèce d'indifférence avec laquelle on accueillait cette deuxième sommation. La vérité est qu'on s'occupait déjà beaucoup moins d'un mariage qu'on regardait comme consommé, et que ce tollé général et cette résistance ouverte qui l'avaient si fort surexcité n'existaient pour ainsi dire plus. Il en résultait que Marcille, dont la colère s'éteignait graduellement, se trouvait dans de bien meilleures conditions pour apprécier la portée de sa victoire. Ce fut le moment que choisit le procureur général pour intervenir.

Parce qu'il présumait que son neveu répugnerait à de nouvelles discussions et lui refuserait une entrevue, il essaya de le voir par surprise, mais sans y réussir. Marcille était sur ses gardes, il resta opiniâtrément invisible. Outre qu'il affectionnait profondément son oncle, il connaissait, pour en avoir subi fréquemment l'influence, sa facilité d'élocution, les ressources de son esprit, les accents convaincus qu'il savait tirer de sa poitrine, et il pensait qu'une rencontre avec un si habile homme ne pourrait qu'inutilement l'émouvoir.

A tout hasard, le procureur général fit remettre à son neveu un avertissement, ou mieux, un ultimatum sous forme de note diplomatique.

Il débutait par se défendre d'avoir l'intention d'avocasser et d'abuser du pathétique. Dans les faits seuls, il puiserait des arguments. Il ne s'était pas borné à ne prendre aucune part aux indignités dont son neveu se plaignait, il les avait toujours énergiquement blâmées, et s'y était encore opposé tant qu'il avait pu. A son avis, Marcille n'était que trop fondé à agir comme il faisait; peu s'en fallait qu'il ne lui criât : « Courage ! » et qu'il ne prît ouvertement fait et cause pour lui. Par malheur, si la résolution de Marcille était conforme avec la plus rigoureuse justice, il n'apparaissait pas moins rigoureusement que cette soif de justice le menait tout droit à un abîme.

Eu égard à ce que Marcille avait enduré, sa vengeance
était dès aujourd'hui aussi complète que possible. Quoi
qu'il arrivât, il ne pouvait se flatter de voir sa mère et son
oncle ni plus cruellement mortifiés, ni plus abattus qu'ils
ne l'étaient à cette heure. En persistant à se marier dans
les conditions tout à fait désastreuses où il se trouvait, Marcille ne faisait donc rien de plus que se venger sur lui-
même des fautes d'autrui. Le procureur général continuait
textuellement :

« Il le sait de reste, Narcisse, le plus riche de nous
tous et aussi le plus vindicatif des hommes, ne lui laissera
pas un centime d'héritage. Mme Marcille, sa mère, se re-
mariera infailliblement, j'affirmerais bien avec qui, n'était
l'aversion invincible de mon neveu pour certain veuf et ses
intéressants rejetons. De ce côté encore il prévoit sans doute
les douloureux mécomptes qui l'attendent. Quant à moi (je
raisonne toujours dans l'hypothèse d'une cécité incurable),
à moins de me brouiller mortellement avec toute la famille,
c'est-à-dire de rompre avec toutes mes vieilles habitudes,
de me vouer à un isolement des plus tristes, il faudra né-
cessairement que je m'inspire des exemples de mes frère
et sœur, et que je déchire aussi mon testament. Au lieu
d'être plus que millionnaire, le voilà donc réduit à ses
seules ressources, à une misère relative, pourrait-on
ajouter. Il a grandi au milieu du luxe ; sa jeunesse a été
vraiment celle d'un enfant prodigue ; il en est encore à savoir ce que c'est qu'un besoin ou une privation. En proie
longtemps aux plus ruineuses fantaisies, plutôt que de se
soustraire aux exigences d'une seule, il a fait flèche de tout
bois, il a puisé à même les ressources d'un crédit auquel,
que je sache, personne n'a pensé à assigner des bornes. Je
connais l'état de ses affaires mieux que lui-même. Sans
compter que les quelques biens qu'il possède sont grevés
d'hypothèques, avec le total de ses dettes accumulées, on

achèterait, et au delà, une bonne étude de notaire. J'imagine qu'on le force à une liquidation. Je ne sais pas, en vérité, s'il lui restera même de quoi vivre honorablement.

« Pour peu qu'il y réfléchisse, mieux ferait-il, puisqu'aussi bien il manque de patience, de s'attacher une meule au cou et de se jeter tout de suite dans la rivière. Il assure d'une manière irrévocable le malheur de la femme qu'il aime, et compromet du même coup l'avenir de ses propres descendants. Compte-t-il sur le pardon ou la compassion de sa famille? Non, cela n'est pas, j'en ai la conviction : mon neveu a trop d'orgueil pour accepter jamais quoi que ce soit de la pitié de gens qui lui seront désormais étrangers. Qu'il envisage donc la situation, s'il en a le courage. Ou il devra s'avilir à ses yeux, ou il sera misérable; ou il sera en proie à la pauvreté, lui qui a toujours vécu dans l'abondance, ou son âme généreuse tombera dans la dépendance des obligations d'autrui. Je le mets au défi de sortir de là. »

L'oncle reconnaissait ensuite qu'on avait indignement calomnié Thérèse, qu'elle était une fille charmante, d'une vertu irréprochable et d'une très-honnête famille. Il n'avait donc plus rien à objecter contre elle. Aussi, le but de sa démarche toute pacifique était-il, non d'exiger que Marcille faussât sa parole, mais simplement de le prier d'en ajourner l'exécution. Il ajoutait :

« Je lui ai prouvé par A + B que présentement son mariage est matériellement impossible. Or, sa passion serait une triste passion, si elle ne pouvait résister à quelques mois d'attente. La condition qu'imposent les circonstances est qu'il faut me donner le temps de préparer les voies et de réconcilier Marcille avec ses proches. Qu'il s'absente une année, qu'il voyage, je me fais fort, en son absence, d'aplanir toutes les difficultés. A son retour, en supposant même que je n'aie pu vaincre l'opiniâtreté de ma sœur, s'il

vient me dire : « J'aime toujours Thérèse ; à mes yeux
« l'éloignement ni l'absence ne lui ont enlevé aucun char-
« me, je suis plus que jamais résolu à l'épouser, » eh bien !
je l'affirme, quoi qu'on puisse dire, il trouvera en moi le
plus intrépide défenseur de ses sentiments. A défaut du
concours de sa mère, j'irai en personne chez Mme Lemajeur lui demander, au nom de mon neveu, la main de sa
fille. Je ne m'en tiendrai pas là : je les recueillerai dans
ma maison, lui et Thérèse ; je leur ferai un rempart de
ma personnalité, de mon autorité, de ma fortune ; j'y perdrai mon nom, ou ma nièce sera bientôt respectée et ho-
norée autant que si elle sortait de la plus grande famille. »

Le procureur général concluait ainsi :

« Ce nonobstant, dominé par la colère, au mépris de
tous ses intérêts, mon neveu pourra passer outre. Dans
cette supposition, qu'il médite sérieusement ces dernières
lignes. Je ne commettrai point la sottise de menacer un
homme de son caractère. Je suis dans la position d'un
bourgeois pacifique qui offre, aux conditions les plus avan-
tageuses et les plus honorables, la paix à un adversaire
qui l'attaque injustement. S'il refuse, ce ne sera plus lui
qui sera l'opprimé, ce sera bien moi. A la force, j'oppo-
serai la force : ce sera une guerre purement de défensive.
J'essayerai de le sauver malgré lui et de lui épargner le tort
d'une faute irréparable. Par exemple, au cas où je réussi-
rais, il doit bien penser qu'il ne sera plus au pouvoir de
ma générosité de limiter le temps de son épreuve. »

X

Symptômes de défaillance.

La lecture de cette note remplit Marcille de trouble. Il ne comprenait point les conclusions comminatoires du dernier paragraphe et ne s'en inquiétait guère; mais, en ce qui regarde les calculs désolants de l'ensemble, tout en croyant y voir de l'exagération, il ne pouvait s'empêcher de reconnaître que son oncle avait mis le doigt sur la plaie. Ce qui accrut encore ses perplexités, ce fut que Mme Lemajeur et son amie, Mme Hilarion, à qui il fit part de ces ouvertures, se rangèrent incontinent à l'avis du procureur général. Il n'était pas jusqu'à Thérèse elle-même qui ne plaidât pour la temporisation. La pauvre fille, dans sa droiture et sa timidité, avait peine à se défendre des préjugés qui condamnaient son mariage. Tout ce qui existait en elle de susceptibilité vibrait douloureusement à la pensée d'être introduite de force dans une famille, et l'espérance, si faible qu'elle fût, d'y entrer sans violence, la rendait capable de s'imposer les plus grands sacrifices.

Marcille flottait au milieu des plus pénibles incertitudes. Son oncle lui tendait évidemment un piége. Le procureur général avait trahi le fond de sa pensée en plus d'une occasion. D'après lui, la passion de son neveu n'était, au début, qu'un caprice qui, à moins de l'intervention de Mme Ferdinand, n'eût pas été sans doute au delà. Les complaisances et les mensonges de la couturière étaient parvenus à changer une pure fantaisie en un goût très-vif, que Mme Lemajeur, par son aveuglement d'abord, ensuite par une obstination tardive, avait aidé à convertir en un

sentiment encore plus sérieux. Enfin, une opposition irri-
tante par les formes, des tracasseries et des persécutions
maladroites, des insultes gratuites avaient exalté ce sentiment et lui avaient donné le ressort et les apparences de la
passion. Marcille n'était déjà que trop enclin à haïr l'injustice et à se révolter contre elle. Le procureur général se
croyait donc fondé à soutenir que l'amour de son neveu
n'était pas incurable, et qu'il pourrait s'éteindre avec la
lutte dont il était né.

Bien que Marcille n'acceptât point cette analyse, qu'il la
repoussât de toutes ses forces, il ne laissait pas que d'être
troublé par les pronostics. Qui pouvait prévoir les résultats
d'une année d'absence? Puisque aussi bien, quoi qu'il arrivât, il était tenu à épouser Thérèse, ne valait-il pas mieux
l'épouser alors qu'il avait encore toutes ses illusions?
« D'ailleurs, ajoutait-il, que dira-t-on et que ne dira-t-on
pas, si j'accorde un délai? Après m'être montré si ferme,
pour peu que je fasse mine de fléchir, je ne suis plus qu'un
fanfaron et qu'un lâche. Et quel triomphe pour tous ceux
qui se sont levés contre moi! En définitive, n'aurai-je pas
l'air de céder à la peur, de ravaler mon amour au niveau
des plus vils intérêts?... »

On l'a vu, Marcille n'avait décidément rompu avec sa
mère que par suite de misérables intrigues. Aujourd'hui,
c'était clair jusqu'à l'évidence, le respect humain, ou
mieux, le soin de sa propre dignité, le possédait aussi
étroitement que l'amour. De son langage, on pouvait
même induire que, s'il n'eût éprouvé qu'une résistance
convenable; s'il n'eût pas eu à souffrir dans sa femme,
dans sa belle-mère; s'il n'eût pas été accablé sous les mortifications, les insultes, les calomnies, il eût sans beaucoup
de peine adhéré aux conditions de son oncle.

Ces conditions le mettaient du moins aux prises avec les
plus cruelles perplexités. Il était rêveur, indécis, au point

de donner par instant l'espérance de le voir faillir à ses résolutions. Mais la nécessité ne lui faisait point encore une
loi d'avoir ce courage.

En réponse aux avances de son oncle, malgré Mme Lemajeur, malgré Mme Hilarion, malgré Thérèse, un mois
plus tard, jour pour jour, il se décidait à faire sommer une
troisième et dernière fois sa mère.

Il n'avait plus que trente jours à attendre pour pouvoir
se marier librement.

XI

Mme Ferdinand arrêtée.

Cependant, une nouvelle, grosse de scandale, circulait
tout à coup. Mme Ferdinand venait d'être arrêtée.

Ce fait, et celui du dernier acte respectueux notifié à
Mme Marcille, quoique sans rapport apparent entre eux,
s'étaient suivis de si près, qu'il semblait que l'un eût été
déterminé par l'autre. La coïncidence, en effet, si le
hasard en était cause, était bien aussi un peu l'ouvrage du
procureur général.

A dater du jour où l'éveil lui avait été donné sur la couturière, il n'avait pas discontinué d'en fouiller la vie et
d'en faire épier toutes les démarches. Or, il en est de certaines réputations comme des ballons gonflés qu'une piqûre d'épingle suffit à réduire au plus mince volume. Sur
les assertions de Mme Lemajeur, une mère confessait son
enfant et la retirait sur-le-champ de l'atelier. D'autres parents se crurent bientôt fondés à suivre cet exemple. L'opinion s'en émut. Il n'en était pas moins difficile, en dépit
même d'une bonne volonté quelque peu partiale, de con-

stituer, avec ces détails, un corps de délit suffisant pour motiver des poursuites.

C'est une chose regrettable, et à coup sûr regrettable surtout aux yeux du magistrat, quand le moindre écart de passion peut amener un malheureux sur les bancs de la cour d'assises, qu'il soit souvent impossible de traduire une créature incessamment perverse avec préméditation devant un simple tribunal de police correctionnelle.

La couturière, en attendant, qui se jouait, à travers les articles du Code, on pourrait dire comme une couleuvre à travers les tiges d'une oseraie, avait fini, comme cela arrive souvent aux gens trop adroits, par se prendre dans ses propres piéges.

Une toute jeune fille, en apprentissage et à demeure chez elle, y fut l'objet d'un attentat. Sous l'empire d'é-blouissantes promesses, l'enfant consentit à se taire et même à sacrifier ses scrupules. La faute eut des suites qu'il devint chaque jour plus difficile de cacher, et Mme Ferdinand, en vue d'en prévenir les conséquences, ne trouva rien de mieux que de conseiller un crime à son apprentie. Celle-ci s'y refusa d'une manière absolue. Elle eut alors à subir de telles menaces et de telles brutalités, qu'elle prit le parti de se sauver dans sa famille et d'y con-ter sa mésaventure.

La pauvre fille n'avait rien à gagner au scandale : ses parents ne soufflèrent mot d'abord. Mais la couturière n'é-tait pas dans le secret de leurs pacifiques intentions : par excès de prudence, elle s'empressa de publier partout qu'elle avait chassé son apprentie pour cause d'inconduite. A cette imposture, le père de la jeune fille comprit l'ur-gence de déposer une plainte.

Il en résulta que Mme Ferdinand, à l'heure même où ses relations avec Mme Marcille lui donnaient la confiance d'avoir une réputation mieux assise et un crédit plus assuré

que jamais, fut mise, à la stupéfaction de bien des gens,
en état d'arrestation.

XII

Coup de foudre.

Cette nouvelle qui, selon toute probabilité, eût dû surprendre agréablement Marcille, ne lui causa pourtant
qu'une satisfaction médiocre. Sa future femme était mena-
cée du supplice de figurer aux débats à titre de témoin, de
s'y voir confondue avec des filles perverties, de s'y entendre peut-être soupçonner dans sa vertu, et il ne paraissait
nullement jaloux de contracter cette nouvelle dette envers
elle.

La ressource d'un départ précipité lui restait. Justement
ses mesures étaient dès longtemps prises. Il avait décidé
que le mariage se ferait à la campagne, qu'à l'issue de la
messe, lui et sa femme partiraient pour l'Italie, où ils sé-
journeraient le temps de se faire oublier. D'honnêtes in-
dustriels consentaient à servir de témoins, et le concours
d'un curé de village était assuré. Mᵉ Digoing avait déjà
rédigé le contrat, par lequel Marcille avantageait Thérèse
de vingt mille francs, et lui léguait tout en cas de mort.
Les signatures manquaient seules à ce contrat.

Marcille eut à se reprocher de n'avoir rien fait, malgré
des avis réitérés, pour se soustraire à une disgrâce bien autrement sérieuse.

A peine avait-on su en ville que ses oncles le déshéri-
taient, que ses créanciers, saisis de frayeur, étaient accou-
rus chez lui. Si quelques-uns, les plus pauvres, avaient
parlé des grosses dents, comme on dit, la plupart s'étaient

contentés d'une reconnaissance en règle, ce qui était loin d'être une garantie contre leurs rigueurs.

En effet, M⁰ Digoing, actuellement, entendait parler, à ce sujet, de menées secrètes tout à fait inquiétantes. Il en prévint diverses fois son client, qui qualifia obstinément ces manœuvres de chimériques, et persista à s'endormir dans l'inaction.

A la visite inopinée d'un individu dont le nom augural ne pouvait présager que le papier timbré, les assignations, la saisie, Marcille, terrifié, comprit enfin sa faute.

L'extérieur du personnage répondait merveilleusement à sa réputation. On frissonnait rien qu'en l'apercevant. Son masque, hâve et blême, était encadré de favoris roux et blancs, plus roides que les soies d'une brosse, et taillés à l'instar des ifs de jardin avec quelque outil ébréché. Il avait des yeux fauves, cerclés de rouge, un nez droit, brutalement aiguisé du bout comme le tranchant d'un couteau, une bouche de forme indécise et de couleur violâtre, pareille à celle d'un mort. Cette face, vraiment patibulaire, trahissait un de ces hommes prêts à tous les délits, sinon par méchanceté, du moins pour satisfaire aux exigences d'habitudes crapuleuses, comparables à des gouffres toujours à combler. La crasse de son habit noir et la malpropreté de son linge lui donnaient les apparences d'un vieux champignon moisi. A son approche, à cause de sa respiration courte et embarrassée, il semblait qu'on entendît siffler un serpent. Il rampa jusqu'à Marcille en boitant, de l'air timide et cauteleux d'un homme chargé d'une mission désagréable et certain d'un mauvais accueil. Il se découvrit et s'inclina jusqu'à terre. Il tenait d'une main sa canne et son chapeau, de l'autre un portefeuille d'avocat, gonflé de papiers. Il n'y eut, au reste, entre Marcille et lui, qu'un échange de quelques paroles.

« Monsieur Marcille, balbutia le boiteux, j'ai bien l'honneur de vous offrir mes respects. »

Marcille garda le silence.

« N'aurais-je pas l'avantage d'être connu de monsieur? »

Marcille parcourut son interlocuteur des pieds à la tête avec la lenteur mesurée d'une aiguille qui marque les secondes. Puis :

« On vous nomme Isidore Bléau, dit-il en fixant ses regards sur le visage du boiteux; vous avez commencé par être huissier; on vous a destitué pour cause d'usure, aujourd'hui vous vendez des hommes et vous vous occupez d'affaires véreuses. Est-ce bien cela?

— Sauf, repartit Bléau de l'air souriant d'un puriste heureux d'avoir l'occasion de mettre un point sur un *i*, que je me charge aussi de faire des recouvrements.

— Voulez-vous maintenant que je vous dise pourquoi vous venez?

— Monsieur serait bien aimable de m'épargner l'ennui de le lui apprendre.

— Volontiers. Aussi bien suis-je impatient d'en finir.... Mon oncle Deshaies, qui connaît son monde, vous a fait l'insigne honneur de vous appeler et de vous signifier ses ordres. Je ne sache pas qu'il pût trouver un instrument plus souple et plus complaisant. Vous êtes allé chez mes créanciers de sa part. Par l'intimidation sans doute, vous les avez contraints à vous vendre leurs créances. Plus jaloux d'être payés que de tenir leurs promesses, ils ont signé toutes les procurations dont vous aviez besoin, et, par le fait, vous ont constitué leur tout-puissant fondé de pouvoir. »

Le marchand d'hommes, en signe d'assentiment, balançait la tête comme un magot.

« Si monsieur veut que je lui prouve qu'il n'avance rien que d'exact, dit-il en offrant son portefeuille.

— Et vous venez me prévenir, continua Marcille, que si, dans un délai de.... je ne vous ai pas donné une entière satisfaction, vous me poursuivrez selon toute la rigueur des lois.

— Je puis lire à monsieur, s'il l'exige, dit encore le boiteux, les articles du Code y relatifs.

— Vous n'ignorez pas, cependant, que le tribunal est d'ordinaire peu favorable aux gens de votre espèce.

— Aussi croyez bien que....

— Je vous entends, interrompit Marcille, vous n'êtes ici que le prête-nom d'un créancier inflexible qui jouit d'une considération meilleure que la vôtre. J'aviserai.... »

XIII

Procès.

Marcille oublia de s'indigner pour s'occuper sur-le-champ des moyens de faire face à des exigences qu'il savait inexorables. Avant de penser à quoi que ce fût, la prudence lui commandait de payer ses dettes intégralement. Après y avoir mûrement réfléchi, il se munit de ses titres et courut chez Me Digoing avec l'intention formelle de faire mettre ses biens en vente. Il eut bientôt la confirmation de ce qu'il avait tout de suite pressenti. Parce qu'il avait hâte de vendre et voulait de l'argent comptant, il ne trouverait d'acquéreur qu'à des conditions désastreuses. Il consentit au sacrifice, sans en être plus avancé. Les formalités judiciaires trompèrent de beaucoup son impatience.

Pendant ce temps-là, on pressait l'instruction de l'affaire Ferdinand. Thérèse, Mme Lemajeur, Marcille lui-

même et bien d'autres étaient mandés au parquet. Finalement, la couturière comparaissait devant ses juges, que
Marcille était encore incertain au sujet de l'époque à laquelle il pourrait se marier et partir.

Longtemps avant l'ouverture de l'audience, une affluence
considérable comblait l'enceinte du tribunal correction-
nel. Quelques femmes en grande toilette occupaient des
places réservées....

L'assurance dont la couturière avait fait montre jusqu'a-
lors se démentit dès les premiers mots du président. Elle
comprit avec stupeur qu'on incriminait toute sa vie. La
longue série de ses méfaits fut énumérée en manière de
préambule et de cortége à l'acte qui était l'origine des
poursuites actuelles. La part qu'elle avait prise à l'histoire
de Thérèse et de Marcille servait à nettement préciser son
odieuse tactique. Son masque de religion à l'aide duquel
elle se flattait d'une perpétuelle impunité, lui fut arraché
impitoyablement. Après cela, le délit spécial qu'on lui
imputait s'expliquait de lui-même, et la double prévention
sous laquelle elle comparaissait n'était que trop bien justi-
fiée.

Elle eut beau se défendre, nier tout avec force, avancer
effrontément qu'elle était victime de la perversité précoce
des jeunes filles qu'elle occupait, et des machinations
d'ennemis implacables que lui méritait sa haute vertu,
l'unanimité des témoignages, en faisant justice de son
système, confirma pleinement toutes les charges de l'accusation.

Peu après, dans son réquisitoire, le substitut du procureur général, la prenant à partie, faisait d'elle la peinture
la plus énergiquement odieuse et pourtant la plus vraie. Il
ne tomba pas dans la faute où n'aurait pas manqué de tomber un homme moins bien averti, de saisir l'occasion,
comme l'appréhendait Marcille, pour répandre le blâme

sur Mme Lemajeur et le doute sur la vertu de sa fille. Loin
de là, se tournant tout à coup vers le banc des témoins et
désignant la fille et la mère d'un geste pathétique, il se
complut longuement dans l'éloge de l'une et de l'autre. Il
s'attacha à les laver des imputations calomnieuses dont on
avait voulu les flétrir, et à les montrer dignes du respect
et de la considération de tous les honnêtes gens. Il ajouta
que « telles étaient les vertueuses et modestes femmes
que l'accusée prétendait offrir en holocauste à son infamie. »

Mme Ferdinand, en dépit des efforts d'un défenseur habile, fut condamnée à deux années de prison et à cent
francs d'amende.

Ainsi, peu à peu se vaporisaient en quelque sorte les
éléments de l'irritation qui avaient jeté Marcille dans la
violence. Sans compter que ces louanges décernées publi-
quement à Mme Lemajeur et à Thérèse équivalaient à
une réhabilitation, par l'arrêt du tribunal, les deux femmes
étaient encore vengées avec usure des calomnies de la couturière.

Marcille n'était pas loin de penser qu'elles étaient présentement beaucoup moins à plaindre, et que la précipitation du mariage n'importait déjà plus autant à leur honneur et à leur repos.

D'accablantes déceptions ne contribuèrent pas peu à l'é-
garer de plus en plus dans ce courant d'idées. Le prix
qu'il obtint de ses propriétés ne suffit pas à l'acquittement
de ses dettes ; il dut encore, pour y atteindre, sacrifier plusieurs titres de rente. Malgré son inaptitude décidée pour
les calculs, il entrevit au moins approximativement ce qui
lui resterait. Son revenu annuel ne dépasserait certainement pas trois ou quatre mille francs. Là-dessus, il
fallait prélever une pension viagère pour Mme Lemajeur, faire une multitude d'emplettes indispensables,

voyager et vivre dans des pays dont il ignorait la langue et les mœurs.

L'incertitude de pouvoir suffire à de telles exigences le remplissait déjà de craintes. Quelque peine qu'il se donnât pour affecter l'enjouement, il devenait chaque jour moins malaisé d'apercevoir qu'il vivait au milieu de perplexités croissantes, et que sa pensée suivait des voies qui le rapprochaient toujours plus de son oncle et l'éloignaient d'autant de Thérèse.

XIV

Préoccupations douloureuses.

Quand Marcille gaspillait son revenu en bagatelles, quand il se ruinait pour des créatures qui ne lui inspiraient qu'un sentiment banal, comment eût-il borné sa générosité envers une femme qu'il aimait? Entre autre choses, il avait donné à Thérèse des pendants d'oreille enrichis de diamants, une montre et une chaîne en or, un anneau, un bracelet, un petit nécessaire plaqué d'écailles et incrusté de cuivre, toutes choses choisies avec goût parmi ce qu'il y avait de plus cher.

Aujourd'hui même, bien qu'il se sentît sur la pente d'un abîme, il ne pouvait résister au plaisir de lui apporter journellement quelque présent coûteux. Sa passion de donner semblait même grandir en raison directe du décroissement de ses revenus. Ainsi, il s'aperçut tout à coup, ce qui lui avait échappé jusqu'alors, que Thérèse mangeait dans l'étain, et il résolut aussitôt de lui offrir de l'argenterie. A cet effet, il courut chez son notaire pour y retirer des fonds.

M⁰ Digoing crut devoir lui faire des observations amicales sur le danger de sa prodigalité.

Marcille, surpris, se récria.

« Vous m'avez demandé, dit le notaire, un état exact de
vos ressources et le chiffre de ce que vous auriez à dépenser annuellement. J'ai terminé ce travail. Il en résulte
qu'il vous est interdit, non-seulement d'être prodigue, mais
encore de vivre à l'étranger et de pensionner votre belle-
mère....

— Que me conseillez-vous donc ? demanda Marcille stu-
péfait.

— A quoi bon vous expatrier ? répondit le notaire. Capi-
talisez vos rentes ; achetez ou louez à quelques lieues d'ici
une petite maison ; emmenez-y votre femme et votre belle-
mère, et vivez là, en attendant mieux, de la vie des gens
de la campagne.

— Mais je ne pourrai jamais m'accommoder de cette vie-
là ! répliqua aussitôt Marcille ; et je ne consentirai jamais
à voir perpétuellement entre ma femme et moi l'ombre
d'une belle-mère, cette belle-mère fût-elle d'ailleurs un
ange !

— Que voulez-vous que je vous dise alors? ajouta
Mᵉ Digoing. Il est une vérité à l'égard de laquelle il n'est
pas possible de vous faire illusion. Même en vous faisant
campagnard, à moins de réelles privations, vous aurez
absorbé ce qui vous reste en une dizaine d'années et
moins. »

Cette déclaration produisit sur Marcille l'effet d'un coup
de foudre. Il fut quelques instants muet de désespoir.

« Ah ! s'écria-t-il enfin en appuyant les poings sur son
front, dans quel abîme je me suis jeté !... »

A dater de ce jour, Marcille ne cessa plus de trembler
pour l'avenir. Il se sentait incapable de devenir économe
et savait bien qu'il était des privations auxquelles il ne pour-

rait jamais se faire. Incessamment aux prises avec ces misérables préoccupations, profondément humiliantes à ses
yeux, son humeur s'altérait. Il perdait insensiblement jusqu'à la force de cacher sa tristesse, ses incertitudes, ses angoisses.

La jeune fille, de son côté, sans courage pour interroger
son amant, ne laissait pas que d'avoir sa part de trouble. Dans
l'ignorance d'une ruine que Marcille n'osait lui avouer
par honte, elle observait ses perpétuelles métamorphoses et
était effrayée de le voir devenir toujours plus taciturne,
plus morose, plus fantasque. Dès qu'elle était seule, elle
se repliait sur elle-même, s'interrogeait, se tourmentait
avec des doutes et des conjectures. « Il ne m'aime plus sans
doute autant, se disait-elle. Aurait-il du repentir ? Dans
ce cas, à quoi dois-je m'attendre ? Quelle sera notre vie ? »

Ainsi graduellement fermentait entre eux un levain de
défiance et d'amertume qui, sans qu'ils s'aimassent moins,
répandait souvent du froid et de la gêne dans leurs entre-
vues.

Depuis plusieurs mois, le délai légal était expiré, et
Marcille ne parlait pas de la publication des bans. Son
indécision aujourd'hui était aussi profonde que, dans le
principe, son impatience avait été vive. Dans ses actes et
dans son langage, il semblait qu'il ne songeât plus qu'à se
démentir. En même temps, il avait peine à se défendre de
ne pas trouver matière à contradiction dans chaque parole
qu'il entendait.

C'est chose rare que de légers nuages ne se glissent pas
quelquefois entre des personnes qui se voient journellement, même quand ces personnes s'aiment avec passion.
Mais ces nuages qui, le plus souvent, s'évanouissent aussi
vite qu'ils se forment, persistaient plus que de raison entre
Marcille et Thérèse, et prenaient en quelque sorte toujours
plus d'opacité et de consistance.

Il arrivait trop fréquemment que leurs entretiens fussent
troublés par de petites altercations où perçait déjà une certaine aigreur. Les motifs en étaient toujours si puérils que
Marcille lui-même en rougissait. Ce qui ne l'empêchait
pas de retomber le lendemain dans les mêmes faiblesses.
Ces altercations dégénérèrent bientôt en scènes extrêmement pénibles. Thérèse ne pouvait plus vivre ainsi. Elle
brûlait du désir de mettre un terme à des crises qui la
remplissaient d'alarmes et la faisaient souffrir horriblement. Chaque jour, elle se promettait de provoquer une
explication.

Elle était bien éloignée de prévoir qu'elle fût à la veille
d'un dénoûment où allaient provisoirement s'abîmer toutes
ses espérances.

XV

Ce qui s'ensuit.

La chambre de la jeune fille donnait sur la rue. Éclairée par deux fenêtres, cette chambre était encore très-
habitable et très-gaie, malgré les poutrelles du plafond, le
papier commun du mur et les carreaux rouges du plan-
cher. Le lit, placé à côté de la porte, était d'une blancheur
qui faisait plaisir à voir. La commode en noyer, à poignées
de cuivre, et l'armoire en même bois, à ferrure brillante,
pour serrer le linge, semblaient sortir de chez le fabricant.
Quelques tasses en porcelaine et deux vases à fleurs en
verre bleu, rangés sur la cheminée, se reflétaient dans une
belle glace donnée par Marcille. Une table où étaient pêle-
mêle une tête de carton à l'usage des modistes, un tambour
vert pour remettre les dentelles à neuf, des boîtes pleines

de fil, de soie et d'aiguilles, comblait un des angles de la pièce.

Les seuls objets d'art étaient des lithographies de la rue Saint-Jacques, encadrées dans des baguettes noires. Elles représentaient l'histoire de la *jeune Adèle* depuis son enlèvement par un *jeune officier de hussards* jusqu'au pardon du père, le *vénérable Fitz-Henri*, comme l'indiquait la double légende espagnole et française qu'on lisait sur la marge du bas. Ces dessins semblaient placés là pour témoigner que les choses les plus détestables ne le sont que relativement et se supportent dans le milieu qui leur convient.

Il était dix heures du matin. La mère et la fille déjeunaient. Jadis, elles mangeaient sur le coin d'une table, sans nappe, dans des assiettes en terre de pipe, et buvaient à même un pot de faïence. Depuis que Marcille était là à toute heure, que souvent il mangeait avec elles, la pauvre vaisselle avait été remplacée par la porcelaine et le cristal. Elles avaient acheté du beau linge avec leurs économies. Leur table actuellement étincelait comme une boutique de verroteries ou la montre d'un orfévre.

On sonna. Thérèse fit un bond.

« C'est lui ! » s'écria-t-elle.

Elle alla à la fenêtre et passa la tête à travers le feuillage des pots de fleurs qui étaient sur la margelle.

« C'est bien lui ! dit-elle en se retirant. Reste, mère, je descends lui ouvrir. » Et, sans même prendre le temps de donner un coup d'œil au miroir, elle courut en sautant vers l'escalier.

On était en avril. Sur le bleu pâle du ciel rayonnait le soleil déjà chaud. Un précoce printemps encombrait les marchés de fleurs. Traversant une place où s'étendaient en lignes les étalages de légumes et de verdure des paysannes, Marcille avait acheté, à défaut d'un plus riche présent, un magnifique bouquet tout humide encore de rosée.

La mélancolie débordait de son âme et couvrait son front de nuages. Jamais pourtant Thérèse ne lui avait semblé plus jolie. Fluette sans être maigre, pas précisément belle, mais gentille au possible, elle avait un visage resplendissant de fraîcheur, animé de deux yeux bruns limpides comme ceux d'un enfant. A la voir dans sa toilette printanière, avec sa robe verte unie, sa jolie collerette brodée, son bonnet à rubans violets, jeté sur les tresses énormes de ses cheveux châtains, elle plaisait à l'œil comme plaît une branche de lilas nouvellement fleurie qu'on trempe dans l'eau pour en hâter l'épanouissement. Un rayon de soleil tombait d'aplomb sur elle. Le bonheur éclatait dans ses yeux. Marcille lui mit le bouquet dans la main et la suivit sans mot dire.

A peine entré dans la chambre, il affecta de causer avec Mme Lemajeur pour se dispenser de répondre à Thérèse, qui lui demandait s'il voulait partager leur déjeuner. Blessée de cette affectation, la jeune fille se laissa aller à un mouvement de dépit qui, du reste, lui causa tout de suite du regret. Avec une sorte d'humeur, elle jeta le bouquet sur la commode plutôt qu'elle ne l'y posa.

On ne saurait expliquer comment Marcille la vit, puisqu'il lui tournait le dos. Toujours est-il que, lui faisant face brusquement, il fixa sur elle des yeux follement ouverts et devint tout pâle. Cette réflexion brutale, indigne de lui, le prit à la gorge : « Je devine pourquoi vous dédaignez ces pauvres fleurs. Si peu de valeur qu'ait une chose, ne devrait-elle pas vous être chère, dès qu'elle vient de moi? » Il eut assez de bonheur pour arrêter sur ses lèvres cette accusation aussi atroce qu'injuste. Mais il n'était pas difficile de comprendre qu'il ne souhaitait qu'un prétexte mieux fondé pour épancher l'amertume qui gonflait sa poitrine.

Mme Lemajeur avait la sagesse de ne jamais s'immiscer

dans ces petites querelles. Prévoyant quelque orage, elle feignit d'avoir affaire dans la chambre voisine et sortit.

Thérèse et Marcille s'envisagèrent quelque temps en silence, elle, encore confuse, lui, toujours paraissant attendre une explication.

« Avouez-le franchement, dit tout à coup résolûment la jeune fille, vous ne m'aimez plus et vous vous repentez. »

C'était véritablement ouvrir une soupape à de la vapeur comprimée.

« Que voulez-vous dire? fit aussitôt Marcille en jouant la surprise. A quoi pensez-vous? Auriez-vous encore des doutes? N'ai-je point assez fait? Qu'exigez-vous de plus? Ne me prêteriez-vous que la triste intention d'avoir voulu désoler ma mère et contrarier mes oncles? »

Le ton rapide et tranchant dont cela fut dit acheva de troubler la jeune fille.

« Je ne suppose ni n'exige rien, dit-elle d'une voix qui présageait des larmes. Mais vous n'êtes plus le même avec moi. Vous vous ennuyez et vous souffrez. Il ne faut pas avoir peur de me faire de la peine. J'ai du courage. Si vous jugez à propos de vous dédire, il en est encore temps; vous pouvez le faire sans avoir à craindre même l'apparence d'un reproche.

— Mais pour l'amour de Dieu, dit Marcille en s'animant, sur quoi vous fondez-vous? Qu'ai-je dit? qu'ai-je fait? Parce que je suis triste! Dois-je aussi me contraindre, rire, quand j'ai la mort dans l'âme?

— Vous ne me répondez pas, dit Thérèse prête à pleurer, et vous vous emportez sans raison. Si vous ne pouvez pas vous contenir à présent, qu'arrivera-t-il plus tard? Voyez-vous, je ne connais pas de supplice que je ne préfère à celui de vous voir ne m'épouser que par point d'honneur. Reprenez votre parole, que tout soit fini. Adieu! adieu!... »

Là-dessus, la jeune fille, sanglotant, se leva et s'enfuit dans la chambre de sa mère.

Marcille était pénétré de ses torts, il s'indignait contre lui-même. Mme Lemajeur rentra avec sa fille tout en larmes. Le jeune homme implora son pardon. Thérèse répondit qu'elle ne lui en voulait pas, mais qu'elle persistait à lui rendre sa liberté.

« Vous êtes une enfant. Vous vous forgez des chimères. Je n'aurai jamais d'autre femme que vous, » lui dit Marcille d'un air distrait et chagrin.

A l'aide de protestations analogues, il parvint à la calmer et à se réconcilier avec elle, puis il s'en alla.

Il emportait avec lui d'ineffaçables impressions. Sans s'en apercevoir, il gagna la campagne et y erra tout le reste du jour. Tandis que son corps brûlait, il se sentait le cœur de glace et la tête libre. Il était dans un de ces états de fièvre où l'esprit jouit d'une lucidité parfaite et où les idées s'enchaînent fatalement comme, dans une machine, s'engrènent les dents de roues combinées. Il venait d'avoir l'avant-goût affaibli des scènes qui combleraient ses jours. Ne deviendraient-elles pas encore plus vives et plus douloureuses sous l'influence délétère des tiraillements de la nécessité? Si, comme il en avait journellement la preuve, il se trouvait déjà dans une sorte de misère, pouvait-il ne pas pressentir les douleurs croissantes dont son mariage était gros. Combien approcherait rapidement l'heure où il devrait recourir aux expédients, où il ne vivrait plus que de privations, où la femme qu'il adorait en serait réduite à balayer, à faire la cuisine, à laver la vaisselle, à passer sa vie dans les occupations d'une servante!

Ce n'était rien encore. Des enfants viendraient sans doute ajouter aux tortures de cette vie. Ils grandiraient au milieu des hasards d'une existence misérable, sous les yeux d'un père incapable d'assurer leur avenir. Enfin, spectacle

intolérable, il voyait sa femme, succombant sous le poids
d'un travail excessif, vieillir, se rider, se flétrir avant l'âge.
Et sous l'empire de luttes incessantes, leur humeur s'ai-
grissait, la discorde, puis la haine se glissaient entre eux et
faisaient de leur intérieur un réceptacle de toutes les souf-
frances humaines.

Ces idées et ces images le poursuivirent jusque dans le
sommeil, où elles se traduisirent en cauchemars sinistres.
Au matin, il s'éveilla un tout autre homme. Il semblait que
des écailles fussent tombées de ses yeux, il se trouvait doué
d'une lucidité singulière et percevait une foule de détails
qui, jusqu'alors, lui avaient échappé.

Une scène, un mot, moins que rien avait tout à coup
fait de lui un homme pratique, et ce n'était pas miracle :
du moindre choc peuvent jaillir de l'esprit les considérations les plus étendues et les plus profondes. Il suffirait,
pour le prouver, de rappeler, sauf l'impertinence de l'analogie, l'histoire de Galilée et celle de Newton.

Somme toute, il fut épouvanté de la folie monstrueuse
qu'il avait été sur le point de commettre, et décidément
envahi par la conviction imperturbable que, plus son amour
était profond, plus le devoir d'ajourner son mariage était
rigoureux.

Dans l'espérance de ne pas perdre le bénéfice des propositions de son oncle, il lui écrivit aussitôt une lettre
affectueuse. Mais la seule idée de revoir Thérèse le remplissait maintenant de confusion. Faute d'avoir écouté ses
conseils, il s'était mis hors d'état de préciser le délai auquel il se voyait forcé. Chaque regard de la jeune fille ne
serait-il pas un reproche? Aurait-il seulement le courage
d'assister à sa douleur et de se séparer d'elle? D'ailleurs,
sincère et inébranlable plus que jamais dans la résolution
de l'épouser un jour, irait-il s'exposer à l'entendre exprimer des doutes injustes et blessants? Il prit donc le part

de s'éloigner sans lui dire adieu, et d'aller attendre loin
d'elle le moment où il pourrait lui donner des marques
éclatantes de sa probité.

XVI

La lettre.

Mmes Lemajeur et Hilarion, dont la vie n'avait été
qu'une suite d'épreuves, n'avaient pas discontinué de
trembler pour le bonheur de Thérèse. En ne voyant plus
reparaître Marcille, elles furent assaillies de noirs pressentiments et commencèrent à craindre que leurs vagues
appréhensions ne fussent à la veille de se réaliser. Aux angoisses de la jeune fille que l'une et l'autre aimaient
également, elles étaient consternées et se sentaient à chaque
instant plus impuissantes à contenir leurs craintes.

Ce fut alors que le facteur apporta une lettre. Mme Hilarion la monta. Thérèse se hâta de la décacheter et de la
lire. De l'expression « Chère Thérèse, » elle sauta à la
signature, et le froid de la mort courut dans ses veines,
en constatant que la lettre était signée « Marcille. » Un
brouillard de larmes obscurcit ses yeux, à mesure qu'elle
en prit connaissance.

Marcille y remontait au jour où il avait refusé de prêter
l'oreille aux paroles conciliantes de son oncle et méconnu
les avis les plus sensés. Il y racontait sommairement la
visite de l'ex-huissier Bléau et les conséquences désastreuses qu'elle avait eues. Thérèse et sa mère ignoraient
ces détails. Il y exposait ensuite le bilan exact de la situation, et ajoutait : « Que ces aveux sont durs! J'en suis
« présentement réduit à n'avoir plus même le nécessaire,

« et, non-seulement je suis sans état, mais encore je me
« sens incapable de jamais secouer la paresse dans laquelle
« j'ai été élevé. Cependant, je ne puis pas non plus tolérer
« que ma femme travaille et me tienne lieu à la fois de
« servante et de cuisinière. Il faut, pour elle et pour moi,
« un intérieur, sinon luxueux, du moins convenable. Il
« n'est pas non plus absurde d'admettre que des enfants
« naîtront de nous, et cette prévision, qui devrait me ré-
« jouir, achève de me remplir d'horreur. O mon amie! je
« puis me résigner à perdre l'affection de ma mère, à me
« brouiller avec mes oncles, à me mettre le monde à dos;
« mais ce qui est au-dessus de mes forces, c'est de souffrir
« en ma femme, d'être torturé en mes enfants! J'ai beau
« vouloir fermer les yeux, regimber : tout me fait une loi
« de la patience. Une séparation momentanée n'est-elle
« pas mille fois préférable à cet avenir?

« Mon accablement est bien près du désespoir. Je ré-
« ponds de moi. Mais aurez-vous un courage égal au
« mien? Ne suspecterez-vous pas la loyauté de mes inten-
« tions? Ne puiserez-vous pas dans mes torts le prétexte
« de m'accabler et de m'oublier? S'il devait en être ainsi,
« vous changeriez mon exil, déjà si douloureux, en le plus
« intolérable des supplices. Vous m'aimeriez donc moins
« que je ne vous aime? J'ai donné de ma passion les té-
« moignages les plus éclatants. Je ne cède qu'à la force
« des choses. Ma passion est de celles qui ne peuvent pas
« s'éteindre. Elle est en quelque sorte calme et raisonnée.
« Tout en vous me plaît et me charme, votre personne,
« votre esprit et votre âme. Je n'ai pas cessé de découvrir
« en vous, depuis que je vous connais, des motifs de vous
« aimer toujours davantage. Je sens que je ne puis être heu-
« reux qu'avec vous seule. Aurais-je d'ailleurs la certitude
« du contraire, que ma résolution n'en serait pas moins
« inflexible. Quoi qu'il arrive, vous serez ma femme. Je

« jure de vous épouser aussitôt que les circonstances le
« permettront; et s'il pouvait jamais en être autrement,
« vous n'y perdriez pas beaucoup, car je serais alors le
« dernier des hommes. Mais, ô mon amie! saurez-vous
« jamais combien je vous aime et combien je souffre?
« Que seulement il plaise à Dieu que j'aie le courage de
« vivre loin de vous!... »

Thérèse, bien avant la fin, avait laissé tomber la lettre à
terre et était tombée elle-même sur une chaise en poussant
une acclamation déchirante. Mme Hilarion pressentit sur-
le-champ la vérité. La mère, effrayée, ramassa la lettre et
se mit à la lire.

Tout à coup la jeune fille éclata en sanglots.

« Oh! fit-elle en se levant et en appuyant les mains sur
sa poitrine, mon cœur! mon pauvre cœur! »

Mme Lemajeur déchiffra les premières lignes de la lettre
et la passa à sa vieille amie. Thérèse se promenait à travers la chambre avec une agitation extrême.

« Oh! mon cœur, mon pauvre cœur! » s'écria-t-elle de
nouveau en sanglotant plus fort.

Les deux femmes, elles aussi, suffoquaient. Un cruel
désappointement se voyait dans leurs traits. Mais leur
amour maternel triompha bien vite de cet accablement.
L'une et l'autre, à l'envi essayèrent de consoler la pauvre
fille.

«'Que veux-tu? disait Mme Lemajeur, nous sommes au
monde pour souffrir. Le mal n'est pas d'ailleurs aussi grand
que tu te l'imagines. Avec un peu de patience, tout s'arrangera. Au pis aller, ne m'as-tu pas avoué toi-même que
ce mariage t'effrayait, que parfois, dans tes rêves, il se
changeait en supplice?

— C'est vrai, dit Thérèse qui essayait de contenir ses
larmes. Mais ça arrive si brusquement. Je ne m'y attendais pas. Je m'y habituerai. » Puis, après une pause, avec

une nouvelle explosion de sanglots : « Oh ! mon cœur, mon pauvre cœur !

— Voyons, dit encore la mère, il faut se faire une raison. Tu n'es pas seule à souffrir ; le pauvre garçon n'est pas moins à plaindre que toi.

— Pourquoi n'est-il pas venu ? s'écria Thérèse. Pourquoi est-il parti sans me voir? Avait-il peur de mes reproches? craignait-il de m'entendre lui rappeler ses promesses?... Non, non, il ne m'aime plus. Je l'aurais lu dans ses yeux. Sa lettre me le dit assez. Il veut m'amuser avec des paroles et m'amener peu à peu à ne plus penser à lui.

— Je suis persuadée, dit la mère, que l'avenir te démentira.

— L'avenir! fit Thérèse, moi, que j'attende un an, deux ans, peut-être dix, pour que les mêmes scènes se renouvellent, pour que je sois en butte aux mêmes affronts, aux mêmes calomnies, pour qu'il ne m'épouse plus que par générosité ! Non, je souffrirai, mais j'y suis résolue, j'étoufferai en moi jusqu'à son souvenir. »

Mme Lemajeur et Mme Hilarion se regardaient en silence.

« Et pour commencer, ajouta la jeune fille avec une animation croissante, je n'accepte rien de ce qu'il m'a donné. Nous allons lui renvoyer tous ses présents par la voisine du dessus. »

Elle ôta sa chaîne et sa montre, ses pendants d'oreilles, ses bracelets, son anneau ; elle courut prendre les couverts, le coffret en écaille et vingt autres choses, empaqueta le tout précipitamment et y mit l'adresse.

Mme Lemajeur ne voyait pas cela sans un extrême déplaisir.

« Attends au moins quelques jours, disait-elle. Tu te repentiras peut-être demain de ce que tu fais à cette heure.

— Pas une heure, pas une minute de plus, dit Thérèse. Je veux prendre des mesures en vue même de ce repentir que vous me faites craindre.

— Il t'a donné ces objets, dit encore la mère. En conscience, ils t'appartiennent : personne n'a le droit de te les reprocher.

— Sans doute, fit Thérèse; mais voudriez-vous donc qu'on dit qu'après tout j'ai reçu le prix de mes larmes?

— Bien, ma fille, dit la vieille hydropique tout émue. Tu me remplis de joie. Je t'assure que tu n'y perdras rien. »

Mme Lemajeur ne trouva plus rien à objecter. Elle monta chez la voisine. A peine sa mère fut-elle sortie que Thérèse alla s'asseoir auprès de Mme Hilarion. Elle cacha sa tête dans le sein de la vieille malade et sanglota de nouveau en s'écriant :

« Oh! madame, je voudrais bien mourir! »

Un sourire mélancolique dérangea les lèvres de la bonne vieille. Elle qui avait été dans l'aisance, adorée d'un mari, entourée d'une nombreuse famille, et qui, successivement, avait tout perdu : mari, enfants, fortune, et s'était bientôt vue vieille, isolée, pauvre, et, pour surcroît de désastre, atteinte d'une maladie cruelle et incurable, elle ne put s'empêcher de sourire en entendant cette enfant à peine née qui, aux premières douleurs, parlait de mourir. Mais, avec une bienveillance angélique, la comblant de caresses et la pressant sur son cœur, elle lui dit de l'accent le plus tendre :

« Pleure, mon enfant chérie, pleure ! le chagrin s'en va tout doucement de l'âme avec les larmes.... »

XVII

Armistice.

Dans le principe, Marcille, de loin en loin, écrivit à son oncle des lettres étudiées, presque froides, où, par-ci, par-là, il glissait un petit paragraphe au sujet de Thérèse. « Il savait à quoi l'honneur l'engageait vis-à-vis d'elle, et il était bien résolu à ne pas l'oublier. A cet égard, il comptait sur le concours loyal et ferme du procureur général. » Son amour, par exemple, était une question qu'il n'agitait plus et à laquelle il semblait même avoir peur de toucher.

L'oubli ne plaisait que médiocrement au procureur général. Ce mariage, que déciderait uniquement le point d'honneur, blesserait donc cruellement toutes les suscepti-bilités de la famille, pour n'être, en réalité, qu'une asso-ciation que troubleraient perpétuellement des luttes dou-loureuses. Il fallait au moins que l'alliance reposât sur un amour durable ; à moins que de cela, il ne donnerait certai-nement jamais son consentement.

Marcille, à qui le procureur général écrivit en ce sens, s'émut des observations et changea peu à peu de style. Soit que les expressions glaciales dont il encadrait le nom de Thérèse fussent affectées, soit qu'il eût simplement à cœur de lever tous les obstacles capables de gêner l'accom-plissement de ce qu'il considérait comme un devoir rigou-reux, soit résurrection effective de sa passion, toujours est-il que, graduellement, ses phrases furent de moins en moins travaillées, qu'elles coulèrent chaque jour plus na-turellement de sa plume, avec une chaleur croissante, et

que finalement elles se firent remarquer par les incohé-
rences et les incorrections d'un véritable lyrisme.

Le procureur général ne goûta pas davantage cette nouvelle prose. Il estimait, par comparaison, que l'enthousiasme est du genre de l'éclair, qu'il s'allume et s'éteint
aussi vite, et qu'il ne saurait prouver une vraie et solide
affection.

Marcille se modéra. Ses tâtonnements le montraient
décidément résolu à dissiper tous les doutes de son oncle
et jaloux de se concilier sa bienveillance.

« Sous l'influence de vos conseils et de la raison, lui
« écrivait-il peu après, j'ai fait litière de toute sensiblerie,
« de tout souvenir irritant, et j'ai voulu bravement éprou-
« ver jusqu'à quel point mon amour était de l'amour. Je
« me suis fait admettre en des cercles où brillent des
« femmes jeunes, charmantes et spirituelles, et j'ai tenté
« de combattre ma passion par une autre passion. Eh
« bien? cher oncle, j'y perds mon temps et ma peine. Je
« vous le déclare, comme cela est, ces femmes, si jolies, si
« aimables qu'elles soient, ne peuvent pas même soutenir
« à mes yeux le parallèle avec Thérèse. Dans l'éloigne-
« ment, je l'entrevois chaque jour plus belle, et l'absence
« me la rend mille fois plus chère. Je vous jure, qu'il ne
« fut jamais d'attachement ni plus sérieux, ni plus pro-
« fondément enraciné dans un cœur d'homme. La crainte
« de vous fournir le prétexte d'oublier les clauses de notre
« contrat, en y manquant moi-même, m'empêche seul de
« rompre mon exil et de venir me jeter aux pieds de Thé-
« rèse. »

XVIII

Grandeurs et misères.

Thérèse, cependant, ne songeait guère à ceux qui s'occupaient si vivement d'elle. L'amour n'était déjà plus en son souvenir qu'un rêve effacé. Son âme tendre avait à subir des épreuves bien autrement douloureuses. Outre que Mme Hilarion achevait de mourir de son mal, Mme Lemajeur, usée par la tristesse et des labeurs excessifs, après quelques mois d'alanguissement, agonisait actuellement au milieu de tortures presque continuelles. L'état de ces pauvres femmes faisait de leur intérieur une sorte d'infirmerie dont Thérèse était tout à la fois la garde-malade, la sœur de charité, l'ange consolateur. A moins du souvenir d'épreuves analogues, il serait difficile de se faire une idée juste de ce qu'était son existence. Le jour, la nuit, veillant sans cesse, tantôt ici, tantôt là, s'oubliant elle-même, aux prises avec ces douleurs contenues, profondes, déchirantes, qui absorbent toutes les autres et y rendent insensible, elle partageait pieusement, avec une mansuétude incomparable, entre les deux femmes, ce qu'elle avait de forces, de tendresse, de dévouement passionné.

Ces détails affligeants n'étaient guère connus que des gens du voisinage. Le procureur général les ignorait absolument. Depuis le départ de son neveu, il n'avait pas entendu parler de la jeune fille.

Après être resté jusqu'à ce jour sans même avoir la curiosité de la connaître, il fut soudainement saisi du désir de la voir et de se former par lui-même une opinion défi-

nitive sur elle. Sous un prétexte quelconque, une après-dînée, il s'achemina vers la rue Serpente.

Aux nouvelles qui l'y attendaient, il ne fut pas moins
étonné qu'ému. Thérèse lui apprit avec une résignation
apparente la double perte qui la menaçait. On devinait à
son visage et à sa voix combien elle souffrait de ne pouvoir
librement pleurer. Cette entrevue fut décisive. Séduit sur-
le-champ à la vue de la jeune fille, le procureur général,
tant qu'il fut avec elle, ne cessa d'être sous le charme d'une
émotion douce et pénétrante. Il jugea tout d'abord qu'elle
méritait mieux que des condoléances banales. Les nombreuses marques d'intérêt qu'il lui donna étaient profondément senties.

Mme Hilarion recevait volontiers des visites. Avant de
s'en aller, le procureur général exprima le désir de la voir.
En l'absence de Thérèse, qui monta chez sa mère, il resta
seul avec la vieille malade.

« Je ne saurais vous dire, monsieur, fit celle-ci avec un
sourire mélancolique, combien votre présence me cause de
joie. Quelques jours plus tard, et j'étais privée de cette
consolation. »

Le procureur général répliqua d'un ton pénétré, que
peut-être elle s'abusait sur son état.

« Non, monsieur, dit tristement la malade, mes jours
sont comptés. Dieu m'est témoin que je ne m'en affligerais
pas, si Mme Lemajeur n'était également perdue. La pauvre Thérèse, qui me semble ne se douter de rien, va se
trouver seule avec son désespoir. »

On vient d'entendre que Thérèse n'ignorait rien de ce
qu'elle avait à craindre; le médecin, à sa prière, l'avait
avertie de prendre ses mesures en vue des plus terribles
éventualités. Sous la menace du plus grand malheur qui
pût l'atteindre, car c'était l'amour même désintéressé, exclusif, immuable de deux mères, qu'elle voyait expirer

sous ses yeux, elle trouvait encore en son âme la force d'imprimer à ses traits un air de sérénité, et de tromper autrui sur ses fatigues et sur ses angoisses.

Une telle force d'âme dans une si jeune fille, frappa étrangement le procureur général. Il se connaissait en caractères. En un clin d'œil, il apprécia Thérèse et en conçut la plus haute idée. Cette pauvre fille, qu'il s'attendait à trouver vulgaire, grandissait tout à coup de cent coudées dans son esprit.

Cependant, Mme Hilarion continuait :

« Le mécompte qu'elle a essuyé la tourmente déjà beaucoup moins, et je me flatte qu'à la longue elle prendra tout à fait le dessus. Mais il faut aussi que M. Marcille prenne garde de défaire l'ouvrage de l'absence et du temps. Je ne doute pas des bons sentiments de M. Marcille ; par malheur M. Marcille a un caractère indécis, et, avec un tel caractère, on ne sait jamais sur quoi compter. »

Le procureur général prit assez froidement la défense de son neveu. Il assura toutefois qu'il le croyait toujours aussi vivement épris, et capable, décidément, de rendre Thérèse heureuse.

Mme Hilarion hocha la tête en signe de doute. Elle ajouta :

« Au surplus, monsieur, Thérèse, matériellement parlant, ne sera pas trop malheureuse. Je lui laisse par testament, bien et dûment enregistré, mon mobilier, mes chiffons, mon argenterie, mes bijoux, mes économies, et environ six cents francs de revenu. Avec ce petit avoir, il ne lui sera pas malaisé, jolie et sage comme elle est, de trouver un parti convenable. Dans le cas où elle voudrait rester fille, eh bien, si peu qu'elle travaille, elle vivra dans une grande aisance. »

La malade se reposa un moment, et reprit :

« Seulement, monsieur, j'ai des héritiers lointains qui ne manqueront pas d'en vouloir à Thérèse à cause de mes dispositions dernières. Il se pourrait même qu'ils cherchassent à l'inquiéter, et voilà précisément pourquoi, monsieur, je désirais si passionnément vous voir. Vous jouissez ici d'une grande autorité et d'un grand crédit, votre influence peut beaucoup dans le cas dont il est question, et je voulais vous demander de l'employer en faveur d'une pauvre fille dont votre neveu a si imprudemment troublé la vie.

— Je vous donnerai cette assurance d'autant plus volontiers, madame, dit le procureur général d'un air et d'un accent qui excluaient toute arrière-pensée, que mon admiration pour votre Thérèse me porte naturellement à cela. Quoi qu'il arrive, je vous le jure, elle trouvera invariablement en moi les sentiments et la protection du tuteur le plus dévoué et le plus énergique. »

A dater de cette visite, le procureur général ne laissa plus passer un seul jour sans envoyer chez Thérèse ou sans y aller lui-même. En même temps, se faisant l'avocat de la jeune fille, il se déclarait ouvertement partisan du mariage de celle-ci avec son neveu. Mme Marcille s'étonna de l'entendre parler ainsi.

« J'ai peine à croire ce que j'entends, lui dit-elle. Comment, tu plaides maintenant en faveur de ce mariage? As-tu donc oublié tes idées sur les mésalliances? Est-il possible qu'un homme comme toi se contredise aussi crûment?

— Je n'ai point changé d'idées, répliqua le procureur général; je crois toujours qu'un homme qui se mésallie à la légère, par caprice, par entêtement, par esprit d'opposition, commet une faute impardonnable. Mais, par exception, il se peut qu'une mésalliance soit bonne et produise d'excellents fruits. Quand une femme est belle, qu'elle a

de l'esprit et des capacités, je ne vois pas pourquoi nous ne
lui tendrions pas la main. Je doute que ce soit une faveur;
j'appellerais plutôt cela un acte de justice. Nous faisons en
même temps une conquête : c'est de la politique élémen-
taire. »

Partant de là, l'oncle de Marcille ne discontinuait pas
de vanter les mérites et les charmes de Thérèse. Il disait
encore :

« Tu connais ma triste inclination à déblatérer contre
ton sexe. Les prétextes de satisfaire ce penchant, Dieu
merci, ne manquent pas. Eh bien ! j'ai beau mettre besicles sur besicles, je n'aperçois en Mlle Lemajeur aucun
défaut sérieux. Je t'ai peint sa situation : il serait difficile
d'en concevoir une plus effroyable. Chose merveilleuse,
j'ignore comment elle s'y prend, avec sa simplicité, son
naturel introuvable, sa grâce parfaite, loin de me causer
de la pitié, c'est de l'enthousiasme qu'elle m'inspire. Je te
l'avouerai, j'eusse eu la rare fortune de rencontrer sur mon
chemin une femme semblable, que je n'eusse pas balancé
à me marier. Ton fils n'en est pas digne; mais enfin elle
l'aime toujours. J'ajouterai que le scandale n'est plus à
craindre, que le public est fait à ce mariage, qu'il y croit,
que ton fils me paraît résolu à ne pas reculer, et que tu
dois te résigner à lui donner ton consentement ou à ne plus
le revoir. »

Il lui répéta cela et beaucoup d'autres choses, tous les
jours, pendant des semaines, pendant des mois. Il lui
montra enfin les lettres toujours plus pressantes, toujours
plus ardentes de Marcille. Son amour maternel était incontestablement plus profond, plus désintéressé, plus
exclusif, que celui des deux oncles pour leur neveu.
Il n'avait rien moins fallu que les préjugés les plus
tyranniques pour l'affaiblir un moment. Mme Marcille,
en réalité, n'avait jamais vécu que par et pour son fils.

Outre qu'elle était sous l'empire permanent des raisons de
son frère, l'éloignement et l'absence achevèrent de réveil-
ler toute sa tendresse d'autrefois. Finalement, le procureur général réussit à vaincre sa résistance et à lui faire
partager toutes ses vues.

Restait le commandant.

Mme Marcille, la première, entreprit, on peut dire, de
l'endoctriner. Ce qui était présumable, il ne voulut pas
même l'entendre. A peine comprit-il de quoi il s'agissait
qu'il bondit sur sa chaise comme s'il eût été mordu par un
serpent. Il répliqua par anticipation, d'un ton sec, décisif :

« Je ne reviens jamais sur ce que j'ai dit. Ton fils m'a
désobéi, m'a manqué, m'a fait une blessure qui ne guérira
jamais. Qu'il fasse ce qu'il voudra, qu'il se marie, qu'il ne
se marie pas, je m'en soucie aussi peu que de l'an mil :
tout est rompu entre nous ; et si tu ne veux pas que je m'en
aille pour ne plus revenir, tu cesseras de me parler de lui. »

Les tentatives du procureur général ne furent pas plus
heureuses. L'impatience ajouta à la colère du commandant.

« Toi, Suzanne et son fils, s'écria-t-il, vous n'êtes que
des girouettes ! Il ne faut pas vous attendre à ce que j'en
grossisse le nombre. Je ne suis pas un de ces hommes qui
tournent à tous les vents. Que diable ! on a, oui ou non,
du caractère. Ça n'est pas ma faute, mais j'en ai, et vous
devrez, certes, mettre en branle bien d'autres cloches
avant que je l'oublie !

— C'est bel et bien, mon cher Narcisse, repartit tranquillement le procureur général, tu te piques d'avoir du
caractère et tu concevrais un mortel dépit si l'on pouvait
seulement en douter. Tu me sembles oublier qu'une volonté puissante, dès qu'elle n'est pas tempérée par beaucoup de bonté et un grand fonds de justice, n'équivaut
souvent qu'à de la férocité. »

La réflexion frappa tout d'abord le commandant; mais il était trop l'homme du fait pour s'arrêter longtemps à une pensée, quelque profonde qu'elle fût. L'observation de son frère glissa sur son épiderme comme fait la goutte d'eau sur une cuirasse d'acier poli.

D'ailleurs, on ne l'a pas oublié, le fier commandant était loin d'être aussi libre qu'il avait la prétention de le paraître. Imbu des plus étroits préjugés, fanatique de la force brutale, ennemi juré, et pour cause, de ce qu'il appelait avec mépris les idéologues, n'eût-il été l'esclave de personne, qu'il l'eût été du moins de son propre tempérament. Dépourvu en outre de la faculté de s'observer et de se contenir, sa violence était une force à la disposition de quiconque connaissait l'art de l'exploiter.

A son insu, son inflexible volonté, qui le faisait comparer à une barre de fer, ne s'exerçait qu'au profit des caprices d'une femme. Une femme de l'apparence la plus frêle, aussi adroite qu'ambitieuse, se piquant de régner en plus d'une maison, Mme Henriette Desmarres, avait conquis le privilége de ployer ladite barre de fer comme elle eût fait d'une lame d'acier.

Il a été dit que, dans son veuvage, elle s'était consolée de n'avoir point d'enfants en adoptant une nièce. On ne saurait affirmer qu'elle convoitât l'héritage du commandant pour en doter cette fille adoptive; toujours est-il qu'elle ne perdait pas une occasion d'envenimer la querelle du neveu avec l'oncle, et qu'elle contribuait plus que personne à entretenir l'animosité entre eux.

XIX

Réaction.

La pauvre Thérèse se noyait dans les larmes. Bien que la mort de Mme Hilarion et celle de sa mère, qui avait suivi de près sa vieille amie dans la tombe, ne l'eussent pas prise au dépourvu, elle ne pouvait se faire à l'idée poignante de ne revoir jamais celles en qui elle avait eu véritablement deux mères. Celles-ci emportaient tous les charmes de sa vie. Il lui semblait qu'elle ne fût plus qu'un corps sans âme, et que tout, jusqu'à l'espérance du repos, eût disparu pour elle. La vue de ces chambres vides qu'elles avaient habitées, où bruissaient encore leurs voix, où s'agitaient encore leurs ombres, ne cessait de raviver sa douleur et d'ajouter à son désespoir. Elle eût fini indubitablement par en souffrir dans sa jeunesse et dans sa beauté, si le procureur général, qui ne la perdait pas de vue, n'eût jugé à propos de l'arracher à cet intérieur funèbre.

A mesure qu'il avait mieux connu la jeune fille, le procureur général avait senti son estime pour elle grandir et se développer jusqu'à la plus vive affection, et, à force de la voir, il s'était graduellement habitué à lui parler comme s'il eût été son père. Il lui rappela ce qu'il avait formellement promis à Mme Hilarion, et lui exprima la ferme volonté de ne point faillir à ses promesses. Il ajouta :

« Vous ne pouvez rester plus longtemps ici : vous y seriez poursuivie par de trop cruels souvenirs. Non loin de chez moi, j'ai une toute petite maison propre et logeable, juste assez grande pour vous. Si vous le voulez bien, je vais vous y conduire et vous y installer. »

Distraite de son accablement par ce début, Thérèse leva des yeux pleins de surprise vers le procureur général.

« Je n'ai pas fini, mon enfant, continua ce dernier. Vous ne devez plus travailler pour vivre. A ce compte, la petite rente que vous laisse Mme Hilarion est insuffisante. Vous ne vous opposerez pas, je l'espère, à ce que je supplée à l'insuffisance de vos ressources. »

Thérèse, stupéfaite, ne comprenait pas à quel titre l'oncle de Marcille lui assurerait ce bien-être.

« Je suis pénétrée de la plus vive reconnaissance, monsieur, balbutia-t-elle avec émotion ; il m'en coûte de rejeter des offres si généreuses ; mais les termes où j'en suis avec M. Marcille m'en font un devoir.

— Marcille vous aime toujours, à ce qu'il dit, répliqua le procureur général, et sa mère consent au mariage. Or, il ne serait pas séant que la femme de mon neveu recourût au travail pour vivre. »

Le visage de Thérèse respira une mélancolie ineffable.

« J'ai beaucoup pleuré ces derniers jours, dit-elle d'une voix tout attendrie, et je trouve encore au fond de mes yeux des larmes pour vous remercier. Mais, voyez-vous, monsieur, ajouta-t-elle en hochant la tête, c'est pour moi plus qu'un doute, c'est une conviction, M. Marcille a beau dire, il s'abuse sur ses propres sentiments, il ne m'aime plus, il est probable qu'il ne m'épousera jamais.

— Il ne serait plus mon neveu ! dit fermement le procureur général.

— Je serais donc une cause de trouble dans votre famille, sans en être plus avancée. S'il ne m'aime plus, comme je le pressens, tout sera dit : je ne ferai certainement pas un mariage d'intérêt. Alors je devrai quitter la position que vous m'aurez faite. Ne vaut-il pas mieux que les choses en restent là ?

— J'ai tout lieu de croire que vous vous trompez, que Marcille vous aime et vous épousera. Au surplus, s'il devait en être autrement, il serait temps alors d'aviser. »

Disant cela, l'oncle de Marcille devenait rêveur.

Thérèse ne se rendait pas encore. Elle n'avait pas d'ambition, elle était contente de ce qu'elle possédait et elle ne se souciait nullement de s'élever à un rang auquel elle avait peur de ne pas pouvoir rester. Elle était en outre instinctivement effrayée des obligations que lui imposerait ce changement de fortune.

Bien qu'elle s'exprimât en termes vagues, le procureur général la comprenait parfaitement. Il discerna qu'il fallait en quelque sorte la contraindre.

« Je vous parle, lui dit-il gravement, avec l'autorité que m'ont transmises les deux personnes que vous venez de perdre, et vous ne pouvez me refuser sans manquer à leur mémoire. »

La fermeté du procureur général triompha enfin des irrésolutions de la jeune fille. Touchée jusqu'au fond du cœur, elle ne trouvait que malaisément des expressions pour rendre ce qu'elle sentait.

L'oncle de Marcille l'interrompit. Un sourire mélancolique qui ne lui était pas habituel errait sur ses lèvres.

« Accordez-moi votre confiance, chère enfant, dit-il d'un accent pénétré qui frappa Thérèse, aimez-moi un peu, c'est encore moi qui serai l'obligé. »

L'idée seule d'entrer dans un monde qu'elle ne connaissait pas occasionnait de vives inquiétudes chez la jeune fille. Sans compter qu'elle répugnait à voir des visages nouveaux, elle devinait toutes les préventions contre lesquelles elle aurait à lutter. D'ailleurs, la réputation de beauté, de grâce et d'esprit que le procureur général lui avait faite était difficile à soutenir.

Même dans les plus favorables conditions, que de temps ne faut-il pas à une fleur sauvage pour acquérir la vivacité d'éclat et la suavité de parfum d'une fleur de serre? A tout dire, c'est miracle que la rapidité avec laquelle les femmes, si merveilleusement organisées d'ailleurs pour des métamorphoses analogues, s'élèvent parfois au niveau du milieu où tout à coup on les transplante. Elles ont, pour la plupart, des organes délicats, une sensibilité nerveuse, une finesse d'instinct qui font qu'elles devinent plutôt qu'elles n'apprennent et suppléent bientôt l'éducation qui leur manque. En fait de goût, de manières, de langage, le développement qui, chez un homme, exigerait des années, peut s'opérer en elle en l'espace de quelques mois.

Thérèse dépassa même, à cet égard, toutes les prévisions du procureur général. Ce fut pour elle l'affaire d'un instant de saisir jusque dans les nuances les choses dont elle avait besoin pour ne pas être déplacée. Mme Marcille, qui se livra sur elle à une étude qu'on pourrait comparer à celle du chimiste sur un métal composé qu'on soumet à son analyse, ne fit, à son profond étonnement, que des remarques satisfaisantes. Elle ne tarda pas même à s'émerveiller de la bonne grâce de cette jeune fille, de sa simplicité attrayante, de son goût exquis en toutes choses, de sa pénétration, de ses aptitudes. Elle s'y attacha insensiblement autant qu'elle pouvait s'attacher à quelqu'un qui n'était pas son fils, et finit par en faire assez de cas pour ne plus craindre d'en parler avec éloge et de la produire à ses côtés.

Déjà Thérèse, à cause de son histoire, du bruit dont elle avait été l'occasion, si elle n'excitait pas l'intérêt, éveillait du moins une curiosité fort vive. Chacun voulut la voir. Traitée d'abord un peu en phénomène, la pauvre fille, sur le compte de laquelle toutes les médisances avaient été bien accueillies, inspira graduellement d'autres sentiments. Les impressions favorables se multiplièrent et se communiquèrent de proche en proche. L'opinion, avec son va-et-vient de pendule, d'évolutions en évolutions, exécuta tout doucement son mouvement oscillatoire, et finalement se trouva aussi loin que possible de son point de départ. Thérèse se vit peu à peu recherchée, caressée, fêtée, et décidément jugée pas trop indigne de la société des gens dits comme il faut.

Les choses en étaient venues au point que, parmi les personnes les plus fières et les plus dédaigneuses, il s'en trouvait qui, sans trop de répugnance, consentaient à ce que cette enfant de rien partageât la société de leurs filles. Cédant à un caprice de sa fille Cornélie, Mme Granger elle-même s'était réconciliée avec Mme Marcille, afin de connaître Mlle Lemajeur et de l'attirer dans sa maison. Il faut ajouter que Thérèse, qui prenait son rôle à cœur et dont le procureur général se plaisait à développer l'esprit, se montrait par sa mémoire, la vivacité de son intelligence, son naturel, sa grâce, de beaucoup supérieure à la plupart de ses riches compagnes.

Le commandant, comme on devait s'y attendre, le jour même où Thérèse mettait le pied chez sa sœur, en sortait, lui, pour n'y jamais reparaître. Les insinuations ironiques de Mme Henriette ne contribuaient pas peu, il est vrai, à lui faire embrasser ce parti. Au reste, Mme Marcille, à ce qu'il semble, n'avait pas employé les larmes pour le retenir. On disait tant de bien de Thérèse, le procureur général était si dévoué à ce mariage, que Mme Marcille, qui arrivait elle-même à le trouver convenable, ne désespérait pas de voir un jour ou l'autre son frère Narcisse se ranger à l'avis de la majorité.

D'ailleurs, elle fut bientôt tout entière au bonheur de revoir, d'embrasser son fils. Il y avait près de trente mois qu'elle en était séparée. Son impatience ne connaissait plus de bornes. Elle venait de lui écrire qu'il hâtât son retour, qu'elle l'attendait avec l'intention formelle de combler tous ses vœux.

XX

Problème psychologique.

On a pu remarquer que Thérèse, si elle avait de la tendresse, était libre des élans de la passion. Par son départ brusque et inexplicable, Marcille, en faisant douter de sa fermeté, avait par cela même de beaucoup altéré l'affection que la jeune fille se sentait pour lui. Ne le voyant plus, ne recevant pas de ses nouvelles, de tiède qu'elle était à son endroit, elle devint presque indifférente. La maladie de sa mère, l'agonie de Mme Hilarion, la mort enfin de ces femmes si tendrement aimées, l'avaient jetée en proie à des perplexités dévorantes, puis plongée dans un désespoir sans bornes où un moment avait disparu jusqu'au souvenir de Marcille.

Aujourd'hui elle y songeait forcément de nouveau, et cela chaque jour davantage. Quoi qu'elle fît pour s'en défendre, l'affection qu'elle lui avait jadis vouée, se réveillait et regagnait insensiblement en elle le terrain perdu. Quand elle eût préféré croire à des déceptions, tout conspirait à l'endormir : et les lettres tendres de Marcille, et l'appui du procureur général, et l'ambition qui graduellement l'envahissait de rester dans le milieu où elle commençait à se plaire.

L'oncle Deshaies, de son côté, était en voie de subir la plus étrange et la plus impossible des modifications. Par-

venu à un âge où il n'eût pas été étonnant de le voir vieillir, il était encore plein de séve et de jeunesse. A cause de
l'existence régulière qu'il avait menée, on ne lui eût pas
donné plus de quarante-deux ans, bien qu'il en eût quarante-cinq accomplis. Il était du nombre de ces hommes
qui, sans être ni beaux, ni imposants, plaisent beaucoup
aux femmes par leur affabilité et les charmes de leur esprit.

Ce n'était ni l'égoïsme, ni l'amour d'une indépendance
fictive, ni la peur des soucis qu'occasionne une famille qui
l'avaient détourné du mariage : il savait trop bien que,
dans la vie, l'on ne se soustrait aux obligations normales
que pour tomber dans une servitude plus dure ; il était
resté garçon, d'après son propre dire, parce qu'il n'avait
point rencontré une femme complétement à son gré. En
cela seulement il s'était montré exclusif. Au total, imbu
de ce scepticisme plein de réserve auquel se tient l'homme
d'observation et de jugement, il cachait, sous la gravité of-
ficielle que lui imposaient ses fonctions, une âme gaie,
sensible, très-capable de comprendre et d'aimer les bonnes
et simples choses. Or, il était au moins surprenant de voir
cet homme, d'un caractère si égal et si heureux, assez
maître de lui-même d'ordinaire pour ne pas laisser paraître
d'impressions sur son visage, devenir insensiblement rêveur, se laisser aller à des attitudes mélancoliques et s'oublier au point d'avoir des distractions.

Sur ces entrefaites, Marcille, à l'instar d'un aérolithe,
tombait chez sa mère et courait se jeter dans ses bras.

Cinq ou six personnes étaient présentes, notamment le
procureur général, Thérèse elle-même et l'amie en apparence la plus exclusivement attachée et dévouée à celle-ci,
la fille unique et gâtée de l'ex-négociant, Mlle Cornélie
Granger. Sous l'empire d'une réelle et vive émotion, Marcille ne vit d'abord que sa mère, qu'il tenait embrassée

comme eût pu le faire un simple petit bourgeois. Il se tourna ensuite vers son oncle qu'il embrassa avec cordialité.

« Et Thérèse ? » s'écria-t-il en passant avec un certain embarras la revue des personnes qui assistaient à cette scène.

Il jeta un cri de surprise, se précipita vers la jeune fille et couvrit ses mains de baisers, disant :

« Thérèse! chère Thérèse! »

Thérèse, à force d'être émue, tremblait de tous ses membres. Malheureusement, aux premiers élans de cette entrevue devaient se borner ses impressions agréables.

Marcille, sans quitter les mains de la jeune fille, se redressa et l'envisagea d'un air resplendissant de joie. Thérèse, souriant, baissait chastement les yeux. Elle ne vit pas la série de nuances qu'indiquèrent les traits du jeune homme pour passer successivement de l'expression d'une joie éclatante à celle de la surprise, à celle de la stupeur, à celle du chagrin, à celle enfin de la désolation.

« Il est singulier, lui dit-il d'abord d'un accent indécis, que je ne vous ai pas reconnue sur-le-champ. » Et la joie disparaissait à vue d'œil de sa figure pour faire place à l'étonnement.

« Après cela, continua-t-il d'un air de plus en plus gêné, en l'examinant toujours, ce deuil, cette pâleur.... » Son étonnement tournait à la stupéfaction.

« Votre mère, madame Hilarion, c'est juste..., j'avais oublié.... » Il devenait triste.

« Pauvre amie, ajouta-t-il, vous avez dû bien souffrir! » Aux prises avec un accablement extrême, il balbutiait ces propos sans suite plutôt des lèvres que du cœur.

« Puis, fit-il d'une voix éteinte et de cet air que doit avoir une femme qui ne reconnaît plus son enfant, il s'est fait en vous tant de changements! »

Thérèse, inquiète, se hasarda à lever les yeux sur lui. Elle fut frappée de l'altération de ses traits et de la tristesse navrante qui y était imprimée. La remarque fit sur elle l'effet d'une douche d'eau glacée. Ne pouvant attribuer à aucune idée flatteuse le trouble de son amant, elle sentit ses lèvres, épanouies par le sourire, se replier comme les feuilles d'une sensitive qu'on touche; elle eut envie de pleurer.

« Que vous avez les mains froides! » dit tout à coup Marcille en cessant de presser les mains de Thérèse.

En effet, celle-ci avait froid. Elle se tenait roide et muette. L'air de Marcille, son accent, ses observations, avaient quelque chose de désobligeant qui la glaçait et paralysait sa langue, tout son corps.

Le procureur général observait cette scène avec un âpre intérêt; il semblait craindre d'en perdre un seul détail.

Il s'établit un silence pénible. Thérèse, par son attitude, rappelait une pétrification; Marcille détournait la tête d'un air accablé....

Mme Marcille, avec la turbulence de son affection maternelle, vint à propos les arracher à cette torpeur. Elle ne voyait, ne pouvait voir que son fils. Elle se montrait jalouse des regards qu'il accordait à autrui; elle eût voulu fixer exclusivement son attention et se souciait peu de laisser voir combien l'on gênait l'effusion de sa tendresse.

Les visiteurs comprirent. Ils se retirèrent les uns après les autres. Cornélie Granger prétendit emmener Thérèse. Celle-ci prétexta d'un malaise quelconque pour refuser. Le procureur général, tout rêveur, la reconduisit chez elle, où, sans mot dire, il la laissa à ses réflexions.

XXI

Quatre-vingt-dix-neuf sur cent.

Mme Marcille, en immolant à son fils des préjugés, c'est-à-dire une partie d'elle-même, se flattait que du moins elle retrouverait en compensation le fils tendre, prévenant, dévoué qu'elle avait jadis. Elle fut surprise, puis inquiète, enfin profondément affligée de constater que sa condescendance ne profitait ni à elle, ni à son fils, ni à personne. La joie de Marcille, en revoyant sa mère, n'avait duré qu'un instant. Le lendemain, le surlendemain, les jours suivants, il donna l'exemple du plus inexplicable des phénomènes. Pour l'ébahissement de ceux qui s'intéressaient à lui, alors qu'il avait ce qu'il souhaitait, qu'il pouvait se marier, alors qu'on s'attendait littéralement à le voir étouffer de bonheur, il tombait dans un morne accablement, dans une mélancolie de plus en plus noire.

« Mais qu'as-tu donc? » ne cessait de s'écrier sa mère avec impatience.

Il ne savait évidemment que répondre. Mme Marcille était confondue ; elle épuisait toutes les conjectures imaginables.

« Oublies-tu donc, lui dit-elle enfin, que j'aime Thérèse presque autant que toi, que je consens au mariage avec plaisir, avec bonheur, si tu veux? »

Ce mot mariage fit tressaillir Marcille.

« Ah! oui, fit-il, mon mariage : il est temps d'y songer. »

Mme Marcille, ne parvenant pas à vaincre une tacitur-

nité si étonnante, en était réduite à prier Thérèse de tâ-
cher d'en surprendre la cause.

Marcille voyait Thérèse tous les jours. Si elle allait en
visite, il prenait pour lieu de rendez-vous la maison où elle
se trouvait. Il lui marquait un empressement affectueux,
l'accablait de prévenances, mais cela sans dérider son front,
un peu trop comme eût pu le faire un automate bien orga-
nisé. Il faisait songer encore à un homme atteint d'un mal
incurable, décidé toutefois à montrer du courage, à ne jamais se plaindre, à remplir coûte que coûte ses obligations.

Thérèse, impuissante à expliquer cette manière d'être,
se montrait patiente, attentive, pleine de douceur et de
tendresse. Elle ne pouvait encore s'arrêter à l'idée de croire
que Marcille, après tout ce qui s'était passé, lui préparât
les plus douloureux mécomptes. Par discrétion, elle ne
l'eût pas même interrogé, n'eût été son envie d'être agréa-
ble à Mme Marcille. Profitant d'un jour où, en présence
de Cornélie, il se montrait plus communicatif, elle lui dit
d'un ton de tendre reproche :

« Ne me direz-vous pas, à moi, la cause de votre mélancolie?

— Hélas ! chère Thérèse, repartit Marcille en baissant
les yeux, comment vous dirais-je ce que je ne sais pas
moi-même? »

Cornélie, dès le principe, s'était immiscée dans tous ces
petits intérêts. Un sentiment de vanité l'avait jetée dans les
bras de Thérèse; elle avait été mue uniquement par l'ambition de participer au bruit que faisait la jeune ouvrière.
Aujourd'hui, elle ne se sentait pas d'aise d'avoir les deux
amants à sa discrétion, tant l'un et l'autre, par leur conduite réciproque, éveillaient de curiosité en elle.

« S'aimaient-ils toujours? se marieraient-ils? d'où pouvait provenir la singulière mélancolie de Marcille? Que se
passait-il en sa tête? »

Ces questions, qu'elle ne cessait de s'adresser, étaient autant d'énigmes dont elle prétendait avoir le mot. Bien que de sept à huit ans plus jeune que Marcille, habituée longtemps à le considérer comme son futur époux, elle s'était insensiblement familiarisée avec lui au point de ne plus aucunement se contraindre en sa présence.

Marcille avait vu en quelque sorte grandir Cornélie. Il l'avait quittée une petite fille exclusivement préoccupée de ses plaisirs de pensionnaire, et, après deux années de voyage, il la retrouvait une femme éblouissante de jeunesse et de charmes. Même dans le voisinage de Thérèse, qui lui était de beaucoup supérieure par la grâce, la décence, la discrétion, elle avait le privilége d'occasionner le plus grand trouble en lui. Elle le taquinait, s'ingéniait à le faire causer, à provoquer ses confidences, et à cet effet, sans se soucier du dépit qu'en ressentait Thérèse, déployait toute la coquetterie dont elle était capable. A vrai dire, ses manéges n'avaient que peu de succès. Évidemment, Marcille était touché de sa beauté, se plaisait beaucoup en sa compagnie, semblait heureux de la voir chaque jour, de l'entendre babiller; mais il persistait néanmoins à se taire avec elle comme avec les autres.

« Je vous jure, lui affirma-t-il un jour en l'absence de Thérèse, que je serais très-embarrassé s'il s'agissait de vous répondre catégoriquement. Les sentiments qui m'accablent sont on ne peut plus vagues. Ma pensée est l'image de la plus parfaite confusion. Comment verriez-vous clair dans un chaos que moi-même je ne puis parvenir à débrouiller? »

Il eût voulu décupler la vivacité du sentiment qui la possédait, qu'il n'eût certainement pas mieux réussi.

Devant son oncle, Marcille, par mégarde, trahit le sujet de ses perpétuelles préoccupations. Il était seul avec le procureur général ; tous deux étaient pensifs et se tai-

saient. Continuant tout haut sa pensée, Marcille se prit à
dire :

« Ne trouvez-vous pas comme moi qu'elle est beaucoup
changée? »

L'oncle comprit sur-le-champ qu'il parlait de Thérèse.

« En bien? » demanda-t-il. Marcille répliqua :

« Je ne saurais dire.

— Est-ce que tu aurais changé d'avis? » ajouta le procureur général. Marcille parut offensé.

« Me supposeriez-vous, dit-il, assez malhonnête
homme ?

— Il ne s'agit pas d'honnêteté ici, interrompit l'oncle en
se levant; et si tu n'as rien de mieux à me dire.... » Il lui
tourna le dos et s'en alla.

On peut affirmer que Marcille, du jour où il trouvait,
dans la crainte de ne plus être riche, un prétexte suffisant
pour ajourner son mariage, était bien près de ne plus aimer la jeune fille. A peine fut-il installé à deux cents lieues
de distance, au cœur d'un pays splendide, peuplé de figures nouvelles, qu'il s'étonna lui-même de songer si peu
de fois à Thérèse en un jour. Il s'habituait parfaitement à
ne plus la voir, s'en préoccupait de moins en moins, et
arrivait même à n'y plus penser qu'à de longs intervalles.
De là ses lettres rares et laconiques.

Toutefois, les distractions s'épuisèrent. Il était à Nice.
Insensiblement, il sut par cœur la ville et ses environs; il
se fit aux figures et aux mœurs nouvelles ; les nouvelles
liaisons qu'il avait contractées le fatiguèrent; le vide se fit
de nouveau en lui ; il fut saisi d'un ennui immense. Les
attraits de l'inconnu l'avaient détourné de Thérèse, l'ennui
l'y ramena.

A vrai dire, la figure qui reparaissait tout à coup sur le
fond de sa mémoire peu fidèle, offrait bien quelques dis-
semblances avec celle de la Thérèse du monde réel. Aux

yeux de Marcille, le désœuvrement et la distance enrichis-
saient cette figure de charmes de plus en plus exagérés et
impossibles. Le visage, le caractère, la grâce, l'esprit,
tout, en la fille de Mme Lemajeur, revêtait ces formes,
prenait ces couleurs, rappelait finalement cet idéal mytho-
logique que recherchaient les poëtes et les peintres du premier empire. Sur cette pente Marcille ne pouvait s'arrêter. A mesure que le temps passait, il prenait toujours plus
au sérieux cette créature fantastique, désespérait même de
pouvoir jamais l'embellir assez, et, décidément, en faisait
une merveille qui rappelait la vraie Thérèse aussi bien que
la Minerve antique, en ivoire et en cuivre doré, rappelle
une femme vivante.

Aussi, graduellement, avec quel feu, quel enthousiasme,
quelle passion ne parlait-il pas de Thérèse, dans ses lettres
au procureur général !

Après s'être complu longuement, à satiété, dans cette
fourberie d'imagination, en revoyant la jeune fille, son
premier cri avait été : « Dieu qu'elle est changée! »

Hâtons-nous d'avancer, pour le rendre moins absurde
et moins haïssable, que son erreur est commune.

La chose est arrivée à tout le monde.

Nous grandissons au collége côte à côte avec d'aimables
garçons que nous voyons, que nous apprécions à travers
les illusions et l'inexpérience de notre âge. Nous partons.
Un an, deux ans, et plus, dure notre absence. Nous crois-
sons, et ils gardent leur taille; nous faisons du chemin, et
ils prennent racine à leur place. Nos idées se développent,
nous étudions, nous observons, nous contractons d'autres
habitudes, nous changeons d'avis sur toutes choses, et eux,
qui n'ont pas les mêmes stimulants, qui n'ont pas de motifs pour se développer, pour étudier, pour observer, ils
restent à peu près ce qu'ils étaient au point de départ, avec
les mêmes idées, les mêmes habitudes, les mêmes senti-

ments. La destinée alors nous rapproche, et nous nous
écrions tout déçus : « Dieu! qu'ils sont changés ! » Là est
l'erreur; ils sont toujours les mêmes : ce qui nous trompe,
c'est que nous les envisageons d'un autre point de vue, avec
d'autres pensées, un autre jugement. Et ainsi de Marcille
vis-à-vis de Thérèse.

A beaucoup d'égards cependant, la Thérèse d'aujour-
d'hui avait une incontestable supériorité sur celle d'autrefois. Sans parler de son extérieur, qui avait gagné en dis-
tinction, elle était moins timide, plus sûre d'elle-même, et
plus apte à percevoir la valeur réelle des choses. Mais, à
quelque degré qu'elle se fût développée et élevée, il est
certain qu'elle n'habitait pas ces nuages où s'était égarée la
pensée de Marcille.

Celui-ci ne revenait pas de son étonnement, il restait accablé sous la déception. Il ne comprenait plus rien à cette
fille toute simple, toute naturelle, essentiellement humaine,
adorable, s'il eût su la voir, mais pas du tout sublime. Dans
son désenchantement, il s'oubliait jusqu'à être injuste et
aveugle, jusqu'à la voir moins belle, moins élégante, moins
gracieuse, moins distinguée qu'elle ne l'était véritablement.

XXII

Palinodies.

Bien des gens ne s'étaient pas consolés de voir Thérèse
sortir de son humble condition et monter d'un bond jusqu'à eux. De ce nombre était précisément la mère de Cornélie, Mme Granger, femme fière, hautaine, qui, née de
Beauval, ne pouvait pardonner au sort de l'avoir associée

à un honnête commerçant. Elle n'admettait Thérèse chez
elle qu'à contre-cœur; elle ne comprenait point la facilité
déplorable de sa fille à se commettre avec une petite ouvrière, et se vengeait de la contrainte que lui imposait
Cornélie en traitant Thérèse avec tout le dédain possible,
et en lui rappelant sans cesse, de la manière la plus dure,
l'honneur insigne qu'on lui faisait. La seule vue de cette
femme était un supplice pour Thérèse. Que ne souffrit-elle
pas quand elle connut sa fille, cette enfant exigeante, jalouse,
personnelle, infatuée de sa beauté, chez laquelle les caprices devenaient des passions et les espiègleries de la
méchanceté! Elle eut envie de rompre net. Il était trop
tard pour le faire sans éclat. Elle attendit patiemment le
retour de Marcille.

Cornélie était à ranger parmi ces femmes qu'on ne peut
voir avec indifférence, qu'on adore ou qu'on hait. Grande,
svelte, avec des pieds et des mains d'une rare élégance, elle
avait dans tous ses mouvements l'agilité, la souplesse, le
nerf d'une couleuvre. Un peu d'embonpoint en ferait une
femme admirable. Ses cheveux fins autant que les fils du
cocon, nombreux à garnir plusieurs quenouilles, étaient
de la couleur des épis mûrs. La santé et la passion écla-
taient dans ses yeux fauves. Sous son épiderme, comparable au tissu des plus belles fleurs et d'une blancheur
transparente, on voyait par instant circuler le sang avec
une impétuosité extraordinaire. Elle avait ces traits un peu
irréguliers, délicats, d'une mobilité excessive, des naturels
colères, qui incessamment vibraient, s'épanouissaient, se
contractaient au gré des plus insignifiantes émotions.
Esclave d'un tempérament plein de violence, elle s'était
par degrés affranchie de tout contrôle, et jouissait dans sa
famille d'une liberté dont elle était encore à connaître les
bornes. De ce que les convenances interdisent à une jeune
fille, elle se permettait tout, hormis ce qu'elle ignorait. Sa

fantaisie était un niveau sous lequel sa mère elle-même, une maîtresse femme, cependant, courbait la tête.

A son insu, elle n'aimait guère qu'elle-même. L'égoïsme étouffait en elle toute générosité. Sous ses démonstrations d'amitié, se devinait en quelque sorte la pointe acérée des griffes d'une chatte. Autant qu'il était possible, Thérèse devint insensiblement sa dupe et sa victime. Marcille, en cela, par sa faiblesse, par ses sentiments équivoques, par la mélancolie dont il ne voulait pas dire la source, fut son compère sans le vouloir. Sous l'inspiration de sa seule vanité, elle eût certainement voulu connaître son pouvoir sur un cœur capable d'un amour exclusif. La curiosité ajouta encore à ses instincts de coquetterie. Pour surprendre la confiance de Marcille, pour lui arracher son secret, elle s'appliqua à le frapper, à le séduire, à lui faire tourner la tête.

Marcille, dans un profond accablement, n'essaya pas même de résister à ces provocations. Toutes les prévenances qu'il eut pour Thérèse ne semblèrent bientôt plus que le résultat d'un effort, tandis que ses attentions pour Cornélie devinrent chaque jour plus évidemment celui d'un amour grandissant. Thérèse, bien que vivement irritée, eut assez d'empire sur elle-même pour cacher ses impressions. Son calme apparent eut pour double effet d'activer l'audace de Cornélie et de rendre Marcille moins réservé. Thérèse patienta encore. Elle se borna à voir moins souvent Cornélie et Marcille, se flattant que ce dernier s'apercevrait un jour ou l'autre de ses oublis et s'empresserait de les réparer.

Cornélie n'avait pas même l'air de comprendre que Marcille, en s'occupant exclusivement d'elle, manquait vis-à-vis de Thérèse aux plus simples convenances. Elle fit à celle-ci des reproches insidieux, affecta de remarquer sa froideur croissante et de croire qu'elle dissimulait de profonds chagrins. Un jour, après avoir imaginé vingt hypothèses, elle s'écria tout à coup :

« Seriez-vous jalouse? »

La langue de Thérèse alla cette fois plus vite que la réflexion.

« Est-on jalouse, répliqua-t-elle aussitôt, parce qu'on est blessée d'un manque d'égards?

— Qui vous manque d'égards? fit Cornélie avec vivacité. Est-ce M. Marcille ! »

Thérèse se repentait déjà.

« Cornélie, dit-elle du ton de la prière, à moins que vous n'ayez l'intention formelle de me désobliger, vous tiendrez que je n'ai rien dit. »

Cornélie ne l'écouta point. Au contraire, avec toute l'exagération dont elle était capable, elle s'empressa d'instruire Marcille du mécontentement de Thérèse. Marcille fut désagréablement surpris. Dès qu'il en trouva l'occasion, il s'approcha de Thérèse et lui demanda avec amertume de quoi elle avait à se plaindre.

« Entre nous, chère Thérèse, ajouta-t-il, je crains que, sans vous en apercevoir, vous ne soyez d'un caractère un peu exigeant. Vous savez bien que je vous aime. Pour que vous soyez contente, faut-il que je l'affiche à tout bout de champ et que je sois ridicule? »

Thérèse, blessée au vif, ne put maîtriser un mouvement de colère.

« Mlle Cornélie, répliqua-t-elle d'une voix émue, ne m'a point comprise ou s'est plu à dénaturer ce que j'ai dit. Vous pourriez me connaître mieux, monsieur Marcille. Eussé-je à me plaindre, que, par fierté, je ne le ferais pas. Mais je ne saurais trop vous répéter que, malgré les termes où nous en sommes, je ne me crois aucun droit, que je vous considère comme parfaitement libre, et que je vous verrais même avec chagrin vous opiniâtrer dans une entreprise qui coûterait à vos affections. Après-cela, de quoi pourrais-je me plaindre ? »

Marcille ne laissa pas que d'être très-confus. Il ne crut pouvoir moins faire que d'accuser des torts, de s'en excuser, et de renouveler l'assurance de son amour. Quelques jours plus tard, il avait tout oublié. Il négligeait de nouveau Thérèse pour ne plus s'occuper que de Cornélie. Thérèse en conçut un profond ressentiment. Marcille semblait incorrigible. Sa versatilité, son indécision, son peu de mémoire, son peu d'empire sur lui-même, toutes ces choses étaient des sujets de perpétuelles méditations pour Thérèse. Le mépris en elle était en train de tuer l'amour. Il en résultait que, de part et d'autre, le refroidissement grandissait tous les jours, et que la distance qui les séparait déjà prenait à chaque instant plus d'étendue et de profondeur.

Un éclat quelconque était imminent. Mme Marcille, son frère, Thérèse, vivaient dans cette prévision. Marcille ne voyait que rarement son oncle ; il semblait craindre de se rencontrer avec lui. Le procureur général, de son côté, était aux prises avec une mélancolie croissante qui lui donnait un goût de plus en plus décidé pour la solitude. La passion du travail n'était certainement pas ce qui le retenait chez lui des journées entières. En même temps qu'il négligeait ses amis, il cessait d'être jaloux des attributions de sa place et laissait, contre son habitude, toute la besogne à ses substituts. La lumière qu'on apercevait la nuit à travers les fenêtres de son cabinet indiquait qu'il veillait fort tard. Ce à quoi il employait son temps et ses veilles était un mystère impénétrable, car il n'avait point de confident. De temps à autre, il demandait à Mme Marcille d'un ton rêveur :

« Eh bien ! ton fils ne se marie donc pas ? »

Mme Marcille, dans le principe, blâmait son fils de ne

pas se presser davantage. Tout doucement, elle goûta cette
temporisation. En apprenant l'étrange conduite de son fils,
ses assiduités auprès de Cornélie, elle fut ressaisie par l'espérance. Les vieux préjugés endormis, ou, mieux, comprimés
en elle, se réveillèrent avec une nouvelle vivacité. Elle
s'habitua à l'idée de sacrifier Thérèse et pensa qu'on
en serait quitte pour l'indemniser. Aussi, avec son frère,
eut-elle enfin le courage, au mépris de toutes les choses
convenues, de prendre ouvertement le parti de son
fils.

« Je persiste, dit-elle, à ne pas vouloir contrarier ses
affections; que puis-je faire de mieux? Qu'il se marie avec
Thérèse, j'y consens de grand cœur. Mais il ne faut pas
s'attendre à ce que je l'y contraigne. J'aurais le cœur déchiré s'il devait marcher à l'église comme à un lieu de
supplice. »

Le procureur général eut de la peine à cacher son indignation.

« Ta faiblesse pour ton fils te rend aveugle, répliqua-
t-il. Il a un caractère déplorable qui le conduira droit à sa
ruine. Pour ma part, je suis las de lui voir faire des sottises. Quelque affection que je lui porte, je ne veux pas
qu'il aille jusqu'à en abuser. Je n'entends pas que Thérèse
lui soit sacrifiée. Je me suis porté garant auprès d'elle des
sentiments de ton fils. Souviens-t'en : il l'épousera, ou il
ne sera plus mon neveu. »

En même temps, le procureur général profitait d'un hasard pour parler à Marcille. On eût dit, toutefois, à son
air nonchalant et à son laconisme, qu'il agissait uniquement pour l'acquit de sa conscience.

« Ah çà, lui dit-il, et ton mariage?

— J'y songe, repartit Marcille d'un ton froid, mais tout
à fait affirmatif.

— Il me semble, reprit l'oncle avec une inflexion de

voix singulière, que pour un homme qui aime, tu n'es guère pressé. »

Marcille avoua que, sans être moins décidé, il reculait devant le sacrifice de son indépendance.

« Cornélie, en attendant, poursuivit le procureur général, serait de ta part l'objet du plus vif empressement.

— Thérèse ne la voit-elle pas ? répliqua aussitôt Marcille.

— Alors, ajouta l'oncle, ce qu'on dit de ta nouvelle passion est un conte ! »

La perplexité, la honte, le chagrin, se peignirent sur le visage de Marcille.

« Je suis trop sincère, balbutia-t-il en baissant la tête, pour dissimuler l'intérêt que m'inspire Cornélie. Je n'en conserve pas moins pour Thérèse les mêmes sentiments.

— C'est contradictoire.

— Que voulez-vous que je vous dise ? Cela est ainsi. »

Le procureur général se livra quelques instants à la réflexion.

« Mon ami, reprit-il d'un air de profonde tristesse, tu marques un esprit d'indécision qui me désole. Il ne constituera rien moins, si tu n'y mets ordre, qu'une perpétuelle calamité dans ta vie. J'ajouterai qu'ici il ne doit pas être préjudiciable à toi seul, qu'il doit encore occasionner le plus grand trouble dans la vie des autres.

— En quoi, mon oncle, s'il vous plaît ? demanda Marcille d'un ton délibéré. J'épouserai Thérèse, et tout sera dit. »

Cependant, il se levait et laissait percer l'envie de ne pas aller plus loin. Le procureur général s'empressa d'ajouter :

« Prends-y bien garde, la chose est sérieuse. Tu as voulu ce mariage malgré toute ta famille, malgré l'opinion, et

cela si fermement que tu n'as pas reculé devant le scandale
de faire sommer trois fois ta mère. Les plus honorables
prétextes de revenir sur ta résolution ne t'ont pas fait défaut. En dernier lieu, tu pouvais prolonger ton absence et
rompre sans secousse, définitivement. Aujourd'hui, il n'en
est plus de même. C'est pour toi un devoir d'honneur d'é-
pouser Thérèse. En quelque sorte malgré elle, sur la foi
de tes protestations, je l'ai moi-même bercée deux ans
dans cette idée. Elle s'est montrée digne de sa nouvelle condition, elle y a pris goût, on s'est habitué à l'y
voir, elle ne peut plus descendre. Tu es moralement son
mari ; et, à mon sens, tu ne saurais trop tôt la conduire à
l'église. L'abandonner actuellement ne serait rien moins
qu'une infamie. Je n'y prêterai jamais les mains. Il faut
même que la chose se décide promptement. Je voulais jadis te déshériter si tu épousais Thérèse. Maintenant, je
te le déclare, et c'est autrement sérieux, car j'aime profondément cette enfant et j'ai fait vœu de la protéger : tu en
feras ta femme, ou ma fortune passera en d'autres mains
que les tiennes.... »

Ces petits événements ne laissaient pas que de pénétrer
dans le public et d'y faire du bruit. Le commandant, qui
était des premiers à les savoir, n'y trouvait, sous l'influence de Mme Henriette, que de nouveaux motifs de
colère contre son neveu. La conduite de celui-ci lui paraissait profondément méprisable. Il faisait un scandale
énorme, il désolait sa famille, il troublait la vie d'une
jeune fille qui valait mieux que lui, et cela sans autre
but apparent que celui de satisfaire aux exigences d'une
lâche faiblesse. Il y avait dans l'ensemble de ses faits et
gestes une immoralité notoire qui achevait d'exaspérer son
oncle contre lui. Le commandant se montrait plus que jamais résolu à le déshériter, et parlait chaque jour avec
moins de réserve du projet formel de faire, par acte

authentique, une donation de tous ses biens à la nièce
de Mme Desmarres.

XXIII

Rupture.

Thérèse, outre qu'elle n'avait ni naissance ni fortune,
ne vivait pas, on s'en doute bien, parmi des philosophes.
A la tournure que prenaient les choses, on eût aisément
prédit ses disgrâces. Elle avait excité l'intérêt, sans doute,
mais un intérêt qui n'avait pas eu la durée d'une mode
nouvelle. Elle n'avait bientôt plus été soutenue que par le
prestige dont l'environnait l'amour de Marcille. Du moment où cet amour redevenait un problème et le mariage
plus que jamais incertain, Thérèse, aux yeux de beaucoup
de gens, redescendait degré par degré les échelons qu'elle
avait gravis, pour n'être plus qu'une jolie ouvrière déclas-
sée.

Tous les préjugés qu'elle avait vaincus se dressaient de
nouveau contre elle. Mme Marcille l'envisageait déjà
de cet œil dont on considère un obstacle ; si elle l'accueillait toujours d'une manière polie, sous cette politesse on
ne sentait plus ni affection ni attachement. Loin de se
plaindre des visites toujours plus rares de Thérèse, elle ne
s'en formalisait même pas.

Abandonnée en quelque sorte par la mère et par le fils,
Thérèse ne pouvait pas tarder à l'être de tout le monde, ce
tout le monde quelque peu semblable en détail aux moutons
de Panurge. Il suffisait qu'un salon donnât l'exemple pour
que tous les autres le suivissent. Les invitations dont jadis on
accablait la jeune fille diminuaient, en effet, d'une manière

sensible. Il se trouvait même des personnes charitables qui ne l'invitaient plus que pour avoir l'occasion de la mortifier.

La mère de Cornélie notamment, qui la recherchait à cette heure avec un empressement qu'elle n'avait jamais montré, ne songeait évidemment qu'à se dédommager de l'avoir reçue jadis avec trop de bienveillance. Attirée dans cette maison comme dans un piége, tantôt par les prières de Cornélie, tantôt par celles de Marcille, en cela complice aveugle, Thérèse, toujours dupe de sa confiance, manquait rarement d'y essuyer quelque affront.

C'étaient, la plupart du temps, des persécutions si mesquines qu'on éprouve une espèce de honte à les raconter. Ainsi, par exemple, au moment de passer du salon dans la salle à manger, quand chaque femme avait son cavalier, Thérèse ne trouvait personne pour la conduire à table. Cependant Marcille s'était empressé d'offrir son bras à Cornélie. Non content de cela, on la reléguait d'ordinaire à des places fâcheuses, entre des gens ennuyeux, quand ce n'était pas au milieu d'un groupe de petites filles turbulentes.

En ne montrant pas d'humeur, en redoublant, au contraire, d'amabilité, elle confondait ses hôtes désobligeants.

Il arrivait encore qu'on la questionnât sur ses jeunes années, qu'on lui demandât ceci et cela, comment on s'y prenait pour réparer une dentelle, combien il fallait de temps, combien cela coûtait, toutes petitesses indignes, préméditées.

Thérèse était admirable de sérénité et de patience. Elle paraissait plutôt fière que blessée de ces questions et y répondait avec une complaisance inaltérable.

Une femme lui demanda un jour d'un air de commisération affectée :

« Vos parents, chère petite, n'ont-ils pas eu des revers de fortune ? »

Thérèse répliqua, en souriant, du ton le plus simple :
« C'est trop dire, madame. Quelques pertes ne constituent pas des revers. Mes parents ont toujours été pauvres ;
je ne crois pas qu'ils aient jamais connu l'aisance. »

Mais quelques instants plus tard, cette même femme
louait la jeune fille de son économie et s'étonnait qu'elle
pût faire si bonne figure avec la petite pension dont elle
jouissait.

Thérèse ne s'attendait pas à cette allusion aux bontés du
procureur général. Prise au dépourvu, elle devint rouge et
demeura interdite.

Bien des hommes n'eussent pas enduré ces piqûres d'épingle avec tant de courage. Cela était d'autant plus méritoire que le rang qu'elle occupait n'était pas le fait de son
ambition, mais celui de la volonté des autres.

Thérèse, depuis l'époque où elle avait connu Marcille,
s'était modifiée au point de ne plus être semblable à elle-même. Les tourments, les inquiétudes, les douleurs poignantes qui l'avaient éprouvée, ses lectures, ses observations avaient fortifié son âme, rectifié son jugement, donné
à son caractère de la décision et de la fermeté. Elle avait
au plus haut degré le sentiment de sa dignité et du respect
d'elle-même. C'était une femme rare, une femme cependant, sans vanité, mais fière. N'ayant rien fait pour démériter d'autrui, elle ne s'en cachait pas, retomber dans la
pauvreté et l'isolement était pour elle une chose dure.
Mais elle n'était pas femme non plus à rester longtemps dans une fausse position. Sa préoccupation incessante était de s'échapper d'un milieu où trop de gens, les
uns de parti pris, les autres par imitation, prenaient à
tâche de la molester. Elle était lasse à la fois et de la froideur de Mme Marcille, et de la conduite inqualifiable de
son fils, et des intrigues de Cornélie, et de tous les complots dont elle était victime. Elle comprenait bien que

Marcillé ne l'aimait plus, que persistât-il à l'épouser, il ne le ferait que sous la contrainte du devoir et qu'elle mènerait infailliblement avec lui une existence misérable. Les privations et les tristesses d'une vie pauvre lui semblaient encore préférables au supplice d'épouser un homme dont elle n'aurait ni la tendresse ni la confiance.

Elle maîtrisait encore son impatience. Elle ne voulait point avoir l'air d'obéir à un mouvement de dépit ou de colère; elle se repliait sur elle-même et se préoccupait d'un prétexte réel et solide pour appuyer sa résolution. Marcille parut jaloux de lui en offrir un : il eut l'imprudence d'écrire à Cornélie. Chaque jour les perplexités au milieu desquelles il vivait devenaient plus pénibles, plus intolérables. Son amour pour Thérèse, après avoir suivi une marche ascendante et s'être développé jusqu'à la passion, était redescendu, par une pente analogue, à un degré qui n'était plus que de l'indifférence, sinon de l'antipathie. Il n'en sentait pas moins vivement l'impossibilité de se soustraire à l'obligation d'en faire sa femme. De là sa désolation. En même temps qu'il se disait cela, il s'abandonnait en esclave à la passion croissante que lui inspirait Cornélie. Il faisait le serment, à l'issue de chaque visite, de rompre avec celle-ci et de ne plus la revoir, et le lendemain il retournait reprendre sa chaîne. A tout dire, le plus souvent il était d'une tristesse navrante. Cornélie, qui prétendait l'occuper exclusivement, s'en irritait et le persécutait pour en savoir la cause. Il aima mieux écrire que de lui répondre verbalement. L'ennui, le chagrin, le remords, plus encore que l'amour, avaient évidemment inspiré sa lettre. Il y disait entre autres choses :

« .... Je ne l'aime plus, je crois ne l'avoir jamais aimée.
« Cela est horrible! Si je pouvais seulement l'accuser d'un
« tort, si je pouvais lui imputer la moindre part active
« dans la situation qui m'est faite, si je n'avais pas à la

« louer de son admirable et perpétuel désintéressement,
« si je n'étais lié à elle que par une parole, je pourrais
« peut-être encore puiser dans les joies d'un nouvel amour
« une énergie capable d'étouffer les cris de ma conscience.
« Mais non; outre qu'elle est d'une vertu exemplaire,
« elle est d'une prudence incomparable : elle a fait l'im-
« possible pour me dessiller les yeux, pour me dissuader
« de ce mariage. Je suis l'unique artisan de mon malheur.
« C'est moi qui incessamment l'ai voulu, malgré elle,
« malgré tout le monde. J'ai remué ciel et terre pour l'é-
« pouser. J'ai été, à cause d'elle, l'occasion d'un scandale
« effroyable; je lui ai fait violence; j'ai troublé sa vie; je
« l'ai arrachée de force à son obscurité; je l'ai bercée
« d'espérances; je lui ai fait mille serments; je l'ai con-
« trainte à monter sur un piédestal, à se donner en spec-
« tacle, à jouer un rôle. Elle ne peut plus descendre, il
« faut que je l'épouse, c'est un devoir impérieux, je ne
« puis m'y soustraire sans être le dernier des hommes.
« Et je ne l'aime plus! suis-je assez misérable? La vie
« m'est odieuse. Je voudrais ne plus être, je voudrais
« n'avoir jamais été. Plaignez-moi, chère Cornélie, et
« venez-moi en aide! Soyez violente, cruelle, impitoyable,
« fermez-moi votre porte, commandez, qu'il ne me reste
« plus qu'à mourir ou, ce qui est la même chose, à me
« marier avec une femme que je n'aime pas, que je n'ai-
« merai jamais! »

Cornélie, en cette occasion, ne se démentit pas. Elle
n'avait pas discontinué de caresser Thérèse d'une main
et de la torturer de l'autre. D'accord avec ce qu'elle avait
toujours fait, d'ailleurs incapable de garder un secret qui flattait si vivement sa vanité, elle prétexta des
intérêts sérieux pour se ménager un tête-à-tête avec Thérèse.

« Je suis indignée, dit-elle en l'apercevant, M. Marcille m'a écrit. J'ai bien envie de punir son impertinence en donnant sa lettre à ma mère. »

Thérèse, craignant quelque nouveau piège, ne se montrait nullement curieuse de lire cette lettre. Cornélie la lui mit sous les yeux :

« Lisez-la, dit-elle; je ne serais pas votre amie, si je vous en faisais mystère. »

Thérèse, sans marquer la plus légère émotion, lut et relut cette lettre avec toute l'attention dont elle était capable. Marcille entra à l'improviste. Sa confusion ne saurait s'exprimer. Il vit cependant le geste de Cornélie, qui arrachait la lettre des mains de Thérèse et essayait de la cacher. Il devina sur-le-champ qu'il était trahi. Il en résulta une scène aussi vive que rapide. Marcille ne fit en quelque sorte qu'entrer et sortir.

Outré subitement d'indignation, il envisagea Cornélie d'un œil étincelant et lui dit avec colère :

« Ah ! ce que vous venez de faire est indigne ! »

Surprise en flagrant délit de trahison, Cornélie paya d'audace.

« Vraiment, dit-elle d'un air hautain, il vous sied de parler d'indignité.

— Je croyais rencontrer une femme, continua Marcille avec la même énergie, et je ne trouve qu'une petite pensionnaire.

— A la bonne heure, repartit Cornélie furieuse de l'injure. Vous allez donc sortir d'ici pour ne jamais revenir ! »

Elle lui montrait la porte du doigt.

« Soit ! répliqua Marcille toujours de même. Aussi bien ne suis-je pas ici à ma place. » Et il sortit.

Il n'y avait pas d'illusion possible. Thérèse n'était plus, dans la vie de Marcille, qu'un sujet de malheur et de désespoir. La jeune fille, accablée sous cette idée, ferma les

oreilles aux récriminations de Cornélie et retourna chez
elle. Elle souffrait bien moins de la perte d'une fortune
que de la honte d'avoir été jouée si indignement. Mais son
parti était pris ; quoi qu'il lui en coûtât, elle voulait en
finir. Elle écrivit sur-le-champ à Marcille pour lui demander une entrevue. Celui-ci la prévint. La lettre n'était pas
achevée, qu'il accourait tout hors d'haleine.

Il était dans un état pitoyable. Il ne savait quelle contenance garder, il détournait la tête, il paraissait aux prises
avec la plus vive honte. Toutefois, sans prendre le temps
de respirer, il entreprit une justification. D'une voix graduellement plus ferme et plus animée, il dit qu'il avait été
entraîné, fasciné, qu'il regrettait sa folie, qu'il était prêt à
réparer ses torts, qu'il venait avec la double intention et
de fixer l'époque du mariage et de ne sortir que pour faire
afficher et publier les bans. Thérèse le laissa dire. Elle
avait l'impassibilité d'un bloc de marbre. Quand il eut
fini :

« Monsieur Marcille, lui dit-elle de sa plus douce voix,
je le sais, vous êtes un homme d'honneur, je n'ai qu'un
mot à dire, et vous m'épouserez demain. Je sais encore
que vous regardez comme un devoir de m'épouser, et que
vous vous obstinerez à vouloir le remplir. »

Elle se reposa et reprit :

« Cependant, pour cela, il faut l'accord de deux consen-
tements. Or, je voulais précisément vous voir pour vous
déclarer, sans colère, mais aussi avec une fermeté que
rien ne fera fléchir, que vous n'aurez jamais le mien. »

Marcille s'attendait, sinon à des larmes, du moins à des
reproches et à de l'indignation. Il l'examina avec un profond étonnement.

« J'ai eu la prévision de ce qui arrive aujourd'hui, continua Thérèse toujours aussi calme, et vous devez vous
rappeler que je vous dis alors que je ne consentirais jamais

à vous voir m'épouser par devoir. Votre affection seule pouvait combler la distance qui est entre nous. Cette affection n'existant plus, nos positions respectives redeviennent ce qu'elles étaient d'abord : ce mariage est désormais absurde et impossible.

— N'en croyez pas ma lettre, s'écria Marcille avec chaleur ; c'est une boutade, l'erreur d'un moment, je vous aime toujours ! »

Thérèse l'arrêta court par l'air de curiosité dont elle le regarda.

« Monsieur Marcille, ajouta-t-elle sans se départir du sang-froid qui le confondait, je voudrais vous voir convaincu que je ne veux ni ne désire rallumer des sentiments éteints, et encore moins vous arracher des protestations passionnées. Rien ne me fera changer de résolution.

— Mais je passerai pour un misérable ! s'écria Marcille hors de lui.

— Vous ne passerez pas pour un misérable, parce que vous ne m'épouserez pas. D'ailleurs, si quelques personnes vous blâment, il ne manquera pas de gens pour vous applaudir. »

Marcille se promenait à travers la chambre avec agitation. Il prétendit bientôt que Thérèse n'avait plus son libre arbitre, qu'elle était dupe de son propre ressentiment.

« Du ressentiment ! fit Thérèse en le regardant avec surprise ; j'en ai si peu que je suis prête à revendiquer par écrit, comme je le ferai toujours verbalement, la responsabilité tout entière de la rupture.

— Mais songez donc au bruit, au scandale !

— Oh ! répliqua Thérèse avec mélancolie, je ne vois plus autour de moi les personnes chères que ce bruit et ce scandale pourraient affliger. Quant à moi, je vous jure que ce qu'on dira ou ne dira pas ne me préoccupera guère. »

A la suite d'une pause, Marcille s'écria en levant les mains :

« Voyons, chère Thérèse, ne soyez pas impitoyable, daignez me mettre une dernière fois à l'épreuve : je vous jure qu'à l'avenir vous n'aurez plus qu'à vous louer de moi.

— C'est inutile, monsieur, dit Thérèse, absolument inutile. »

Marcille commençait à désespérer de vaincre sa résistance. Il appela de nouveau à son aide les raisonnements les plus propres à faire impression sur elle, puis de nouvelles prières, puis la menace, mais sans réussir à l'émouvoir.

« Je ne suis plus une enfant et je n'ai pas de caprices, dit-elle en marquant un peu d'impatience. Ce que je vous ai déclaré est réfléchi, médité, irrévocable. »

Marcille était exaspéré.

« J'ai des droits, s'écria-t-il en sortant avec précipitation, je les ferai valoir ! »

Thérèse ne fut pas plus tôt seule que son impassibilité d'emprunt, dont les apparences lui avaient servi à masquer ses saignantes blessures, s'évanouit. Elle pencha la tête d'un air profondément mélancolique et versa des larmes amères.

XXIV

Inébranlable.

Tyrannisé par la crainte du mépris, plus encore peut-être que par sa conscience, Marcille fit tout ce qu'il était humainement possible de faire, en vue d'amener Thérèse

à composition. A cette heure, il semblait vouloir plus opiniâtrément le mariage que s'il se fût agi d'une femme
passionnément aimée. Il réunit sa mère et le procureur
général, et leur conta sans ambages les divers incidents à
la suite desquels Thérèse venait de l'éconduire. Il n'admettait pas que Thérèse, quelque légitime que fût son indignation, eût le droit de rompre ainsi tous ses engagements.
Il se flattait qu'il serait encore possible de lui faire entendre raison, et comptait pour cela sur l'entremise de sa
mère et sur celle de son oncle.

Mme Marcille ne s'attendait pas à ces nouvelles prétentions. Elle en fut toute déconcertée. En réponse à la prière
que lui adressa son fils, elle répliqua avec humeur.

« Je ne puis pas me mêler de cela, c'est ton affaire : ce
rôle de suppliante serait indigne de moi.

— Et vous, mon oncle ? ajouta Marcille en se tournant
avec inquiétude vers le procureur général.

— J'essayerai, » repartit celui-ci laconiquement.

Il vit Thérèse le jour même. Dès les premiers mots, il
comprit qu'il échouerait. Thérèse l'appréciait avec un tact
merveilleux. En même temps qu'elle le savait de cette
race d'hommes, trop rares parmi nous, dont les affections
n'oscillent pas au gré des petitesses qui mesurent nos jours,
elle était sûre d'avoir en lui un ami dévoué et plein de
bienveillance. Elle ne balança pas à lui dire toute sa
pensée.

« M. Marcille ne m'aime pas, fit-elle, il ne m'a jamais
aimée ; il ne cache pas qu'en m'épousant il consomme le
plus grand des sacrifices. Je refuse aussi bien dans son
intérêt que dans le mien. Je ne suis ni assez folle ni assez
ambitieuse pour acheter au prix d'une existence qui s'é-
coulerait au milieu des querelles et des larmes, l'honneur
de m'appeler madame Marcille.

— Je me plais à croire, chère enfant, dit le procureur

général, que vos prévisions ne sont pas fondées. Cette rupture, d'ailleurs, ne vous coûtera-t-elle pas trop de regrets ?

— Avec M. Marcille, répondit Thérèse, je ne puis m'attendre qu'à des mécomptes. Je ne vous cacherai pas que mon affection pour lui est singulièrement altérée et que c'est précisément pourquoi vous me voyez si ferme et si résolue. »

L'oncle de Marcille essaya de faire valoir d'autres considérations.

« N'insistez pas, monsieur, je vous en supplie, interrompit la jeune fille. Je pourrais encore avoir la faiblesse de céder. Le reste de mes jours s'écoulerait dans le repentir. Aussi certainement que j'existe, ce mariage ne saurait être pour lui et pour moi qu'une source intarissable de disgrâces et de douleurs. »

Le procureur général n'ajouta plus un mot ; il retourna chez sa sœur et fit part à Marcille, qui l'y attendait, de l'échec qu'il venait d'essuyer.

Marcille ne se tint pas pour battu ; il supposa que sa mère, si elle daignait s'en mêler, serait plus heureuse et, à cet effet, épuisa toutes les raisons capables de la décider à tenter l'aventure. Le procureur général hocha la tête et exprima des doutes sur le succès de cette démarche. Marcille, néanmoins, persista à conjurer sa mère de l'essayer. Mme Marcille y consentit enfin, mais de mauvaise grâce. Elle fit appeler Thérèse et s'enferma avec elle. Son air de contrainte, en intercédant auprès de la jeune fille, indiquait jusqu'à l'évidence qu'elle tremblait de la fléchir. S'imaginant tout à coup, au visage de Thérèse, n'avoir que trop bien réussi, elle s'empressa d'ajouter :

« Mais votre bonheur avant tout, chère enfant, il ne s'agit pas de vous sacrifier à mon fils. Si vous jugez à propos de persister dans votre refus, il faudra bien qu'il en prenne son parti.

— C'est bien aussi ce que j'espère, madame, repartit Thérèse en souriant.

— Vous refusez donc? s'écria Mme Marcille stupéfaite.

— Oui, madame, et cela d'autant plus fermement, que j'ai la persuasion de travailler à notre mutuelle tranquillité.

— Ainsi, chère et cruelle enfant, dit Mme Marcille avec un attendrissement équivoque, vous êtes inexorable, vous ne reculez même pas devant la pensée de réduire mon fils au désespoir.

— Soyez sans inquiétude, madame, dit Thérèse avec quelque amertume, tout s'arrangera le mieux du monde. M. votre fils m'aura bientôt oubliée. »

Mme Marcille ne dissimulait qu'imparfaitement la satisfaction qu'elle éprouvait. Elle s'empressa d'avouer que son fils avait des torts nombreux et que Thérèse avait droit à des dédommagements. La jeune fille l'interrompit :

« Ne parlons pas de cela, madame, je vous en conjure, fit-elle vivement, je ne me plains pas et je n'accuse personne. Si l'on m'a fait réellement quelque tort, en redevenant libre, je me trouve suffisamment indemnisée. »

Marcille parut très-mortifié de ce nouvel échec. Il voulut voir Thérèse, elle refusa de le recevoir; il lui écrivit, elle lui retourna ses lettres sans les décacheter. Il fallut bien qu'il se résignât. S'il ne se découragea pas encore, il mit insensiblement des intervalles de plus en plus longs entre ses nouvelles tentatives. Il ne se souvenait déjà plus de ses griefs contre Cornélie; il la voyait de nouveau presque chaque jour et retombait graduellement sous son joug. Auprès d'elle, il arrivait finalement à oublier qu'il y eût une Thérèse au monde.

Le procureur général, à l'issue du dernier entretien de Thérèse avec Mme Marcille, avait eu avec celle-ci une explication aigre-douce qui s'était fort mal terminée. La mère entreprit encore une fois de justifier la conduite de son fils. L'oncle fut incapable de l'entendre plus long-temps. Il se leva.

« Reste donc seule avec ton fils, dit-il froidement; moi, je m'en vais. Il t'a brouillée avec Narcisse, il te brouille avec moi; il est parvenu à force de sottises à disperser les membres d'une famille autrefois étroitement unie. Tu l'approuves, tu trouves bien tout ce qu'il fait. Je n'ai rien à dire. Tu regretteras sans doute un jour cette aveugle partialité, mais il sera trop tard. Adieu.... »

Ces querelles intimes n'étaient bientôt plus un secret pour personne. En les assaisonnant à sa manière, Mme Henriette Desmarres soulevait une nouvelle tempête dans les veines du commandant.

« Oh! le misérable, le misérable! » s'écria-t-il en serrant les poings avec colère.

On put, en cette occasion, apprécier la tactique habituelle de Mme Henriette.

« En vérité, mon ami, dit-elle gracieusement, votre colère est de mauvais goût. J'espère bien qu'elle s'apaisera.

— Jamais!

— Voyons, vous n'aurez pas le courage de voir passer vos biens dans les mains d'un étranger.

— C'est ce que nous verrons.

— Je me flatte cependant, ajouta l'artificieuse femme en redoublant de coquetterie, que vous donnerez au moins une fois raison au public en ce qui concerne l'influence qu'on m'attribue sur vous. Vous ne l'ignorez pas, on prétend que sous les apparences de l'énergie vous cachez une âme faible, et que moi, femme, je fais de vous ce que je veux. A ma prière, vous rirez exceptionnellement de l'opinion, et vous m'accorderez le pardon de votre neveu.

— Ah! on dit cela! ah! on dit cela! répéta le commandant avec fureur. Eh bien, sac à papier, ils en auront menti ! Je perdrai mille fois mon nom et ma vie, avant d'oublier ce que j'ai résolu ! »

C'était quelque chose de réellement curieux que de voir cet homme d'une si belle prestance et d'un caractère en apparence si inflexible, penser et se mouvoir au gré des artifices d'une femme comme les tuyaux d'un orgue immense résonnent sous les mains d'un enfant. Qui songera toutefois à s'en étonner ? Nul n'ignore que c'est la chose du monde la plus vulgaire. Une vérité était peut-être émise le jour où l'on prétendait qu'il n'était pas d'homme qui, de près ou de loin, directement ou indirectement, d'une façon ou d'une autre, ne fût gouverné par une femme.

XXV

Ce que lui coûte la victoire.

De proche en proche, un sourd malaise gagnait la jeune fille, pénétrait son corps, lui donnait le dégoût de toutes choses et ajoutait au poids qui opprimait son cœur. L'héroïsme de son indifférence lui coûtait la santé, affaiblissait en elle le principe de la vie. Sous l'empire d'une dignité ombrageuse et d'une répugnance invincible à accepter du devoir ce que l'amour ne pouvait plus lui donner, elle s'était refusée à tout accommodement sans être aussi bien guérie qu'elle s'en flattait elle-même. Un amour qui avait germé si lentement, en dépit de perpétuelles méfiances et des considérations les plus propres à l'étouffer, ne pouvait s'éteindre ainsi du jour au lendemain. Elle ne s'était montrée ferme qu'au prix d'une profonde et opiniâtre douleur, d'un désespoir amer, contenu, qui avait pris en son âme la place de l'amour. Ce désespoir était une sorte de point fixe autour duquel gravitait nombre d'autres préoccupations douloureuses qui agrandissaient ses blessures et les envenimaient.

Depuis plus d'une année, elle occupait la petite maison où, à la mort de sa mère, l'avait installée le procureur général. Cette maison, toute neuve, n'avait pas plus de deux étages, comme l'indiquaient les trois fenêtres superposées de sa façade blanche. Le rez-de-chaussée se composait de deux pièces, d'une petite cour et d'une cuisine ; au premier, il n'y avait qu'une belle chambre à coucher et un cabinet de toilette ; au dernier étage, régnait un grenier dans lequel on avait ménagé une chambre de domestique. Le rez-de-chaussée et le premier avaient été décorés et meublés avec une sorte de luxe. Des glaces et des bronzes ornaient le marbre des cheminées; des tapis couvraient les planchers ; de doubles rideaux garnissaient les fenêtres ; le reste était en harmonie. Des étagères encombrées de curiosités, des rayons chargés de livres, des jardinières pleines de fleurs, des métiers à tapisserie, des tables couvertes de livraisons illustrées et de journaux de modes, faisaient de cet intérieur clair, brillant, élégant, plein de gaieté, un véritable paradis pour la jeune fille.

Outre qu'elle n'avait point de loyer à payer et point à s'occuper de la vie matérielle, elle recevait régulièrement une somme suffisante pour subvenir largement à ses dépenses de toilette.

Insensiblement elle s'était habituée à cette aisance ; ce qui, autrefois, lui eût semblé du superflu était devenu un besoin pour elle. Actuellement elle comprenait la valeur des belles étoffes, des dentelles, des bijoux, des fleurs rares, du confortable dans l'ameublement et y attachait le plus grand prix. Toutes ces choses, auxquelles jadis elle

ne songeait même pas, lui seyaient d'ailleurs si bien, re-
haussaient à ce point l'éclat de sa beauté; que la privation
de ces objets ne serait rien moins aujourd'hui à ses yeux
que la perte d'une partie de ses charmes.

Il fallait cependant renoncer à tout cela. Sa rupture définitive avec Marcille lui imposait la loi, non-seulement de
ne plus rien accepter désormais du procureur général, mais
encore de lui rendre ce qu'elle en avait reçu. Toute sa
fierté se révoltait à l'idée de voir balancer avec de l'argent
le mal qu'on pouvait lui avoir fait. D'une famille d'où elle
se voyait forcément exclue, elle ne voulait rien, pas même
un objet de la moindre valeur, pas même un instrument
de travail. Elle prétendait tout abandonner dans ce logement, d'où elle se disposait à sortir, jusqu'aux présents
qui lui avaient été faits, jusqu'aux livres, jusqu'aux fleurs;
elle était résolue à n'emporter que ce qui lui appartenait
en propre, que ce qu'elle y avait apporté.

Que la lutte toutefois était douloureuse, et combien lui
coûtait le sacrifice! On se contente aisément d'une fortune
médiocre, et rien n'est facile comme de mépriser ce qu'on
ne connaît pas. Mais ce ne saurait être impunément qu'une
femme surtout quitte un milieu pauvre pour une sphère
plus élevée, qu'elle goûte, pour ainsi parler, aux délica-
tesses de la vie, qu'elle parvient à être réputée belle, gracieuse, distinguée, même à côté des plus jolies femmes,
qu'elle se voit caressée, fêtée, admirée par des juges d'ordinaire peu enthousiastes, et enviée par des jeunes filles à
qui tout le monde porte envie. En supposant qu'elle ne
soit pas frappée de vertige, ce qui serait encore excusable,
c'est le moins qu'elle souhaite plus ou moins passionnément de ne pas retomber dans la foule.

Or, Thérèse était femme. Il eût été surprenant qu'elle
échappât à la contagion, qu'elle restât insensible au plaisir
de briller, d'avoir de splendides toilettes, qu'elle s'entendît

avec indifférence jugée digne de sa fortune. Elle n'avait pas même à se reprocher d'avoir été envieuse ou ambitieuse, d'avoir accepté avec empressement cette fortune qu'on lui offrait. Elle l'avait refusée avec énergie, elle s'était défendue jusqu'au dernier instant de mériter l'honneur qu'on voulait lui faire, et finalement n'avait consenti que de guerre lasse.

Et c'est à l'heure même où elle sentait les charmes du bien-être, où elle commençait à comprendre combien il est dur d'en être privé, qu'on la réduisait à sacrifier ce qu'elle n'avait pas demandé, qu'on la replongeait dans une condition comparativement plus humble que celle d'où elle était sortie, dans une misère relative !

D'un logement gai, plein de lumière, richement meublé, elle allait s'ensevelir sans transition dans une chambre étroite, pauvre, triste, et passer d'occupations pleines d'attraits à des travaux rebutants, au milieu desquels elle serait en outre persécutée par les souvenirs d'un beau rêve évanoui.

Elle n'aurait pas même la consolation d'emporter l'estime d'autrui dans sa solitude. Les dédains et les mépris menaçaient de l'y suivre. On la délaissait brusquement avec un sans gêne outrageant; elle ne recevait déjà plus ni visites ni invitations; les gens qui, hier encore, lui faisaient le plus grand accueil, ne la connaissaient même plus aujourd'hui.

La tristesse et l'amertume débordaient de son âme. Au milieu de ses préparatifs, qu'elle faisait comme à regret, elle ne cessait pas d'étouffer des soupirs. Elle s'oubliait parfois jusqu'à parler haut devant sa femme de ménage. « Dire, s'écriait-elle un jour tout à coup, qu'il pouvait en être différemment ! » Peu après elle ajoutait : « Si seulement M. Marcille eût eu quelques-unes des qualités de son excellent oncle ! » Son esprit se perdait souvent dans des rêveries sans fin. Elle les secouait soudainement, s'agitait et disait : « N'y pensons plus, tout est fini, on ne peut pas revenir sur ce qui est fait. » Et elle se remettait au travail avec une ardeur qui rappelait les agitations de la fièvre.

En attendant, elle en était venue à n'avoir plus ni appétit ni sommeil; son front avait pâli ; le sang s'était retiré de ses joues et de ses lèvres; la lumière de ses yeux n'avait plus été qu'un éclat maladif. Aujourd'hui, à sa maigreur croissante, il semblait qu'elle fût attaquée d'une maladie de consomption. Sous des apparences de résignation et de sérénité, il était hors de doute qu'elle souffrait horriblement.

L'oncle de Marcille ne pouvait s'y tromper. Aux prises avec de cruelles angoisses, il ne la quittait pas du regard, il l'enveloppait de sollicitude, il ne se lassait pas de l'interroger de l'air du plus vif intérêt.

Elle répondait en souriant qu'il s'alarmait sans raison, que loin d'être malade, elle ne s'était jamais mieux portée. La violence du mal ne devait pas tarder à lui donner un formel démenti. Graduellement à bout de forces, d'intervalle en intervalle, elle sentait le cœur lui manquer, avait des éblouissements et tombait en défaillance. Un jour enfin, paralysée par la fièvre, elle se trouva, à sa grande confusion, dans l'impuissance absolue de quitter son lit.

XXVI

Maladie.

Thérèse ne cessait pas d'aller de mal en pis. La fièvre dont elle était tourmentée gagnait sans relâche en violence et présentait des caractères alarmants. Elle eut le délire. Pendant plus d'une semaine, on s'attendit d'heure en heure à la voir en proie aux plus redoutables désordres cérébraux. Ses jours étaient sérieusement menacés.

S'il est vrai que la maladie rend intéressant l'être le plus disgracié et même le plus disgracieux, comment la jeune fille, dans le danger où elle tomba, n'eût-elle pas excité la compassion? Mme Marcille, la première, en femme bien élevée, envoya quotidiennement savoir de ses nouvelles. Une foule d'autres personnes s'empressèrent de suivre cet exemple.

Il semblait que l'oncle de Marcille eût des couleuvres dans la poitrine. Son visage pâle, ses yeux grands et fixes, ses traits altérés, tout en lui indiquait des angoisses dévorantes. Dans sa mortelle inquiétude, impuissant à se fier aux femmes qui veillaient jour et nuit sur la jeune fille, il ne s'arrachait d'auprès d'elle que succombant sous les fatigues et le besoin de repos. A voir son ardeur juvénile, on eût dit un amant au lit de mort d'une maîtresse passionnément aimée.

Marcille, sur ces entrefaites, se présenta un matin à la porte de Thérèse. Son oncle lui-même accourut l'y recevoir. Il s'oublia, en cette occurrence, jusqu'à laisser éclater son indignation et sa colère.

« Que venez-vous faire ici? » demanda-t-il en barrant le passage.

Marcille, à qui le remords avait inspiré cette démarche, balbutia le désir de voir la malade.

« Que vous importe ? répliqua durement le procureur général. Je comprends votre honte et votre repentir, mais vous vous y prenez trop tard. Thérèse n'a plus que faire de vous. Allez-vous-en! »

D'un air de plus en plus affligé, Marcille insista.

« Allez-vous-en, répéta l'oncle avec une sorte de véhémence. Vous êtes le dernier à qui je permettrais de la voir. Elle ne saurait vous reconnaître que pour en souffrir. Votre inqualifiable conduite l'a mise dans l'état où elle est. Peut-être demain n'existera-t-elle plus. Seriez-vous jaloux de hâter son agonie? »

Il arriverait heureusement que l'aventure ne justifierait pas ces alarmes, qu'à l'heure même où il serait le plus déraisonnable d'espérer, le tempérament et la jeunesse, agissant de concert, déjoueraient les prévisions de la médecine et sauveraient comme par miracle Thérèse de la mort. Parvenu à son paroxysme, le mal, effectivement, après un temps d'arrêt, pencha à décroître. La jeune fille cessa de battre la campagne, le feu qui brûlait ses veines diminua d'intensité, et, à l'encontre des craintes en apparence les mieux fondées, il devint de plus en plus probable qu'elle guérirait.

Jusqu'à ce jour, l'oncle de Marcille avait eu l'air d'étouffer sous le poids d'un cauchemar. Il reçut avec de véritables élans de bonheur l'assurance que la jeune fille ne courait plus aucun danger.

Un profond accablement succéda peu à peu aux agitations de la fièvre. Insensiblement, les traits de la malade reprirent du calme, ses yeux cessèrent d'être hagards; il sembla qu'elle se réveillait d'une longue léthargie. Regardant autour d'elle, se recueillant, essayant de rappeler ses souvenirs, elle eut enfin conscience de son état, et se rendit compte du lieu où elle se trouvait....

Sa confusion fut grande en apprenant tout ce qu'elle devait à l'oncle de Marcille. Elle s'affligea des preuves si nombreuses de sollicitude et d'attachement de la part d'un homme dont elle était à la veille de se séparer sans doute pour jamais. Ne prêtant au procureur général d'autres sentiments que ceux d'une généreuse compassion, elle ne comprenait pas, au souvenir de l'énorme distance qui était entre eux, à quel titre continueraient leurs relations, dès qu'elle ne serait plus chez lui. N'eût-il pas mieux valu qu'il lui marquât de l'indifférence? Elle l'eût quitté, sinon sans regrets, du moins sans emporter dans son isolement le souvenir d'une amitié dénouée à l'heure même où elle en sentait profondément les charmes.

Quoi qu'il en fût, la reconnaissance débordait de son âme. Une fois entre autres, elle lui disait :

« Vous me demandez à quoi je rêve, monsieur.... A quoi rêverais-je, sinon à ce que vous avez fait et à ce que vous faites encore pour moi ?... Je voudrais m'enorgueillir de votre attachement et je sens, à mon peu de mérite, que je le dois uniquement à un excès d'humanité. En attendant, les nombreuses obligations que je vous ai n'en sont pas moins profondément gravées dans mon souvenir. Comment oublierais-je jamais que vous m'avez secourue, protégée, défendue, alors que tout le monde me tournait le dos, me méprisait, m'accablait? Je serais tentée de vous en vouloir, puisque aussi bien vous m'avez contrainte à une dette que je serai toujours impuissante à acquitter. »

D'une voix légèrement altérée, l'oncle de Marcille répliqua :

« A ma place, je vous assure, bien d'autres hommes n'eussent pas agi autrement que moi. Nous ne sommes, en général, ni aussi insensibles, ni aussi égoïstes que les apparences tendent à le faire croire. Ce qui, la plupart du temps, ferme le cœur et la main, c'est l'indécision où l'on est de savoir si la personne qui a besoin d'aide est réellement digne d'intérêt. Que de fois j'ai entendu dire, même à des personnes très-charitables : « Je ne rebuterais jamais un malheureux, si j'étais assuré qu'il méritât ma compassion. » Il ne s'agit pas de caractériser ce langage. Supposez seulement que je sois du nombre des gens qui le tiennent. Votre histoire ne m'est-elle pas connue jusque dans les moindres détails? Ne sais-je pas les chagrins dont on vous a accablée, les iniques préventions dont vous avez été victime? N'étais-je pas enfin absolument convaincu que vous étiez mille fois digne d'égards et de protection? Ce que j'ai fait, je le répète, une foule d'autres hommes, dans la certitude où je suis, l'eussent fait avec le même empressement. Je ne mérite donc ni remercîments, ni reconnaissance. Loin de là, il me semble n'avoir que très-imparfaitement acquitté une dette contractée envers vous par un membre de ma propre famille.... »

Thérèse se préoccupa des ravages que trois semaines de fièvre et de diète avaient faits en elle. A sa prière, on lui donna un miroir. L'oncle de Marcille, qui survint et la surprit en train de se mirer, sourit de ses préoccupations.

« Que je suis changée! s'écria-t-elle avec quelque embarras. Est-il possible qu'en si peu de temps j'aie tant enlaidi! On me donnerait dix ans au moins de plus que mon âge. Ne trouvez-vous pas, monsieur? »

Elle était, en effet, excessivement pâle, tout son embonpoint avait disparu et ses yeux étaient loin d'avoir retrouvé leur ancien éclat.

D'un air attendri, le procureur général lui donna l'assurance que ces ravages étaient tout éventuels, qu'avec du repos et un régime elle ne tarderait pas à redevenir jeune, fraîche et belle comme auparavant.

Elle reprit avec vivacité :

« Ne croyez pas au moins, monsieur, que j'en aie de l'affliction ! Ce n'est que de la surprise. Qu'importe quelques rides, du moment où ma guérison est complète ! Il me semble que la fièvre a mis entre le passé et le présent un siècle d'intervalle. Vous voyez en moi une autre femme. Je me sens, à cette heure, l'âme aussi tranquille que lorsque j'avais dix ans.... »

Peu après, elle avoua même qu'on pouvait hardiment lui parler de Marcille, qu'il avait perdu tout prestige à ses yeux, que l'amour qu'elle avait eu pour lui n'avait laissé d'autres traces en elle que celles d'un mauvais rêve, et qu'elle s'étonnait elle-même d'avoir eu tant d'inquiétudes au sujet d'un homme dont le souvenir actuellement la laissait froide et absolument indifférente.

« J'ai beau, ajouta-t-elle, me rappeler détail par détail les mécomptes qu'il m'a fait essuyer, son étrange conduite n'a plus même le privilége d'exciter en moi, je ne dirai pas du mépris, mais seulement une apparence de ressentiment. »

Ces aveux ne laissèrent pas que de causer un sensible plaisir à l'oncle de Marcille. Il ne s'en montra que plus ouvertement prévenant, empressé, tendre auprès de Thérèse.

La jeune fille, de son côté, tombait graduellement aux prises avec de nouvelles inquiétudes. De plus en plus frappée de l'impatience avec laquelle elle attendait le procureur général, du plaisir qu'elle ressentait dès qu'il était là, du serrement de cœur que lui causait son départ, elle se replia sur elle-même et fut envahie par une sorte d'effroi. Son inclination pour l'oncle de Marcille, qu'elle supposait dans le principe toute filiale, méritait déjà, à sa grande

stupeur, une épithète d'un sens quelque peu différent. Elle
frémit au nouvel orage qui menaçait de troubler sa vie.
A peine lui fut-il possible d'en soutenir la pensée. S'abandonner à de pareils sentiments ne lui semblait rien moins
que le fait de la démence.

D'enjouée qu'elle était habituellement, elle devint sérieuse; son abandon fit place à des manières de plus en
plus réservées. Outre qu'elle veilla incessamment sur son
imagination, qu'elle lutta avec énergie contre les envahis-
sements d'une affection trop vive, elle s'abstint encore sans
miséricorde des plus innocentes effusions d'amitié.

Son impatience de guérir était sans bornes. On lui permettait déjà de passer une partie des jours dans un fauteuil. Bientôt elle cessa d'être pâle et languissante, reprit
des forces, put aller et venir et achever ses préparatifs de
départ.

De temps à autre, dans ses conversations avec l'oncle de
Marcille, elle glissait quelque allusion à ses projets de re-
traite, et insensiblement exprimait son intention formelle
de retourner prochainement dans l'ombre d'où elle était
sortie. Enhardie enfin par le mutisme obstiné du procureur général, elle choisit un jour qu'il était là pour prier
l'une des femmes qui l'avaient soignée de vouloir bien
prendre la peine de lui chercher un logement.

Si l'oncle de Marcille ne soufflait mot, ce n'était pas
faute toutefois d'avoir envie de s'expliquer. Préoccupé, rêveur, perplexe, il arrivait chaque fois chez la jeune fille
avec la résolution évidente de lui confier quelque secret, et
toujours s'en allait sans rien dire, comme si la timidité et
l'émotion eussent étouffé les paroles dans sa gorge.

Sa taciturnité, au reste, n'intriguait Thérèse que médiocrement. Aussi loin que possible de la vérité, elle s'arrêtait à conjecturer qu'il prétendait lui assurer, par acte authentique, une pension qu'elle n'avait reçue, jusqu'à ce

jour, qu'à titre provisoire, et qu'il différait de lui en parler par peur d'un refus.

XXVII

Déclaration.

Un jour, toutefois, il se présenta devant elle dans des dispositions en apparence tout autres. Ses manières étaient décidées et son visage respirait l'enjouement. Un œil exercé n'eût pas manqué d'apercevoir qu'il y avait un peu de contrainte dans son air, et qu'il n'avait qu'un masque de gaieté. Il entra cette fois sur-le-champ en matière, à peu près comme le baigneur se jette d'un bond dans une eau froide pour en finir tout de suite avec la sensation du froid. Il s'assit dans un fauteuil tout près d'elle, et, sans la regarder :

« Je ne viens pas, chère enfant, lui dit-il d'un accent paternel, vous demander ce que vous comptez faire, je le devine à vos préparatifs. Je viens vous avouer mes intentions.:.. »

Thérèse le regarda avec une curiosité mêlée d'inquiétude. Elle allait enfin savoir ce qu'il roulait dans sa tête depuis tant de jours. Il se recueillit un moment et continua :

« Par le fait d'autrui, en dépit de vous-même, vous avez compté sur un établissement honorable. Pendant plusieurs années, toujours malgré vous, on a tenu sous vos yeux cette promesse de fortune. Un homme incapable de vous apprécier, indigne de vous, mon absurde neveu, a dissipé, par son inqualifiable faiblesse, les plus légitimes espé-

rances. Je sais que vous lui reconnaissez ce droit, que vous
lui pardonnez ses procédés iniques, que vous êtes décidée
à la résignation, et que vous êtes trop noble pour jamais
vous plaindre. »

Le temps de reprendre haleine, et le procureur général
ajoutait avec fermeté :

« Mais moi, moi qui vous connais, qui vous comprends,
qui vous juge, j'estime qu'il ne peut pas en être ainsi,
que vous ne devez pas être sacrifiée, qu'il n'est pas possible que plus longtemps vous soyez dupe et victime des
sottises d'autrui. »

Le procureur général donnait aux faits une couleur qui
commençait à alarmer Thérèse. A l'approche du moment
critique, elle réunit toutes ses forces et se promit intérieu-
rement de ne pas fléchir.

« Ne vous effrayez pas de ce début, poursuivit le procureur général en s'efforçant de dominer son émotion. Vous
serez toujours libre d'agir comme vous l'entendrez. Au
préalable, je vous déclare que mon neveu n'existe plus
pour moi, que je le renie comme un malhonnête homme.
Que vous acceptiez ou repoussiez mes offres, votre décision
n'aura donc aucune influence sur le parti de le déshériter,
auquel je me suis arrêté définitivement.

— Je vous entends, monsieur, interrompit Thérèse du
ton de la prière. Mais, je vous en conjure, laissons cela :
épargnez-moi la douleur de ne reconnaître tant d'obligeance que par un refus opiniâtre.

— Je vous répète, mon enfant, repartit le procureur général d'une voix émue, que je ne prétends nullement vous
contraindre, que je n'aspire qu'à vous persuader, si c'est
possible.

— Sans doute, monsieur, j'ai tort, je le sais, ajouta
Thérèse sans attendre. Toujours est-il qu'aucune considération ne peut me faire changer d'avis. J'userais avec

bonheur, croyez-le bien, des effets de votre bienveillance, si chaque jour je ne devais pas être exposée à entendre faire des allusions injurieuses à ce sujet.

— Rien de plus juste, répliqua le procureur général toujours plus ému. Aussi ai-je à vous faire part de combinaisons au moyen desquelles vous n'auriez à souffrir ni mépris ni allusions blessantes. »

La jeune fille était déroutée. Elle regarda le procureur général avec des yeux pleins de questions. La voix de celui-ci baissa encore d'un degré.

« Je ne suis plus de la première jeunesse, fit-il en secouant la tête ; mais enfin je ne suis pas encore vieux. Je ne vous dirai pas que j'ai pour vous ce qu'on appelle de l'amour ; toutefois, vous me croirez quand j'avancerai que je vous aime comme pourrait le faire le plus tendre des amis et que je ne varierai jamais dans de tels sentiments. »

L'attention de Thérèse redoubla. La pauvre fille doutait encore de ce qu'elle entendait. Le procureur général reprit :

« Mon intention formelle, longtemps préméditée, inébranlable, est de vous léguer ma fortune, et je ne connais pas de voie plus simple, plus rationnelle, plus sûre pour arriver à ce résultat que celle de vous épouser. »

Thérèse tressaillit. Un moment, la stupeur paralysa sa langue. Enfin, elle s'écria :

« Vous, monsieur, vous, m'épouser !

— Ma proposition vous désobligerait-elle ? demanda le procureur général d'une voix tremblante.

— Que dites-vous, monsieur ? » fit Thérèse prête à se trouver mal.

Elle était profondément bouleversée. De pareilles offres étaient, certes, bien loin de son esprit. L'idée d'épouser Marcille avait été longtemps pour elle une sorte de rêve.

Qu'était-ce donc que cette idée à côté de celle d'un mariage avec un homme que son caractère, sa fortune, ses fonctions élevées mettaient au premier rang parmi les notables de la ville ? La perspective de devenir la femme de cet homme distingué et de partager la considération dont il jouissait eût comblé même les espérances d'une femme ambitieuse. Aussi Thérèse n'en pouvait-elle croire ses oreilles.

« Vous, monsieur, vous, m'épouser, répéta-t-elle en appuyant sur chaque mot.

— Je vous jure, mon enfant, que rien n'est plus sérieux, » dit le procureur général.

Un trait de lumière traversa l'esprit de la jeune fille. Mille remarques lui furent sur-le-champ expliquées ; par exemple, les rêveries, les distractions, les tristesses du procureur général. « Il m'aime ! » pensa-t-elle. Elle n'avait pas encore songé à l'observer attentivement. Elle se mit à l'examiner en femme curieuse. Son front était dessiné par d'épais cheveux bruns où les quelques cheveux blancs qui y étaient mêlés figuraient assez bien un peu de poudre ; il avait la figure longue et pâle, encadrée de favoris également grisonnants ; le sourire imprimait à ses lèvres une contraction toute gracieuse. Ces détails composaient un ensemble qui n'était pas dépourvu de charme. Ajoutez à cela qu'il se mettait avec une exquise simplicité, et qu'il s'exprimait avec une facilité chaleureuse qui indiquait un homme moralement plus jeune que ne l'était Marcille lui-même. Il la regardait en face. Malgré l'éclat du verre de ses lunettes, elle n'eut pas de peine à deviner son trouble. « Il m'aime ! » pensa-t-elle de nouveau en baissant la tête. Cette découverte l'étourdissait peut-être plus encore que ne faisait la question du mariage.

« Eh bien ? fit le procureur général en souriant, néanmoins d'une voix mal assurée.

— Mais le monde, monsieur, le monde ! s'écria Thérèse en joignant les mains.

— En auriez-vous peur avec moi ? dit le procureur général saisi par l'espérance. D'ailleurs, il n'est pas toujours aussi terrible qu'il en a l'air. Il a quelquefois le sens commun. Je dirai même qu'on peut souvent lui faire accepter les choses qui blessent le plus ses préjugés, pourvu, cependant, qu'on le fasse avec franchise, avec courage, avec dignité. Je ne suis pas de ceux, vous pensez bien, que l'opinion peut ébranler, et j'aurai, je l'espère, toujours assez de tact et de fermeté pour faire respecter celle qui sera ma femme. Le monde, j'en conviens, jasera, criera, médira, si vous voulez ; mais avant peu, j'en ai la conviction, il ne soufflera plus mot, à moins que ce soit pour m'envier ma femme et mon bonheur. »

Thérèse, comme cela était naturel, continuait de donner des marques de la plus vive surprise.

« Voyons, chère, très-chère enfant, poursuivit l'oncle de Marcille avec une tendresse croissante, n'avez-vous plus d'objection à me faire ? Vous ne craignez pas, sans doute, qu'à mon âge je change jamais de sentiments à votre égard. L'amour qui, la plupart du temps, n'est qu'un feu de paille, peut bien s'éteindre ; mais les sentiments d'affection fondés sur l'estime, mûris à l'éclat des plus solides et des plus rares qualités, vous le savez, sont inaltérables. »

Thérèse gardait toujours le silence.

« Est-ce mon âge qui vous effraye ? demanda le procureur général. Il devrait plutôt plaider en ma faveur, ajouta-t-il en souriant : vous serez encore une jeune et jolie veuve, quand moi, hélas ! je ne serai plus. »

Thérèse était émue jusqu'aux larmes. Elle était capable de comprendre cet homme et était digne de lui. Elle se montra tout à coup à la hauteur d'une si étonnante fortune.

Le procureur général, préjugeant mal du grand trouble que tout en elle accusait, laissa entendre, en hochant la tête, qu'il n'avait que trop sujet de craindre d'être refusé. Thérèse leva sur lui des yeux brillants d'orgueil.

« Oh ! non, monsieur, fit-elle, cela ne m'est pas permis. Je serais insensée. Ce serait douter de vous, vous méconnaître, me montrer tout à fait indigne de l'honneur que vous voulez me faire. » Elle s'arrêta pour retomber aux prises avec d'ineffables rêveries. « Mais, dit-elle, laissez-moi le temps de me remettre, de m'habituer à cette fortune. Je vous l'avoue, je m'y attendais si peu que la tête m'en tourne. »

Il eût fallu voir le tressaillement du procureur général. Il était sur le point de suffoquer de joie.

« D'accord, mon enfant, dit-il avec empressement ; prenez un mois, deux mois, un an, si vous voulez. Vous avez en moi un véritable esclave. Je souscris d'avance à toutes les conditions qu'il vous plaira m'imposer. »

XXVIII

Mariage.

Dès lors, le soir, sur les promenades, on rencontra fréquemment le procureur général donnant le bras à Thérèse. Cette intimité ne fit d'abord que surprendre. Elle fut bientôt un sujet de conversations inépuisables. On se livra à mille suppositions et l'on s'arrêta naturellement à celles qui blessaient le plus l'honneur de la jeune fille. Insensiblement, la médisance tourna à la calomnie. Les plus terribles préventions pesèrent sur le procureur général. En

même temps qu'on l'accusa de donner en face de tous
les plus pernicieux exemples, on traita Thérèse avec
encore moins de ménagements. On alla jusqu'à féliciter
Mme Marcille et son fils, l'une de ne pas avoir une bru
semblable, l'autre d'être débarrassé d'une femme qui démentait si audacieusement son passé. Les gentillesses al-
lèrent leur train et *crescendo* jusqu'au jour où la vérité
éclata et balaya, on peut dire, d'un coup d'aile toutes les
calomnies.

La publication du mariage, suivie presque immédiate-
ment de celle des bans, fit tout d'abord un effet comparable à celui d'un sinistre. Les gens du milieu où vivait l'oncle de Marcille en furent un moment atterrés.
Ils reprirent insensiblement courage pour se livrer au
plaisir des commentaires et de la critique, pour accabler
le mari et la femme de quolibets plus ou moins spiri-
tuels, de railleries plus ou moins mordantes. Pendant
quinze jours il ne fut point question d'autre chose dans
la ville. Ce mariage prenait les proportions d'un événement politique.

Le procureur général ne s'inquiéta guère de tous ces
clabaudages; il alla droit son chemin, à peu près comme
la locomotive file sur les rails sans se soucier des faucheurs
et des faneuses qui, à droite et à gauche, crient et gesticu-
lent en la voyant passer. Il n'avait pas eu le temps d'aller
de la mairie à l'église, que les bruits avaient cessé. Que
pouvait-on contre un fait accompli? Peu après, jugeant
que sa femme méritait qu'il s'occupât exclusivement
d'elle, il donnait sa démission. Loin de lui tenir rancune
de sa mésalliance, on sollicitait bientôt, à l'égal d'une faveur extrêmement précieuse, l'honneur d'être admis chez
lui. Ses dîners étaient délicats, ses soirées étincelaient de
lumières et de fleurs, on peut ajouter de jolies femmes
et d'hommes d'élite. Bien qu'on n'y jouât point, l'ennui

y était inconnu. Et ainsi, grâce à Thérèse, au milieu des plaisirs toujours neufs que sait faire éclore la tendresse d'une femme, s'écoulait l'heureuse vie du procureur général.

MADELEINE LORIN.

I

Sur le pont Saint-Michel,

On connaît le pont Saint-Michel, qui relie la rue de la Harpe à celle de la Barillerie. Les travaux de restauration n'ont point encore fait disparaître de sa face vénérable les rides de la vieillesse. Sa chaussée montueuse et raboteuse semble creusée entre les trottoirs comme une vaste ornière. Les voitures et les passants y affluent. Du côté de la rue de Jérusalem, le parapet, dans presque toute sa longueur, est encombré par des bouquins ; de l'autre, outre un marchand d'oiseaux et un *minéralogiste*, on remarque trois ou quatre femmes, rangées à la file, qui vendent, selon la saison, des pommes, des oranges, des noix, des châtaignes bouillies, des violettes ou des roses. Notez que, du point où stationnent ces marchandes, l'œil embrasse d'un regard les tours de Notre-Dame, les bâtiments de l'Hôtel- Dieu, l'arche élégante du Petit-Pont, les eaux vertes de la Seine, la Morgue, la flèche et la toiture dorée de la Sainte-Chapelle.

Les rayons obliques du soleil d'automne ricochaient çà et là sur le groupe des marchandes. Il pouvait être quatre heures de l'après-midi. Une petite femme, sans âge, d'apparence pauvre, bien que fort propre, débattait tranquillement le prix de toute une corbeille de petites poires. Le panier, déjà à demi plein de gâteaux, de sucre d'orge et autres friandises qui gisait près d'elle, indiquait clairement une revendeuse.

Pendant ce temps-là, une femme de cinquante à cinquante-cinq ans, qui cheminait lentement dans la direction de la rue de la Harpe, s'arrêta tout à coup. Grande et maigre, avec un visage long et hâve, des traits flétris, elle était coiffée d'un bonnet sale, vêtue d'une robe déteinte, et enveloppée d'un vieux châle d'où s'échappait un cabas rapiécé, garni de cuir aux angles. La vue de la petite revendeuse semblait l'avoir clouée sur place. Elle la toisa d'abord des pieds à la tête d'un regard noir qui flambait d'animosité ; puis, sans la quitter des yeux, elle dit entre ses dents, du ton de la haine :

« La vieille misérable !... Si ça ne fait pas mal au cœur ! »

Il était évident qu'un scandale ne devait nullement répugner à cette affreuse femme. Aussi, se dépitant de n'avoir pas été entendue, elle s'approcha de l'une des marchandes et continua avec plus d'amertume encore :

« Qu'est-ce qui dirait à voir ça, je vous le demande, que ça couche sur des sacs d'écus ! »

Elle réussit cette fois à provoquer l'attention. La marchande de qui elle était voisine marqua de la surprise et l'envie d'en savoir davantage.

« Vous ne voudrez pas me croire, ajouta l'endiablée mégère en élevant la voix ; c'est pourtant aussi vrai que je m'appelle Loiseau et qu'il y a un Dieu : cette vieille loque, à qui vous donneriez un sou, cache de l'argent dans sa paillasse et n'a pas honte de tendre la main, quand elle pourrait vivre de ses rentes. »

La petite revendeuse, dans sa préoccupation à ranger les poires dans son panier, était seule à ne rien entendre. Celle des femmes à qui elle avait affaire se vit dans l'obligation de lui demander :

« Qu'est-ce que cette dame vous veut donc, Madeleine ? Est-ce que vous la connaissez ? Entendez-vous ce qu'elle dit ?

— Quelle dame ? » fit Madeleine en levant brusquement la tête.

Ses regards rencontrèrent ceux de la femme Loiseau. Les deux ennemies plongèrent quelques secondes dans les yeux l'une de l'autre.

« Comment, ça ne finira donc jamais ! s'écria la vieille Madeleine avec impatience. Vous n'avez donc rien à faire ? Voyons, qu'est-ce que vous dites encore ?

— Je dis, je dis, répliqua la femme Loiseau en marchant vers la petite vieille d'un air de menace, que vous rougiriez si vous aviez du cœur.

— Allons donc ! toujours les mêmes radoteries !

— Des radoteries, vieille mendiante, c'est bon pour vous ! repartit la femme Loiseau avec une colère croissante. Ayez donc le front de soutenir qu'il est honnête de faire le métier que vous faites, quand on a de l'argent à remuer à la pelle. »

La scène devenait assez vive pour arrêter quelques passants.

« Des mensonges ! des mensonges ! répéta énergiquement Madeleine en faisant mine de vouloir s'éloigner.

— Après cela, qu'est-ce que ça fait ? fit observer l'une des marchandes. Si vous avez de l'argent, tant mieux pour vous, Madeleine ; ça n'est pas une raison pour ne pas faire du commerce, si ça vous amuse.

—Du commerce, à la bonne heure! poursuivit la femme Loiseau; mais son commerce n'est qu'un prétexte pour pouvoir mendier impunément. Elle va s'asseoir à la porte des églises avec son panier, et là, au lieu de vendre sa marchandise, elle fait la pauvresse, tend la main d'un air honteux, et vole ainsi des aumônes qui appartiennent aux vrais malheureux.

— Quant à ça, dit la plus âgée des marchandes, c'est mal, très-mal. Est-ce vrai, Madeleine? »

Les traits de la vieille Madeleine respiraient l'honnêteté. Elle n'était évidemment pas de taille à lutter contre la femme Loiseau : aussi songeait-elle bien moins à se défendre qu'à fuir. Toutefois elle répondit d'un air triste, en passant le bras dans l'anse de son panier :

« Ce que dit cette méchante femme n'a pas le sens commun : autant de paroles, autant de mensonges. La vérité est que j'avais quelques épargnes pour quand je serais infirme. Mais j'ai tout perdu dans un incendie, et je suis à cette heure encore bien plus malheureuse que je n'en ai l'air. Je ne gagne ma vie qu'avec bien du mal, et vous verrez qu'un jour, si personne ne prend pitié de moi, on me trouvera morte de faim et de froid sur ma paille. »

Disant cela, la petite vieille essuya une larme avec sa manche et essaya de fendre le groupe de curieux qui grossissait à vue d'œil.

« Et moi, je dis que c'est elle qui ment! s'écria la femme Loiseau, dont la colère tournait à la rage. C'est comme ça qu'elle trompe le monde. Allez rue Saint-Victor, au n° 24, et tous les locataires vous en apprendront de belles sur son compte! Que je perde mon nom de Loiseau si l'on ne vous certifie pas ce que j'avance! Dieu merci! sa réputation est faite. Dites-lui seulement de passer dans le quartier, et vous verrez si elle l'osera.... »

Madeleine était décidément partie. Elle avait la tête penchée, les larmes aux yeux, les reins courbés en deux pour faire équilibre au poids de son panier. Les éclats de voix de son ennemie la poursuivaient toujours. Une bouffée d'air apporta même cette menace à ses oreilles :

« Si j'étais sergent de ville, j'aurais bientôt fait de la ramasser et de la conduire au dépôt. »

II

Une action qui n'est pas cotée à la Bourse.

La petite revendeuse longeait à pas mesurés le quai Saint-Michel. Parvenue à la place du Petit-Pont, elle traversa la chaussée, disparut derrière la maison qui fait l'angle et s'engagea dans la rue Saint-Jacques.

Un jeune homme la suivait à distance et l'observait comme eût pu le faire un agent de police. Son visage accusait vingt-quatre ou vingt-cinq ans. Il était de taille moyenne, bien fait et fort proprement vêtu. A l'ombre des bords de son feutre, bas de forme et de couleur fauve-clair, on apercevait un teint blanc, des yeux presque noirs, des cheveux châtains, un nez droit, une bouche gracieuse et, en somme, un air plein d'aménité, quoique mélancolique. Sa main droite, en soulevant l'un des pans de sa redingote pour plonger dans la poche du pantalon, laissait voir une petite chaîne de montre en or.

L'un des premiers, il s'était arrêté à la querelle des deux femmes. Aucun détail de la scène ne lui avait échappé. La vieille Madeleine, par son air de droiture et de bonté, avait tout de suite éveillé sa curiosité et son intérêt.

Néanmoins, en la suivant et en l'épiant, ses intentions ne semblaient rien moins que précises. Il ne cessait de la dépasser pour revenir bientôt sur ses pas : il tournait·littéralement autour d'elle. On comprenait, à ses allées et venues, qu'il avait envie de l'aborder, mais qu'il n'osait pas.

Ce ne fut qu'au droit du collége de France, après avoir répété vingt fois le même manége, que, se plaçant aux côtés de la petite vieille et marchant à son pas, il parut décidé à s'en faire remarquer et à lui adresser la parole. Madeleine tourna en effet la tête vers lui, et le regarda avec des yeux pleins de surprise et aussi pleins de défiance. Le jeune homme prévint la question qu'elle s'apprêtait à lui faire.

« Pardon, ma bonne femme, lui dit-il du ton le plus simple, je ne me trompe pas, c'est bien vous que l'on querellait tout à l'heure sur le pont Saint-Michel, je ne sais plus à propos de quoi.

— Oui, monsieur, répliqua la vieille d'une voix que l'inquiétude et la crainte rendaient hésitante et timide.

— Plus je vous regarde, je ne vous le cache pas, plus il m'est difficile de comprendre les invectives de votre adversaire.

— Oh ! monsieur, fit la vieille tristement, vous n'avez vu que la répétition de ce qui m'arrive presque chaque jour.

— J'imagine pourtant, que vous n'êtes pas condamnée à vous croiser perpétuellement avec cette femme.

— Non, sans doute, répondit Madeleine d'un air déjà plus rassuré. Mais quand ça n'est pas celle-là, c'en est une autre. Trois ou quatre de mes anciennes voisines semblent s'être donné le mot. La moins agile trouve des jambes de cerf pour accourir, d'aussi loin qu'elle m'aperçoit, me faire des avanies pareilles. »

Après une pause, le jeune homme reprit :

« Mais que prétendent-elles? de quoi vous accusent-elles?

— Ne l'avez-vous pas entendu ? dit Madeleine : d'être avare, de cacher de l'argent, ce qui est bien la calomnie la plus·abominable qu'on ait pu imaginer, tant elle m'a fait de tort et m'en fait encore aujourd'hui.

— Elles doivent du moins se fonder sur quelque chose ! Quel fait, quel bruit leur a donné lieu de croire que vous, ma bonne femme, vous pourriez vivre de vos rentes? »

La vieille Madeleine, de son œil bleu, sain, vif, pénétrant, n'avait pas discontinué d'étudier le visage du jeune homme avec une sorte d'âpreté, comme si elle eût voulu fouiller jusqu'au fond de sa poitrine. Évidemment, de cette étude, il n'était résulté, chez la petite vieille, que des impressions favorables. Les observations qu'elle avait recueillies avaient, pour ainsi parler, effacé une à une les rides qu'y avait creusées tout d'abord la défiance. Ses traits avaient repris graduellement plus que ·de la tranquillité, presque de la sérénité.

« Je m'en vas vous le dire, répliqua-t-elle avec bonhomie. Il y a sept ou huit mois, le feu s'est déclaré dans un magasin de la maison où je demeurais, rue Saint-Victor. Tandis qu'on organisait la chaîne et qu'on faisait aller les pompes, des pompiers sont montés à tous les étages et ont jeté par les fenêtres, dans la cour, toutes les choses qu'on pouvait sauver, par exemple, les matelas, le linge, les habits. Or, depuis plus d'un siècle, je conservais, à l'égal de mes prunelles, une somme de six cents francs pour me retirer aux Petits-Ménages, quand je serais infirme. Par crainte des voleurs, je cachais cet argent dans ma paillasse. En tombant du cinquième, la paillasse s'est crevée, et mon argent s'est répandu dans la cour. Je ne peux pas vous donner une idée de l'effet qu'a causé cette découverte. Ç'a été un vrai événement. Tout le quartier n'a parlé que de ça pendant huit jours. On m'a fait un crime de ma prudence. L'envie s'en est mêlée. Mes deux cents écus n'ont pas tardé à monter jusqu'à dix mille francs. Les voisins et les voisines m'ont pris d'abord en grippe et bientôt en horreur. Pendant ce temps-là, le chiffre de ma fortune augmentait toujours. A la fin, aux yeux de tous les gens du voisinage, je n'ai plus été qu'une vieille avare qui faisait semblant d'être misérable pour inspirer la pitié et grossir un trésor inutile. A dater de ce jour, on ne m'a pas aperçue une seule fois sans m'injurier, sans m'agonir, sans me reprocher mes richesses et mon avarice. On a été jusqu'à exciter contre moi tous les petits mauvais garnements des alentours. Je ne pouvais plus y tenir. J'ai déménagé. Vous avez vu ce qui m'arrive, quand je rencontre une femme de mon ancien quartier. »

L'accent sincère, pénétré, dont tout cela était raconté, éloignait de l'esprit jusqu'à la velléité de le mettre en doute.

« Avez-vous sauvé du moins votre magot? lui demanda son interlocuteur d'un ton de plus en plus affectueux.

— Voilà précisément le pire de l'histoire, fit la bonne femme en secouant la tête d'un air de tristesse et de découragement : je n'ai rien sauvé du tout. Cet incendie a causé ma ruine. Il n'a pas suffi que j'y perdisse mon mobilier, le peu de linge que j'avais, mes quelques hardes; il a a fallu encore qu'à force de criailleries et de mensonges on m'empêchât d'obtenir quelque chose du bureau de bienfaisance. Et l'on ne s'est pas contenté de cela. J'avais, dans le quartier, une assez bonne place pour la vente. Eh bien ! j'en ai été chassée par toutes sortes de sottises et de menaces. Ça n'a plus cessé d'aller de mal en pis. J'ai dû chercher un autre endroit pour m'y établir, courir chez le commissaire et à la préfecture de police, louer une

chambre, acheter un bois de lit et des chaises, remplacer
mes nippes brûlées et le reste : tout cela m'a pris plus
d'un grand mois et m'a coûté les yeux de la tête. Ajoutez
qu'à ma nouvelle place, sur les marches de l'église des
Dames Saint-Michel, où je vais en ce moment, je ne vends
presque rien et que c'est tout le bout du monde si,
dans une semaine, je gagne de quoi vivre quatre ou cinq
jours. Aussi, malgré des efforts inimaginables, à mon grand
crève-cœur, comme vous pensez, ai-je vu mes pauvres
économies glisser goutte à goutte à travers mes doigts
comme du vif-argent. Aujourd'hui, il ne me reste rien,
absolument rien, et les trois quarts du temps je me couche
l'estomac vide, et, pour combler la mesure, on crie partout que je suis riche, on n'en démordra pas, on me fait
tout le mal possible, on m'empêche de gagner ma vie, et
l'on ne sera content que quand je serai morte de faim.... »

Ces faits navrants étaient dits de la voix la plus naturelle et la plus touchante. Les inflexions seules de cette
voix, qui trahissaient des douleurs profondes et contenues,
étaient d'une éloquence irrésistible. Le jeune homme, ému
de compassion, sentait son émotion grandir à chaque parole de Madeleine. Celle-ci ajouta toujours plus mélancoliquement :

« Si seulement je ne touchais pas à l'âge des infirmités,
il n'y aurait que demi-mal. A cette heure, ça va encore.
Je n'ai pas de grands appétits, et d'ailleurs je suis faite de
longue date aux privations. Mais l'avenir ! l'avenir, qui
pour moi sera peut-être demain ! Je suis déjà bien vieille,
bien cassée, et je sens tous les jours mes forces qui dimi-
nuent. Qu'est-ce que je deviendrai ? Où irai-je ? A quoi en
serai-je réduite ? Je vous l'avoue, c'est ça qui m'épouvante. Je ne peux pas me distraire de ces idées-là. Le jour,
les bouchées que j'avale en sont amères. La nuit, je n'en
dors pas. Quand je m'assoupis de fatigue, j'en rêve, j'en

étouffe comme d'un cauchemar. Ah! c'est dur aussi, après
avoir tant vécu, tant travaillé, tant peiné, de ne pas même
avoir l'espérance d'un petit coin pour y vivre quelques
jours en paix, de ne pas même savoir où reposeront vos
vieux os !... Tenez, monsieur, laissons cela. Qu'est-ce que
ça peut vous faire? Et moi, en y songeant, je serais capable d'en pleurer en pleine rue, ce qui ne servirait pas à
grand'chose.... »

Effectivement, des pleurs roulaient dans les yeux de la
vieille Madeleine et des sanglots faisaient trembler sa
voix. Celui à qui elle parlait n'était pas moins profondément attendri ; il eut même besoin d'un effort pour rester
maître de son trouble.

« Mais dites-moi, ma bonne femme, fit-il d'une voix
altérée, vous n'avez donc pas de famille, pas de parents ?

— J'ai des parents, répondit la petite vieille en essuyant
philosophiquement ses yeux, qui sont dans l'aisance. C'est
pourtant absolument comme si je n'en avais pas. Ils ont
même poussé tant qu'ils ont pu à ma ruine.

— Ainsi, ils ne font rien pour vous?

— Quand je vas par hasard les voir, je n'en reçois que
des sottises.... »

Tout en devisant de la sorte, ils étaient parvenus à la
hauteur du Panthéon. La petite vieille était fatiguée. Elle
s'arrêta et déposa son panier à l'angle d'un trottoir. Le
jeune homme ne bougea pas d'auprès d'elle. Il avait la
tête penchée, il promenait au hasard ses regards distraits,
il paraissait aux prises avec de vives préoccupations.

« Écoutez, Madeleine, » fit-il tout à coup d'un ton résolu. Il s'interrompit pour ajouter en manière de paren-
thèse : « Car c'est bien ainsi, je crois, qu'on vous appelle.

— Madeleine Lorin, cher monsieur, pour vous servir. »

Le jeune homme poursuivit :

« Je ne vous connais que depuis un quart d'heure, et je m'étonne moi-même de l'intérêt que je vous porte. Je ne puis plus endurer l'idée de vous voir manquer du nécessaire. Sans être riche, je gagne bien ma vie, je suis le maître de ce que je gagne, je ne dois rien à personne. Vous me voyez prêt, à moins cependant que mes offres ne vous blessent, à vous donner un franc par jour en attendant mieux. »

Ces offres produisirent sur Madeleine l'effet d'un coup de foudre. Elle s'arrêta, tourna vivement la tête vers celui qui les lui faisait et le regarda avec des yeux démesurément ouverts et tout effarés.

« Parlez-vous sérieusement ? s'écria-t-elle après être restée quelques instants interdite.

— S'il ne faut, pour vous le prouver, que vous avancer une semaine....

— Mais vous ne me connaissez pas! ajouta Madeleine de plus en plus stupéfaite. Je peux être tout ce qu'on dit, je peux vous avoir trompé.

— Il me suffit de vous voir et de vous entendre pour être persuadé du contraire.... »

La stupéfaction cessa de paralyser les traits de Madeleine; son visage s'assombrit, la défiance y reparut. Son œil, d'une vivacité pénétrante, parcourait l'inconnu des pieds à la tête.

« Franchement, balbutia-t-elle, il me paraît bien étonnant que vous soyez si charitable à cause seulement de mon honnêteté et de ma misère. Vous avez sans doute d'autres motifs?

— De bien simples, ma bonne femme, repartit le jeune homme avec émotion. Je n'ai jamais connu ni mon père ni ma mère : j'ai été élevé aux Enfants-Trouvés. Cependant, au fond de moi-même, pour cette mère que je n'ai jamais connue, que je ne connaîtrai certainement jamais, j'ai toujours conservé une affection, une tendresse qui me possède de jour en jour plus étroitement. Aujourd'hui, il est des instants où j'en souffre comme d'un supplice, où je donnerais de grand cœur la moitié de ma vie pour la connaître, l'embrasser, me dévouer à elle.... Je ne sais pas pourquoi je m'imagine qu'elle pourrait être une pauvre vieille femme, tourmentée comme vous, et comme vous sans avenir. C'est en quelque sorte à son image que s'adresse ce que je vous offre. C'est en outre une manière de me prouver à moi-même la réalité des sentiments que je lui garde. En supposant qu'elle existe encore, si elle souffre, il me semble qu'elle sera soulagée par mes seules intentions à son égard.... »

La figure de Madeleine s'était peu à peu éclaircie ; un vive joie éclatait actuellement sur son front, dans ses yeux humides et sur ses lèvres souriantes.

« Ah ! vrai, dit-elle d'une voix attendrie, vous êtes décidément un bien brave garçon. Votre mère était sûrement aussi une bonne personne. Qu'elle eût été heureuse d'avoir un fils comme vous !

— Ainsi, Madeleine, c'est convenu, dit le jeune homme.

— Une pauvre vieille comme moi, est-ce possible ? s'écria Madeleine. En vérité, j'ai encore de la chance. Enfin, on verra, tout pourra s'arranger. » Elle s'interrompit tout à coup. « Mais qu'est-ce que vous faites ? demanda-t-elle. Comment vous appelez-vous ? où demeurez-vous ?

— Je m'appelle Bénédict, répondit le jeune homme. Ce nom était dans mes langes avec d'autres marques qui indiquaient l'intention évidente de me reconnaître un jour. Je suis sculpteur en bois. Je travaille rue Amelot, au faubourg Saint-Antoine, chez M. Fourdinois, et je demeure rue Saint-Antoine.

— Et qu'est-ce que vous gagnez ?

— Cinq francs par jour en moyenne.

— Ça ne va pas loin, cinq francs par jour.

— Je ne chôme jamais, et mes goûts ne sont pas dispendieux. Je vous dirai même que j'ai de l'argent à la caisse d'épargne. »

La vieille Madeleine devenait rêveuse.

« Et le mariage, dit-elle d'un air d'inquisiteur, est-ce que vous n'y pensez pas?

— Le mariage! fit Bénédict en souriant : il n'y a rien qui presse. Au surplus, il faudra que le hasard s'en mêle, car je suis bien l'homme du monde le plus incapable de nouer des relations. Je n'ai pour toute connaissance qu'un ami qui n'est pas de mon état. Je ne le vois même que de loin en loin. J'allais précisément à sa recherche au moment où je vous ai rencontrée.... »

Cependant Madeleine, ayant remis le panier à son bras, continuait son chemin à travers la rue Saint-Jacques. A la suite d'une pause assez longue, elle reprit :

« Au moins, monsieur Bénédict, toutes vos réflexions sont bien faites, n'est-ce pas? Vous êtes bien sûr de ne pas avoir de repentir? Vous savez, quelquefois on cède à un premier mouvement, puis le lendemain on change d'avis. Tenez! moi, il m'est arrivé un soir de trouver une châtelaine à laquelle pendaient une montre, un sachet, plusieurs clefs, le tout en or. J'aurais voulu le garder que je n'aurais pas pu : ça me brûlait les doigts. J'ai donc été le reporter. Eh bien! parfois, quand j'y pense, j'en deviens toute triste.

— Rien ne ressemble moins à un coup de tête, ma bonne Madeleine, que ce que je vous propose. Je fais la chose du monde la plus naturelle. Ne craignez pas que j'en aie jamais même l'apparence d'un regret.

— A la bonne heure! fit joyeusement Madeleine; à la bonne heure! nous nous entendrons. Tout de même, sans que ça paraisse, vous n'avez pas la main malheureuse, vous pouviez plus mal tomber. Telle que vous me voyez, j'ai connu des temps meilleurs et je méritais mieux que d'en être réduite à faire le métier que je fais. Je vous conterai cela. Nous verrons. J'irai vous voir.... »

La loquacité, chez Madeleine, croissait avec le contentement. Elle babilla ainsi jusqu'au moment où ils arrivèrent devant la façade de l'église des Dames Saint-Michel. La petite vieille en gravit les marches et s'installa avec son panier le long de la porte. Bénédict n'avait plus rien à lui dire. Après lui avoir de nouveau indiqué son adresse, il prit rendez-vous avec elle pour le lendemain soir, et s'éloigna.

III

Complications.

Trois ou quatre semaines suffirent à bien du changement. Madeleine avait encore une fois changé de quartier. Elle occupait actuellement un petit cabinet dans la maison même où demeurait Bénédict, rue Saint-Antoine, non loin du boulevard Beaumarchais.

Le logement du jeune sculpteur, situé au troisième, se composait de trois pièces à la file qui voyaient sur la cour. Une cloison, vitrée à hauteur d'homme, faisait de la première une antichambre étroite et une cuisine. La seconde, mise en couleur, tapissée d'un joli papier vert, meublée de meubles élégants, de chaises, de fauteuils d'une pendule, de vases en bronze, de gravures, servait à la fois de salon et de chambre à coucher. Un paravent masquait le lit; de doubles rideaux garnissaient les fenêtres. Tout le luxe du logement était là. La pièce du fond, plus petite, offrait le désordre d'un cabinet de travail. L'ameublement y trahissait les occupations et les habitudes du locataire. Des outils de diverses sortes, tels que ciseaux, goujes, rabots, gisaient pêle-mêle sur un établi avec des ébauches en bois. Au centre, le large dessus d'une table disparaissait sous un amas confus de papiers, de compas, de règles, de godets, de crayons, de plumes et de pinceaux, de pipes et de tabac. Un divan couvert d'une chemise éraillée, des chaises dépareillées, des cartons à dessins, étaient rangés au hasard le long des murs où, çà et là, des tasseaux soutenaient des rayons chargés de livres. Un coucou y marquait l'heure. On devinait au premier coup d'œil que l'artisan faisait de cette chambre son séjour de prédilection.

Les voisins ne l'incommodaient pas : il était seul sur le palier. A quelques pas de sa porte, prenait naissance un escalier rapide qui conduisait à un long corridor sur lequel s'ouvrait la série de mansardes, dans l'une desquelles était venue s'installer la vieille Madeleine.

Sortant le matin pour ne rentrer que le soir, Bénédict n'avait le loisir de mettre un peu d'ordre dans son intérieur que le dimanche. La petite vieille, dès les premiers jours de son installation, s'était attribué la tâche de lui épargner de tels soins. Insensiblement elle s'impatronisait chez lui, faisait son ménage, visitait son linge, raccommodait et brossait ses habits. Cette besogne, qu'elle menait de front avec son petit commerce, ne suffisait pas à calmer sa soif d'activité. Le jeune homme dut encore accéder au désir qu'elle marquait de faire la cuisine. Bien que ces nouveaux arrangements fussent loin d'être économiques, il s'en trouvait si bien qu'il ne soufflait mot.

Un soir, comme il gravissait lentement son troisième étage, il se croisa au milieu de l'escalier avec une jeune fille qui descendait. Il la regarda aux lueurs du gaz avec un étonnement mêlé de curiosité.

Elle avait au plus une vingtaine d'années ; sa figure, encadrée d'un chapeau vert doublé de blanc, était notablement jolie, et sa tournure élégante et distinguée n'empruntait rien à une toilette d'ailleurs des plus simples.

Bénédict fut moins frappé peut-être de la beauté de sa figure que de l'horrible tristesse qui y était empreinte. Elle rougit à sa vue. On ne saurait dire si ce fut l'effet de la timidité ou celui de la honte. Toujours est-il qu'elle passa près de lui sans tourner la tête, roide comme un automate, et sans même paraître remarquer son salut.

Bénédict, tout perplexe, escalada le reste des marches en deux bonds. Sa surprise redoubla. Il se trouvait face à face avec Madeleine, qui, accoudée sur la rampe et la tête penchée, épiait sournoisement ce qui se passait au-dessous d'elle.

Il prit à peine le temps de respirer :

« Est-ce vous qu'elle vient voir ? » demanda-t-il en ouvrant sa porte.

Madeleine marchait sur ses talons.

« Oui, fit-elle;

— Est-ce une de vos parentes ? ajouta Bénédict.

— C'est ma fille ; » répondit simplement la petite vieille.

Le jeune homme se tourna vers elle avec stupeur.

« Comment ! s'écria-t-il ; mais elle a tout au plus vingt ans !

— Eh bien ?

— Et, sans vous flatter, on vous en donnerait bien soixante.

— Je n'en ai pourtant que quarante-cinq. »

A la regarder, ce chiffre était complétement invraisemblable. Petite, roide et desséchée, elle paraissait fragile

comme le verre. La maigreur avait réduit sa tête à l'état
de pièce anatomique. Entre la peau sillonnée de rides et les
os, il n'existait plus de chair. Des arêtes vives découpaient
âprement son front : on eût logé des œufs de moineau dans
ses tempes ; ses joues, plus creuses encore, donnaient à son
beau nez, légèrement bossu, des proportions excessives, et
l'aiguisaient comme une tarière ; sa bouche rentrée faisait
saillir son menton à l'instar de celui d'un casse-noisette de
Nuremberg. Le rouge vif de ses pommettes, comparable à
un peu de vermillon sur un parchemin fripé et jauni, était
bien plutôt les couleurs de la fièvre que celles de la santé.
Des mèches blanches s'échappaient de son serre-tête noir,
par-dessus lequel s'épanouissait un petit bonnet de
paysanne toujours d'une blancheur éclatante. Un faisceau
de menues branches noueuses et tordues eût seul pu donner une idée de son cou. De ces détails eût résulté simplement le masque d'un beau vieillard mort, sans les
grands yeux bleus qui brûlaient à l'ombre des profondes
arcades du sourcil, et éclairaient le visage entier d'une lumière vraiment surhumaine. Somme toute, cette bonne
femme n'avait plus d'âge, et son corps chétif, en quelque
sorte immatériel, ne semblait plus que l'étroite prison
d'une âme resplendissante, dévorée d'une pensée exclusive.

« C'est que, reprit-elle en secouant la tête, depuis la
mort de mon pauvre mari, je n'ai guère eu de bon temps.
Les inquiétudes n'engraissent pas. J'aurais mieux aimé
avoir des serpents affamés dans les entrailles. »

Bénédict ne revenait pas de son étonnement ; il s'était
machinalement assis à table, et il oubliait de manger.

« Votre fille ! fit-il d'un air rêveur ; j'aurais perdu du
temps avant d'imaginer cela. »

Le silence dans lequel il retomba ne convenait point à
Madeleine.

« Vous ne me dites pas comment vous la trouvez! fit-elle en essuyant une assiette avec une vivacité fébrile.

— Mais, très-bien, autant que j'ai pu voir, répondit le jeune homme. Seulement, elle m'a fait l'effet d'être terriblement triste. »

Le visage de Madeleine s'assombrit.

« Oui, dit-elle, ils m'ont changé mon enfant. Jadis il n'y avait pas de fille plus enjouée. Aujourd'hui j'ai peine à la reconnaître. Elle m'inquiète d'autant plus que je vois bien à son air qu'elle s'efforce de me cacher une partie des chagrins qu'elle éprouve.... »

Anaïs, fille de la vieille Madeleine, allait avoir vingt ans. Privée de fortune et sans état, elle en était réduite à vivre dans la maison d'Edmond Lorin, quincaillier, son oncle et tuteur, côte à côte avec une cousine du caractère le plus désobligeant, et sous la domination d'une tante tyrannique, passionnée, qui, usurpant l'autorité maritale, dirigeait tant bien que mal toutes les affaires. Cette femme, que dévorait la soif de s'enrichir rapidement, dédaignait peu à peu les bénéfices d'un commerce sûr et prospère, pour se précipiter avec une frénésie croissante dans les jeux de Bourse. Madeleine, sa belle-sœur, qu'elle avait toujours détestée, s'étant fermement soustraite à son action, elle semblait ne garder Anaïs chez elle que pour avoir la satisfaction d'opprimer la mère dans la fille.

« Malgré tout, ajouta Madeleine, je la crois plus folle que méchante. La violence de son tempérament et son humeur fantasque l'entraînent à des actes dont elle n'a pas conscience. Quoique grande et forte, et d'une santé de fer, elle a l'étrange manie de vouloir être toujours malade. Elle regardait un jour de la fenêtre du premier dans la rue et riait de toutes ses forces; le médecin qu'elle avait alors est entré tout à coup : elle a changé de couleur, elle a pris un air abattu, elle s'est mise à geindre. On aurait dit

qu'elle souffrait horriblement, qu'elle allait trépasser.
Mais son médecin, après lui avoir tâté le pouls, s'est mo-
qué d'elle et a soutenu qu'elle se portait comme un charme.
Quelle tempête! je n'ai jamais rien vu de pareil; elle s'est
emportée jusqu'à la fureur. « Voilà comme vous êtes,
s'est-elle écriée, vous avez un cœur de rocher; je ne serai
malade, à vos yeux, que quand on m'aura mise en terre. »
Elle lui a donné son compte et en a pris un autre. Il faut
que tout cède à ses caprices, et son mari, sa fille elle-
même, ne trouvent grâce devant elle qu'à la condition de
caresser ses faiblesses. Du reste, vous la verrez et la juge-
rez par vous-même....

— Je la verrai! s'écria Bénédict, comment cela?

— Elle sait déjà ce qui se passe ici; il paraît que ça
l'intrigue. Auparavant, elle ne parlait de moi que pour
m'accabler d'épithètes injurieuses; aujourd'hui elle demande de mes nouvelles et se plaint de ne pas me voir.
Vous lui donnez du tintouin; elle veut absolument vous
connaître, et elle vous connaîtra. Attendez-vous à recevoir
un de ces jours la visite de son insignifiant mari.... »

IV

La tante Euphrasie.

Bénédict devait en effet, quelques jours plus tard, recevoir la visite dont le menaçait Madeleine, et s'entendre faire,
à son grand étonnement, les avances les plus flatteuses.

Edmond Lorin, de taille ordinaire, simplement mis,
avec un visage busqué, encadré de favoris roux taillés en
brosse, un grand nez, des yeux gris sans expression, un

front bas, d'où jaillissaient les cheveux comme s'échappent les broussailles des interstices d'une roche, remplissait avec une sorte d'ardeur fébrile son rôle d'agent passif. A voir son air pressé et affairé, on eût dit que sa femme fût toujours sur ses talons.

C'est à peine si Bénédict eut le temps de l'examiner; il ne fit qu'entrer et sortir. Debout, le chapeau à la main, il débita en courant, d'un accent monotone, cette tirade, évidemment apprise par cœur :

« Ma femme, monsieur, veut absolument vous voir. Elle vous estime trop pour faire fi de votre opinion et supporter que vous la jugiez sur les apparences. Vous pourriez croire qu'elle est sans entrailles pour sa belle-sœur, et cette idée l'empêcherait de dormir. Elle tient à éclairer votre religion sur ce sujet. A part cela, elle aura le plus grand plaisir à faire votre connaissance. De votre côté, monsieur, je suis certain que vous serez content de la connaître. Au surplus, monsieur, si je suis indiscret, votre désintéressement en est cause ; vous êtes un peu maintenant de la famille, vous ne pouvez vous dispenser de répondre au vœu de ma femme. Elle peut donc compter sur vous. Mais je vous quitte, vous m'excuserez, j'ai un rendez-vous à la Bourse avec mon agent de change. Nous sommes heureusement des gens de revue. Adieu, monsieur, à bientôt. »

Deux ou trois jours après, pressé par Madeleine et aussi par l'envie de revoir Anaïs, Bénédict prenait la direction de la rue Saint-Martin. Chemin faisant, il s'abandonnait aux plus consolantes rêveries. Jusqu'au jour de sa rencontre avec la revendeuse, l'idée de ne pas avoir de famille n'avait pas discontinué de l'affecter douloureusement. C'était sa préoccupation constante, sa plaie en apparence incurable. Mais quand les soins et l'affection de Madeleine adoucissaient déjà quelque peu l'amertume de ses regrets, en surprenant que cette Madeleine avait une fille jeune et charmante, il se sentait décidément réconcilié complètement avec la vie.

A tout dire, une excessive défiance de lui-même ne lui permettait pas de conduire le rêve trop loin. Quoique à l'âge où l'âme déborde de tendresse, où il suffit parfois d'un joli visage pour faire naître l'amour, il bornait son ambition ; il se flattait simplement que la fille de Madeleine deviendrait au moins pour lui une amie, une confidente, une sœur, et cette seule perspective suffisait à le combler d'une satisfaction profonde....

Parvenu à cent pas environ du boulevard, il leva les yeux et s'arrêta devant cette enseigne :

Aux Cisailles d'Or, Maison Couturier, Edmond Lorin, successeur. Quincaillerie française et étrangère.

L'intérieur du magasin, où le jour n'arrivait qu'à travers les cent objets, tels que garde-feu, garde-cendre, chenets, pelles, pincettes, soufflets, époussetoirs, bougeoirs, lampes à main, flambeaux à branches, pommes de lit, bâtons dorés, boutons en cristal, éperons, verroux, clefs, serrures, pinces de toutes sortes, filières de toutes grandeurs, qui encombraient les rayons de la montre, était sombre et glacial.

Trois commis, dont le plus jeune n'avait pas quinze ans et le plus vieux vingt-quatre, s'occupaient, celui-ci à ficeler des paquets sur le comptoir, celui-là à parcourir les étiquettes des yeux, le troisième à escalader les degrés d'une échelle pour remettre des tiroirs en place.

Bénédict demanda Mme Lorin. Un commis lui indiqua au fond une loge vitrée où l'on apercevait une femme penchée sur des livres.

Euphrasie Lorin le reçut avec les démonstrations de la plus sincère et de la plus vive amitié.

« Ah ! monsieur, dit-elle en se levant, que vous êtes

aimable d'être venu, et que je vous sais gré de votre empressement! Daignez donc vous asseoir, je suis à vous dans
l'instant. »

Passant prestement du cabinet dans le magasin, et
adressant tour à tour la parole à chacun de ses commis,
elle leur donna des ordres et leur fit des recommandations
d'un air et d'un ton de général.

C'était bien la femme grande, robuste, nerveuse, pétu-
lante, qu'avait dépeinte Madeleine. Son nez, ses yeux,
sa bouche qui aspiraient en quelque sorte à se fusion-
ner, étaient de beaucoup trop petits pour la largeur du
visage ; il en résultait une physionomie mesquine qui trahissait à première vue un défaut de suite dans les idées, un
caractère fantasque, une violence de tempérament excessive.

Bientôt de retour vers Bénédict, elle l'invita gracieusement à la suivre et le conduisit au premier. Edmond Lorin,
achevant sa toilette, se disposait à sortir.

« Encore ici ! s'écria sa femme ; à quoi pensez-vous donc?
vous n'arriverez jamais à temps. N'oubliez pas, du moins,
mes recommandations : achetez pour fin du mois. M. Lam-
bert, à ma connaissance, ne s'est pas encore trompé. Il
croit à une reprise des affaires et s'attend à une forte
hausse. Achetez, achetez toujours. Observez aussi ce que
fera la rive gauche. Surtout n'hésitez pas à cause des
fonds ; nous en aurons s'il en faut, dussions-nous arrêter
pour un temps les commandes. »

Dans sa précipitation à obéir, M. Lorin ne vit pas, ou
ne reconnut pas Bénédict. Euphrasie, se retournant vers
celui-ci, l'entraîna dans une autre pièce, lui disant :

« Vous voyez, monsieur, j'agis sans façon, je vous regarde déjà comme de la famille. »

Le jeune sculpteur ne devait pas tarder à trouver que
Mme Lorin ne lui faisait tant d'honneur qu'à de trop dures
conditions.

Une table, avec tout ce qu'il faut pour écrire et dessiner, des métiers à tapisserie, des boîtes à ouvrage, un piano droit, de la musique, des livres, indiquaient suffisamment que la chambre où ils pénétrèrent servait de salle d'étude.

Anaïs était assise au piano, tandis que sa cousine, grande personne fraîche, mais sans grâce, la poussait et lui disputait la place d'un air de mauvaise humeur. Celle-ci, à l'entrée de sa mère et de Bénédict, se détourna et laissa voir son visage maussade; Anaïs, au contraire, n'entendit rien ou fit semblant de ne rien entendre.

Sa tante s'arrêta à quelques pas derrière elle et après l'avoir toisée en silence :

« Anaïs, lui dit-elle, daignez vous lever; voici M. Bénédict, vous savez, la personne charitable qui fait du bien à votre mère. »

Ces paroles, et surtout l'accent aigre dont elles furent prononcées, mirent Bénédict mal à l'aise. La jeune fille n'en parut pas moins troublée. Elle se dressa, et, se tournant à demi, s'inclina froidement sans lever les yeux.

« Est-ce moi qui vous ai appris à saluer de la sorte? reprit Euphrasie; ferez-vous toujours ma honte par vos manières? »

Anaïs, la main droite appuyée sur le dosier de sa chaise, présenta de face sa jolie figure, où la rougeur des joues, la fixité des regards baissés, une légère contraction des muscles, accusaient à la fois de la confusion, de la douleur et un désespoir contenu.

« Je ne pense pas, dit-elle avec effort, d'une voix éteinte, que monsieur puisse douter de mon respect et de ma reconnaissance. »

La fille de Madeleine, malgré la tristesse amère, navrante, qui altérait sa physionomie, était des pieds à la tête enveloppée, pour ainsi dire, de charmes irrésistibles.

Plutôt petite que grande, mais svelte, élégante, gracieuse, elle ajoutait, par son voisinage, à la disgrâce, à la gaucherie de Victoire Lorin. Où elle était, il ne pouvait y avoir de regards que pour elle. Ses traits étaient tout imprégnés de sensibilité ; on eût difficilement conçu un visage en même temps plus doux et plus ferme que le sien. Ses yeux, d'un bleu sombre, peu découverts, légèrement enfoncés, dessinaient une ligne oblique, pleine d'expression ; il semblait qu'ils fussent relevés du côté des tempes par l'effort des cheveux. Ces cheveux, de la couleur chaude, nuancée de reflets, d'une châtaigne, étaient rejetés en arrière et servaient de cadre au front le plus harmonieux et aux plus délicates oreilles. Tout d'abord émerveillé par les contours veloutés, la fraîcheur, la jeunesse de ce visage, on souffrait à voir l'expression douloureuse de lèvres évidemment faites pour le sourire.

Bénédict ouvrait déjà la bouche pour lui exprimer combien il s'étonnait d'entendre parler de reconnaissance ; Euphrasie lui coupa la parole. Déconcertée par la phrase si simple, si convenable d'Anaïs, elle déplaça la question avec cette vivacité, cet air de bonne foi, cet imperturbable aplomb qui caractérisent les gens qui ont des solutions de continuité dans l'esprit.

« A la bonne heure, dit-elle, parlons de vos bons sentiments, au moment même où je vous prends en flagrant délit d'égoïsme. Que faisiez-vous là ? vous empêchiez encore Victoire de travailler. Il faut que votre cousine attende que vous lui permettiez de s'asseoir à *son* piano. Elle sera grondée, peu vous importe : tout pour vous, rien pour les autres. »

L'injustice du reproche fit tressaillir la jeune fille ; elle leva la tête et lança à sa tante des regards éclatants d'indignation. L'empire qu'elle avait sur elle-même ne lui fit pourtant point encore défaut.

« Ma tante, dit-elle d'une voix tremblante, en éteignant subitement sous la paupière les flammes de ses yeux, ma cousine a travaillé toute la matinée, il me reste à peine un quart d'heure pour étudier ma leçon.

— On sait que vous ne manquez pas de défaites, répliqua vivement Euphrasie, et qu'il vous en coûte peu de dire ce qui n'est pas, pour mettre les autres dans leur tort.

— J'en appelle à Victoire elle-même, dit fermement Anaïs.

— Assez, mademoiselle, fit la tante d'un air hautain; je sais encore qu'avec vous je n'aurai jamais le dernier. La présence de monsieur devrait au moins vous imposer plus de réserve et de retenue. »

Anaïs devenait impuissante à maîtriser la colère que soulevait en elle une scène si inopportune. Elle regarda fixement sa tante :

« La présence de monsieur, dit-elle avec résolution, m'impose le devoir de me défendre quand vous m'accusez injustement.

— Nous y voilà, s'écria Euphrasie avec colère; vous êtes une victime, et moi, n'est-ce pas, je suis votre bourreau? Ah çà! décidément, ma pauvre enfant, vous êtes folle, ou vous croyez le monde bien imbécile. A qui ferez-vous accroire cela? Est-ce que les faits ne vous donnent pas le plus éclatant démenti? Qui vous a recueillie, à la mort de votre père? Qui a pris soin de vous? Qui vous a fait donner de l'éducation? Qui encore, à l'heure qu'il est, vous soutient, vous nourrit, vous habille, vous épargne la honte de tomber à la merci des étrangers? Et vous vous flattez de pouvoir dénaturer de tels actes! et vous avez l'audace de vous poser en victime! »

Les apparences, en effet, plaidaient si énergiquement contre Anaïs, que la pauvre fille courba la tête avec découragement; ses yeux s'emplirent de larmes.

« Tous les torts sont de mon côté, dit-elle d'un ton pénétré d'amertume, j'y consens. Que ne m'écoutez-vous, du moins, ma tante, quand je supplie qu'il vous plaise de vous débarrasser de moi !

— Vous l'entendez, monsieur, s'écria Euphrasie avec emportement, elle me fait un crime de ma tendresse ! Vingt fois le jour elle me met ainsi le marché à la main. »

Mme Lorin, comme on voit, s'obstinait à donner un tour odieux aux intentions les plus honnêtes de sa nièce. Ce parti pris irritait profondément la jeune fille, surtout à cause de l'impression défavorable qu'en pouvait recevoir un homme à l'estime de qui elle tenait dans l'intérêt de sa mère.

« Comment, ma tante, fit-elle avec stupéfaction, je vous demande comme une grâce de m'éloigner d'une famille dont je trouble le repos, et vous appelez cela vous mettre le marché à la main !

—Je vous ai trouvé vingt places ! répliqua Euphrasie à bout de sophismes.

— Oui, continua Anaïs en secouant la tête, mais vos renseignements sont cause que partout on m'a repoussée avec une sorte d'indignation.

— Oh ! s'écria Euphrasie hors d'elle-même, en levant les bras, quelle infamie ! Pour cet abominable mensonge, malheureuse, vous mériteriez d'être battue, et sans le respect que je me dois à moi-même....

— Vous l'avez déjà fait ! repartit vivement Anaïs, en qui cette menace réveillait les plus poignants souvenirs.

— Sortez, misérable ! cria de toute la force de ses poumons Mme Lorin, qui, les traits crispés, l'œil en feu, le geste menaçant, ressemblait complétement à une furie. Que je ne voie plus votre ingrat visage ! Vous êtes bien la digne fille de Madeleine, et monsieur, par cet exemple, peut apprendre ce qui l'attend avec votre mère ! »

La mesure était pleine. Anaïs, qui semblait décidée à tout souffrir tant qu'elle serait seule en jeu, fut incapable de se maîtriser au nom de Madeleine jeté ainsi dans le débat. Elle se redressa tout à coup, appuya fortement une main sur sa poitrine et attacha sur sa tante des regards pleins de flammes. A l'éclat de son front, à ses narines gonflées, à l'inflexion de ses lèvres, à son attitude, on devinait un caractère de la trempe la plus énergique et capable des plus terribles résolutions. Au milieu même de cette impétuosité, la grâce ne l'abandonnait pas ; la fureur, qui défigure souvent même les plus jolies femmes, ajoutait encore à sa beauté. Bénédict, au reste, l'avait trouvée admirable.

« Ma tante, dit-elle résolûment d'une voix altérée par la puissance de l'émotion, je n'ai qu'un mot à dire, et je suis heureuse que monsieur l'entende : je n'aspire qu'à sortir d'ici ; cela dépend exclusivement de vous, puisqu'aussi bien je ne connais personne, puisque je n'ai pas même l'apparence d'une protection, puisque je suis dans votre entière dépendance. Je puis dès demain, si vous le voulez, cesser de vous être à charge ; vous n'avez qu'un mot à dire. J'ajouterai qu'il faut que cela soit. Que j'aie tort, que j'aie raison, vous m'avez poussée à bout. Si vous refusez d'écouter ma prière, si vous persévérez à me fermer toutes les issues, à me forcer de demeurer chez vous, je vous le déclare, il arrivera un malheur ! Et vous seule, monsieur est là pour vous le rappeler au besoin, vous seule en serez cause !... »

Agitée par ces paroles comme les feuilles du tremble le sont par le vent, Euphrasie suffoquait. A défaut de bonnes raisons, elle poussait des cris furieux, se frappait la tête et la poitrine.

Bénédict ne savait quelle contenance garder ; il se repentait profondément d'être venu.

Anaïs s'approcha de lui. Pâle, défaite, tout en pleurs, elle lui dit en joignant les mains :

« Pour l'amour de Dieu, monsieur, pas un mot de tout cela à ma mère ! »

Après quoi elle sortit.

V

M. le docteur.

Cependant Euphrasie, renversée dans un fauteuil, la tête cachée dans ses mains, sanglotait, et disait d'une voix entrecoupée :

« Suis-je assez malheureuse ! se voir ainsi traitée par une fille pour qui on avait les entrailles d'une mère ! N'est-ce pas affreux ? Faites donc du bien, soyez donc bonne et généreuse, dévouez-vous donc au bonheur de vos semblables ! C'est ma faute, aussi, les conseils ne m'ont pas manqué ; j'aurais dû être sans pitié. Mais le pouvais-je ? Est-on sensible impunément ? Ça serait à recommencer que je le ferais encore.... »

Ce monologue fut soudainement interrompu par l'entrée d'un personnage à cheveux blancs, à visage rubicond, qui était coiffé d'un chapeau bas à grandes ailes, vêtu d'un ample habit noir, et portait à la main un gros jonc enrichi d'une pomme d'or.

Du premier coup d'œil, Bénédict devina un médecin, du second un de ces docteurs d'autrefois, de plus en plus rares aujourd'hui, d'une ignorance redoutable, sans observation et sans jugement, qui cachent leur nullité sous des formes d'empirique, et paraissent plus soucieux de toucher leurs honoraires que de les gagner.

En l'apercevant, Mme Lorin se trouva tout à fait mal elle s'évanouit.

« Une crise ! s'écria le petit homme en allant à elle de toute la vitesse de ses jambes. J'arrive à propos. »

Il se débarrassa de son chapeau et de sa canne entre les mains de Victoire, retira ses gants de coton, et, avec un banal empressement, fit respirer des sels à sa malade. Cependant il disait :

« Eh bien, eh bien, nous aurons donc toujours des nerfs ? Ces diables de nerfs feront donc toujours de leurs farces ? Quelle femme étonnante ! je n'en ai jamais vu de pareille. Que de soucis elle me donne ! Mais elle fera ma gloire ; son mal se rendra ou il dira pourquoi. A la barbe de mes sots confrères, je la guérirai : j'en jure par Dupuytren ! dont je fus l'émule et l'ami, qui n'osa jamais rien entreprendre sans me consulter. »

Euphrasie rouvrit les yeux ; le docteur continua :

« Voyons, ma petite mère, voyons, un peu de courage ; ça va se passer. Je n'ai pas de peine à deviner ce que c'est ; je mettrais ma main au feu qu'il y a encore de la maudite nièce là-dessous !

— Vous l'entendez, monsieur ? dit Euphrasie d'une voix languissante en se tournant vers Bénédict ; je ne le fais pas dire au docteur. Je m'épuise en vain à la défendre : il n'est personne qui ne la tienne pour une méchante fille. »

Le docteur roula ses gros yeux d'émail du côté du jeune homme, et ajouta de l'accent le plus affirmatif :

« Quant à ça, s'il ne fallait que mon témoignage, son procès ne serait pas long. Moi, d'abord, je vous le déclare ; les choses ne peuvent plus marcher de la sorte. En vous obstinant à garder chez vous une fille qui vous agace et vous irrite, vous neutralisez comme à plaisir l'effet de mes soins et de mes ordonnances. Il faut que cela cesse, ou je ne réponds plus de rien.

— Mais que voulez-vous que je fasse, cher docteur? répliqua Euphrasie que ces doléances soulageaient efficacement. Personne ne veut d'elle.

— On la chasse! s'écria l'empirique. Qu'elle devienne ce qu'elle pourra! Faut-il donc, pour cette petite pécore, compromettre à toujours une santé qui importe tant au bonheur de votre respectable famille? Ma science a des bornes aussi. Que voulez-vous que je devienne si vous ne suivez pas mes prescriptions? Je ne cesse de vous le dire et vous ne voulez pas me croire. Défaites-vous de votre nièce à quelque prix que ce soit; car les crises qu'elle détermine chez vous, si vous n'y prenez garde, finiront par vous tuer.... »

Bénédict étudiait curieusement l'étrange donneur d'avis. Il était petit, avait un gros ventre et des jambes courtes. Son nez, déformé par des boutons rouges, ses lèvres épaisses et sensuelles, son gros œil pâle plein d'impudence, ses grandes oreilles écarlate, écrasées le long de la tête comme par un accident, tout cela lui composait une physionomie qui, en dépit de fort beaux cheveux blancs, répugnait à voir. Les émeraudes, les grenats, les turquoises, les camées qu'il portait à tous les doigts, le diamant qui étincelait sur son jabot, la grosse chaîne en or à laquelle pendait un trousseau de breloques qu'il étalait orgueilleusement sur son gilet noir, étaient, selon son dire, autant d'*ex-voto* qu'on avait accrochés à sa personne en mémoire des cures merveilleuses qu'il avait faites.

Euphrasie avait lassé la patience de vingt médecins consciencieux. La docteur Moneron était le seul qui eût trouvé le secret de lui plaire et de la soigner comme elle voulait l'être. Pendant près d'une demi-heure, tout en lui tâtant le pouls ou en lui offrant une pastille, il la flatta, la dorlota, se lamenta sur la malignité des affections nerveuses, puis, d'un air de courroux, exalta les vertus de l'intéressante malade et lui reprocha d'avoir une sensibilité trop grande.

Après quoi, il rédigea une longue ordonnance, et s'en alla d'un air qui pouvait vouloir signifier : « En voilà encore une de faite ! »

VI

Volupté.

Euphrasie se leva, et, accablant Bénédict d'excuses, l'emmena dans la pièce voisine, un salon, où elle le fit asseoir à côté d'elle sur une causeuse. Tout à l'heure mourante, elle retrouva insensiblement des forces, et bientôt toute son énergie, pour questionner Bénédict, lui parler à tort et à travers d'elle, de sa fille, de son mari, de ses affaires, et diriger avec une volupté toujours nouvelle les accusations les plus graves et les insinuations les plus perfides contre sa belle-sœur Madeleine et sa nièce Anaïs.

Au reste, dans tout ce qu'elle faisait et disait, elle procédait avec tant d'irréflexion, elle paraissait de si bonne foi, elle était si évidemment l'esclave de sa langue, elle se contredisait si naïvement, elle semblait enfin si peu se douter que son intarissable bavardage fût le plus douloureux supplice qu'elle pût infliger à quelqu'un, qu'il fallait au bout du compte s'en tenir à l'opinion de Madeleine, et avouer que la pauvre femme était plus folle que méchante, et encore plus à plaindre qu'à blâmer. De sa voix la plus aimable :

« Que faites-vous, monsieur ? se prit-elle à dire. Vous êtes sculpteur ? Vous travaillez rue Amelot, chez M. Fourdinois ? Je suis précisément liée avec une personne que fréquente le client de l'ami d'un orfèvre qui connaît cet homme honorable. Si vous aviez besoin d'une recommandation, vous n'auriez qu'à dire un mot. Vous gagnez beaucoup d'argent. Ça n'est pas une raison. Je ne souffrirai certainement pas que vous vous gêniez pour une vieille femme qui ne vous est pas parente. Elle a dû vous dire bien du mal de moi. Et vous-même, monsieur, vous devez me supposer bien peu charitable! Comment! j'abandonne ma belle-sœur; je permets qu'elle reçoive l'aumône d'un étranger! Voilà comme on juge. Je suis pleine de défauts, monsieur; je suis vive, emportée : j'ai des nerfs, je m'empresse de le reconnaître. Dans la scène que vient de me faire ma nièce, j'ai pu vous sembler avoir tort. On ne devrait jamais se mettre en colère. Mais si vous saviez, monsieur! la patience de plusieurs saints n'y résisterait pas. Je me demande cependant ce qu'elles ont à me reprocher. Je défie qu'on trouve dans le monde entier une femme meilleure et plus désintéressée que moi. Je ne refuse rien à Madeleine; je n'ai pas cessé de lui faire des offres de service. Est-ce que, par orgueil seulement, je la laisserais tendre la main? Je suis bien malheureuse. Je n'ai jamais rêvé que l'union; j'ai fait l'impossible pour me concilier ma belle-sœur et ma nièce. Tous mes efforts ont échoué. La mère et la fille m'ont voué une haine implacable, ont juré de me perdre et d'empoisonner ma vie. J'espère bien du moins, monsieur, qu'elles ne parviendront pas à vous donner le change, et que les faits parleront plus haut à vos yeux que ce qu'elles disent. Je ne vous cache pas que ce serait pour moi une poignante douleur, que d'être privée de l'estime d'un jeune homme aussi honnête que vous. Pour commencer, vous prendrez part à ma honte, vous permettrez que je n'accepte pas vos sacrifices, et que je vous rembourse, à l'insu même de Madeleine, l'argent que vous dépensez pour elle.... »

On remarquera que Bénédict n'avait encore rien dit. Il

voulut interrompre Mme Lorin dans le but de repousser
ses offres et de lui affirmer qu'il ne faisait point de sacrifices, que ce qu'il donnait à Madeleine n'était que la juste
rémunération des soins qu'elle lui rendait. Euphrasie ne
lui en donna pas le temps. Chose à peine croyable, dans
l'espace de cette visite, qui dura près de trois mortelles
heures, Bénédict fut condamné au même silence et réduit
à s'entendre attribuer une foule de sentiments qu'il n'avait
pas.

« Nous sommes riches, reprit vivement Mme Lorin. Ces
dépenses ne peuvent que vous être onéreuses, et pour
nous, elles ne seront qu'une bagatelle. D'ailleurs, monsieur, vous avez trop de sens pour ne pas apprécier ma
susceptibilité, et trop de cœur pour ne pas vous rendre à
mes vœux. Il me paraît, en outre, impossible que vous
embrassiez le parti de la mère contre nous. Si vous con-
serviez encore des doutes, une seule chose suffirait à vous
prouver ma bonne foi, c'est la prière que je vous adresse
de réserver votre jugement, et d'attendre, avant de vous
prononcer, que vous la connaissiez bien. Tout le mal vient
de mon aisance et de sa pauvreté. L'envie la ronge. Est-ce
ma faute à moi si elle est pauvre? Elle a eu, comme nous,
de la fortune. Il ne fallait pas gaspiller tout comme elle a
fait! Ah! Dieu m'est témoin combien je suis bonne et in-
dulgente, combien j'aime à louer, combien il m'en coûte
de dire la vérité, quand cette vérité n'est pas favorable à
mon prochain! Mais ça serait aussi par trop bête, vous en
conviendrez, de payer et de se laisser écraser sous les calomnies! Cette Madeleine, monsieur, je le dis à mon profond regret, est une femme sans cœur, sans soin, sans économie, pleine de vices cachés, qui a ruiné sa fille et fait
mourir son mari de chagrin. Quelque temps avant la
mort de mon digne beau-frère, ils avaient hérité, comme
nous, d'une trentaine de mille francs. Or, il faut que vous

sachiez qu'en faisant l'inventaire on n'a pas trouvé un rouge liard. La vieille avait tout confisqué à son profit. Le vol était si manifeste, qu'il a été question de la mettre en jugement, et qu'il n'a rien moins fallu que toute mon influence pour empêcher qu'on ne lui fit un mauvais parti. Ce qu'elle a fait de cet argent, Dieu seul le sait ! Elle l'aura sans doute mangé et gaspillé, selon sa louable habitude. Toujours est-il que sa malheureuse fille s'est trouvée sur le pavé, et que, sans notre générosité, on ne sait trop ce qu'elle serait devenue. Mon mari a bien voulu accepter sa tutelle. Non contents de la nourrir et de l'habiller, nous lui avons fait donner la même éducation qu'à notre Victoire.... »

En ce moment un des commis frappa à la porte et avertit Mme Lorin qu'on la demandait au magasin.

« J'y vais, » répliqua-t-elle avec impatience, et elle continua :

« Tant de sacrifices et de bontés méritaient bien quelques égards. Ah bien oui ! La mère et la fille, depuis ce temps, n'ont pas discontinué de nous en vouloir, de nous insulter, de nous calomnier, de nous faire des affronts. Toutes les fois que j'ai offert mes services à la mère, ç'a été pour m'entendre refuser avec des injures. Cette vieille femme n'a pas sa pareille sur terre pour l'orgueil, la jalousie, la malice. Mon cœur saigne à l'avouer, je crois que sa fille est plus mauvaise encore. Mlle Anaïs est paresseuse, envieuse, menteuse, vaniteuse, d'un égoïsme sans bornes, d'une arrogance insupportable. Il semble que le monde entier soit fait pour elle. Sa cousine doit lui céder en tout ; quant à moi, je suis bonne à peine pour être sa domestique, et je ne puis lui adresser une parole de tendresse sans recevoir aussitôt quelque rebuffade humiliante. C'est à n'y pas tenir. J'ai réchauffé un serpent dans mon sein. Cette fille me martyrise à coups d'épingle et prétend

me faire mourir de chagrin. Elle se plaint des renseignements que je donne sur son caractère. Est-ce ma faute?
Puis-je mentir? m'exposer à recevoir des reproches? D'ailleurs, je ne la chasse pas; elle est ici comme chez elle, et
nous faisons tout ce que nous pouvons afin de lui être
agréables. Mais c'est peine perdue. Dans la scène de tout à
l'heure, vous n'avez vu qu'un faible échantillon des avanies
qu'elle me fait chaque jour. *Bon chien chasse de race*,
comme on dit à Saint-Germain. La fille est tout le portrait
de la mère. On sait assez, du reste, ce que valent les parents pauvres. Votre bien-être leur fait envie, et ils ne
cherchent qu'à vous le faire expier comme un crime. C'est
une guerre à mort. Allez, monsieur, croyez-moi, défiez-
vous de cette Madeleine. Elle a mauvais cœur, c'est une
voleuse : tôt ou tard vous vous repentirez du bien que vous
lui faites. Je n'ai jamais vu de nature plus ingrate. Dans
les commencements, tout est beau et bien; mais attendez.
Peut-être même avez-vous déjà à vous en plaindre ! ça ne
m'étonnerait pas. Otez la clef de vos tiroirs, comptez votre
argent, sans quoi elle vous volera. Sa passion dominante
est la rapine. Venez nous voir, monsieur, nous vous rece-
vrons toujours avec le plus vif plaisir. Regardez notre maison comme la vôtre. Nous dînons à six heures; votre couvert sera toujours mis. Si vous avez besoin d'argent, ne
vous gênez pas, venez puiser à même notre caisse. Dieu
merci! nos affaires marchent bien. Avant peu, nous aurons une voiture. Nous avons aussi de fort belles connaissances. Je serais dans l'enchantement, monsieur, si je
pouvais vous être bonne à quelque chose. Soyez certain
que vous ne rencontrerez jamais des gens meilleurs que
nous et plus disposés à rendre service.... »

Euphrasie s'enivrait de ses propres paroles et s'exprimait avec une volubilité croissante. Elle fut de nouveau
interrompue par son commis, qui vint la prévenir que le

client, l'un des plus importants de la maison, avait des affaires pressées, et qu'il allait partir si madame ne descendait pas.

« J'y vais! j'y vais! s'écria Mme Lorin en se levant. Que
c'est fâcheux! ajouta-t-elle avec la plus affectueuse politesse. Il faut déjà nous quitter, et je ne vous ai pas encore
dit la millième partie de ce que j'avais à vous dire! Ça sera
pour une autre fois. Nous vous reverrons bientôt, j'espère.
Laissez-moi du moins, avant de partir, vous renouveler
l'expression des sentiments de sympathie que je vous ai
voués. Vous êtes homme d'esprit, vous avez de bons yeux:
soyez sur vos gardes, défiez-vous, ne vous laissez pas endormir par la langue mielleuse de la vieille; observez,
étudiez ses actes, et comparez-les aux nôtres; rappelez-
vous ce que nous avons fait, ce que nous faisons pour la
fille, ce que nous voulions faire pour la mère, qui aime
mieux, dans le seul but de nous humilier, vivre d'aumônes
que de notre argent, et prononcez entre elles et nous.... »

Bénédict, en traversant la pièce qui précédait le salon
d'où il sortait, revit les deux cousines. Elles étaient avec
leur professeur de piano. Victoire prenait sa leçon, tandis
qu'Anaïs, assise dans un coin, penchait la tête sur un
livre pour se donner une contenance. Elle se leva et salua
l'ami de sa mère sans lever les yeux.

Bénédict remarqua que l'expression de l'accablement et
du désespoir n'avait point disparu de son charmant visage.
A cause de l'attention qu'il lui prêta, il ne vit qu'en courant le professeur. Il eut toutefois le temps de distinguer
une espèce de dandy, frisé, pommadé, mis avec prétention,
fleuri d'un bouquet de violettes, qui avait une face plate et
usée, des yeux éteints, de petites moustaches retroussées
et la voix éraillée d'un ivrogne.

Telle est l'influence qu'exerce sur nous-même ce que
nous savons être des calomnies, quand ces calomnies sont

affirmées d'un accent convaincu, que Bénédict s'en alla tout perplexe. Il se pouvait bien, après tout, que cette Madeleine au fond fût différente de ce qu'elle paraissait. Précisément, certains soupçons qui avaient à diverses reprises traversé son esprit, et qu'il avait dédaigné jusqu'alors d'approfondir, revenaient à sa mémoire et multipliaient ses doutes.

Anaïs aussi lui inspirait des inquiétudes, mais des inquiétudes d'un tout autre genre. Il se rappelait la scène à laquelle il venait d'assister, et il était effrayé à la fois et du drame qu'elle révélait, et du dénoûment que ce drame menaçait d'avoir. Son air soucieux frappa Madeleine.

« Eh bien! s'écria-t-elle, vous l'avez vue! Vous avez été, Dieu merci! assez longtemps. Elle a dû joliment vous en dire sur mon compte!

— Effectivement, beaucoup, fit laconiquement le jeune homme.

— Et que vous a-t-elle dit? »

Bénédict n'eut garde de répéter ce qu'il venait d'entendre.

« Peuh! je m'en doute, ajouta Madeleine : que je n'ai pas de cœur; que je suis une ingrate; que j'ai ruiné ma fille; que je suis une voleuse. Enfin elle vous a conté mon histoire à sa manière. Asseyez-vous. Pendant que vous souperez, je vous la conterai à la mienne.... »

VII

Histoire de tous les jours.

Bien que borné à un enchaînement de faits très-simples, le récit de Madeleine ne manquait ni d'intérêt ni de charme. Son père s'appelait Trembleau. Il était vigneron. Beaucoup de travail, de sagacité et d'ordre, lui avait créé une sorte d'aisance. Il vivait aux Aydes, bourg situé près d'Orléans, sur la route de Paris. Sa femme allait chaque matin vendre du lait à la ville : Madeleine l'accompagnait, portant sur sa tête une couloire émaillée soit de légumes, soit de fleurs. La petite paysanne était devenue insensiblement assez robuste et assez entendue pour épargner tout à fait à sa mère la fatigue de ces corvées quotidiennes.

De temps immémorial, au jour, l'hiver, dès cinq heures du matin, l'été, les laitières des environs avaient coutume de s'attrouper dans l'une des principales rues de la ville, au coin d'une ruelle latérale, devant la boutique d'un cordonnier, qui n'était autre que Lorin le père, dit Lorin-Faucheux. Elles étaient le plus souvent en si grand nombre qu'elles barraient complétement la rue. Les voitures venant de Paris devaient forcément s'arrêter, et les postillons ne parvenaient à obtenir le passage qu'après une averse de menaces et de jurons des plus énergiques. Jusqu'à neuf, voire dix heures du matin, cette cohue de femmes, trafiquant de laitage, de légumes et de fruits, jacassant, se querellant, faisaient, avec leurs criailleries et le choc de leurs pots en fer-blanc, un bruit comparable à celui de mille corneilles assemblées. C'était à ne pas s'entendre à vingt pas aux alentours. Ce qu'il a fallu depuis d'arrêtés municipaux, d'amendes, de saisies, de persécutions, pour les déloger définitivement de cette place, ne peut se concevoir qu'en songeant combien le fait d'une longue habitude exerce de puissance sur nous.

M. Antoine Lorin, fils d'un honorable savetier qui l'avait mis en position d'épouser Mlle Faucheux et de succéder au père de sa femme, était un petit homme trapu et vigoureux. Son visage anguleux, où saillaient un grand nez et un fort menton, respirait cet air de réserve et de dignité particulier aux gens de petite taille. Des cheveux blancs couronnaient son crâne chauve, inclinant du sommet vers les côtés comme la toiture d'une église, et d'épais sourcils gris accusaient fortement l'arc des orbites au fond desquelles brillait son œil noir.

Il avait traversé la Révolution sans avoir été ébranlé, ni dans sa sympathie pour l'ancien état de choses, ni dans sa foi au rétablissement fatal, nécessaire, des institutions écroulées.

Son dévouement à la noblesse, dont il était le fournisseur privilégié, était sans bornes. Cela joint à sa dévotion, à l'austérité de sa vie, lui méritait l'honneur d'être un membre influent des congrégations. On ne pouvait supposer un homme plus laborieux et plus probe, mais en même temps plus intolérant et plus opiniâtre. Veuf depuis plusieurs années, il semblait, à son air grave, triste, morne, qu'il pleurât toujours sa vieille compagne.

De jour en jour, il avait plus inégalement réparti sa tendresse sur la tête de ses deux fils. Edmond, l'aîné, n'avait même pas tardé à posséder exclusivement son affection. Doux jusqu'à la faiblesse, complaisant jusqu'à la servilité, soumis aveuglément à l'autorité et aux idées paternelles, il ne s'était jamais montré âpre que dans sa jalousie d'être un fils selon le cœur du cordonnier.

Il avait encore bénéficié du voisinage de son jeune frère qui, par tempérament, avait suivi des voies inverses. Comme son père, Clovis avait un caractère qui lui était propre, une volonté à lui, de la fièvre et de l'ardeur. L'éducation avait mis toutefois cette différence entre eux, que l'opiniâtreté du père méritait chez le fils le nom de fermeté.

Avec l'âge, le caractère des deux frères avait accusé des tendances de plus en plus tranchées. Aussi, la tendresse du père pour le doux Edmond avait-elle crû de toute l'aversion que son autre enfant avait fini par lui inspirer. L'amour sérieux et profond de ce dernier pour Madeleine Trembleau avait comblé la mesure. L'occasion de cet amour avait été en quelque sorte une soupape à l'animosité et à la colère que le vieux Lorin amassait sourdement en lui.

Le père et la mère Trembleau approvisionnaient la maison du cordonnier de laitage, de légumes et de vin. Clovis et Madeleine étaient à peu près du même âge. Ils se connaissaient depuis l'enfance. La petite paysanne qui, chaque matin, apportait dans sa poche ou sur sa couloire une tranche de pain bis pour son déjeûner, avait coutume de l'échanger avec le fils du cordonnier contre un morceau de pain blanc. Celui-ci préférait le pain noir, et Madeleine regardait l'autre comme une friandise.

Ces marques de sympathie furent longtemps les seules qu'ils se donnèrent. Cependant, le moment vint où, sollicité par une tendresse naissante, Clovis rechercha les occasions de voir Madeleine. Les pardons, les assemblées, les vendanges, furent autant de prétextes qu'il saisit pour la rencontrer et causer avec elle. Bien qu'ils eussent cessé d'être des enfants, ils continuaient pourtant de se tutoyer, et commençaient même à trouver un charme ineffable dans l'usage de la particule familière. Les aveux et les serments

ne furent pas nécessaires entre eux. Le plaisir qu'ils
éprouvaient à être ensemble, la conformité de leur humeur et de leurs goûts, en disaient plus que toutes les
confidences.

. S'il n'était pas de fille plus fraîche, ni plus gentille,
ni mieux faite, ni plus avenante que Madeleine, il n'en
était pas non plus d'un esprit plus sain et plus droit, d'un
caractère plus ferme. Le jeune Clovis sentit à peine la
force de l'attachement qu'elle lui inspirait, qu'il se résolut
à en faire sa femme. Toutefois, connaissant son père et
prévoyant de ce côté une opposition redoutable, il n'eut
garde de se déclarer sur-le-champ. Loin de là, il employa
toute sa prudence à cacher ses relations avec la paysanne,
et attendit patiemment, pour avouer son amour et ses intentions, l'époque où devait sonner l'heure de sa majorité.

On ne saurait exprimer la stupéfaction et la colère du
père Lorin à cette nouvelle. Sans en rien laisser voir, il
nourrissait au fond de son âme une haine violente contre
Trembleau. Celui-ci ne cessait pas de l'exaspérer par son
sourire ironique, son air goguenard et ses allusions impies.
Ce n'était rien encore. Le cordonnier· considérait ce mariage à l'égal d'une honte. Inféodé à la noblesse, jouissant
de l'estime générale, sur le point de quitter le commerce
et de devenir un bourgeois, il était persuadé que son fils
ne pouvait épouser une paysanne sans le couvrir de
déshonneur.

Remarque sinon nouvelle, du moins toujours curieuse,
le sentiment des inégalités sociales n'est pas plus vif dans
les classes élevées que dans les moyennes; et les exemples
ne manqueraient pas pour prouver que la fille même d'un
chiffonnier peut se rendre coupable d'une mésalliance.

Ainsi, M. Lorin eut à souffrir plus encore dans son orgueil que dans son fanatisme. Peut-être fût-il parvenu à
fermer les yeux sur l'irréligion de Trembleau; mais ce qui

lui rendaient impossible ses instincts aristocratiques, c'était de passer par-dessus la qualité de paysan du bonhomme. Sa fureur fut telle, qu'il s'emporta jusqu'aux voies de fait, ce qui ne lui était pas encore arrivé.

Clovis conserva pendant tout l'orage un calme respectueux et imperturbable.

Jamais le cordonnier n'avait eu l'occasion de regretter plus vivement l'époque où il eût obtenu, de ses hautes relations, le pouvoir de faire enfermer son fils. L'emportement ne lui réussit pas mieux que son stérile regret. Si le jeune homme garda le silence, il ne varia point dans sa résolution. Outre qu'il était majeur, il occupait, dans une maison de banque, une place qui lui constituait une sorte d'indépendance.

S'armant un jour de courage, il parla ainsi au vieux Lorin :

« Je proteste de mon profond respect pour vous. Je ne croirai jamais vous déshonorer en épousant la fille d'un homme, dont je vous ai entendu vingt fois louer la probité. Je serais, toutefois, au désespoir d'en être réduit au scandale des sommations. Vous vous êtes marié sous le régime de la communauté. J'ai droit, comme vous le savez, à un tiers de votre fortune. Ce partage immédiat pourrait contrarier vos combinaisons. Je me bornerai présentement à vous demander quelques mille francs, si vous daignez ne pas me contraindre, pour me marier, à recourir aux moyens que me donne la loi. »

C'était dire nettement et fermement beaucoup de choses en peu de mots.

Antoine Lorin comprit. Il n'était pas moins rusé que violent. Son fils pouvait effectivement exiger des comptes, et se soustraire, dans une certaine mesure, au châtiment que méritait sa révolte. Le cordonnier dissimula sa rage et donna son consentement.

Clovis, peu après, placé à la tête d'une succursale que
son patron fondait à Paris, quittait avec empressement,
pour n'y jamais revenir, une ville où, depuis son mariage,
il se trouvait mal à l'aise.

Ni l'absence, ni les années, n'affaiblirent la rancune du
père contre le fils. Antoine Lorin était un de ces hommes
qui n'oublient jamais. Sa vie n'eut plus d'autre but que
celui de prouver qu'un fils ne pouvait lui désobéir impunément. La haine, à ses yeux, colorait d'une apparence de
justice la spoliation qu'il méditait : il appelait châtiment
ce qui ne devait être qu'un acte de vengeance personnelle.
Il réalisa, le plus discrètement possible, toute sa fortune en
argent, et eut soin d'en dissimuler le chiffre. Cependant, à
l'aide de donations clandestines dont ne souffrit nullement
sa conscience, il avantagea le fils de sa prédilection, et le
rendit assez riche pour acheter un fonds à Paris et épouser
la fille du quincaillier auquel il succédait. Retiré bientôt
du commerce, le cordonnier partagea exclusivement ses
jours entre son amour pour son fils aîné et son ressentiment implacable contre l'autre.

Un voyage qu'il faisait régulièrement chaque année à
Paris le rendait doublement heureux : il avait en même
temps la consolation de vivre plusieurs mois avec son fils
Edmond, et la joie méchante d'opposer un refus mé-
prisant et opiniâtre au désir que ne manquait jamais
d'exprimer Clovis de le voir et de se réconcilier avec lui.

Sa belle-fille Euphrasie était précisément aux prises
avec les mêmes sentiments haineux. Elle haïssait mortellement la paysanne. Celle-ci, par sa simplicité, la naïveté de
son langage, la vivacité de ses reparties, son bon sens, sa
droiture, lui avait déplu tout d'abord. Euphrasie n'avait
pas tardé à lire sa condamnation dans la conduite exemplaire de Madeleine. D'ailleurs, d'une vanité sans mesure,
d'une ambition extravagante, avec un penchant irrésistible

pour la domination, il fallait choisir, ou d'être son esclave,
ou d'encourir sa haine. Or, Madeleine et son mari ne
s'étaient jamais fait faute, à l'occasion, de la contredire et
de lui tenir tête. Aussi avait-elle fini par prendre le mari,
la femme et leur fille en exécration, et par rêver incessamment aux moyens les plus propres à les mortifier et à les
écraser.

On devine le bonheur que lui firent éprouver les sentiments de son beau-père, et combien il lui en coûta peu de
les envenimer. En vue de réussir plus sûrement, elle ne
recula devant aucune comédie, elle feignit des goûts
qu'elle n'avait pas; bref, la passion l'inspira si bien,
qu'elle s'empara absolument de l'esprit du vieillard, et
l'amena à ne plus rien voir que par ses yeux.

Madeleine n'était pas sans se douter des complots qui
se tramaient dans la maison d'Edmond Lorin. Non contente d'appeler sans relâche l'attention de son mari sur ce
sujet, elle avait essayé à vingt reprises, par les plus solides
raisonnements, de le décider à demander des comptes.
Malheureusement, Clovis avait une telle foi dans l'intégrité de son père, et le croyait tellement incapable de
commettre une injustice, qu'il avait fermé constamment
l'oreille aux considérations que faisait valoir Madeleine,
et persisté à taxer de chimères les craintes de celle-ci.

Il s'était trop tôt aperçu qu'il avait manqué de prudence,
et trop tard repenti d'avoir négligé les mesures préventives.
A la mort d'Antoine Lorin, au lieu de la petite fortune
qu'il espérait, et sur laquelle il comptait pour payer de
vieilles dettes et doter sa fille, il avait éprouvé la déception
douloureuse, cruelle, de ne toucher que la somme insuffisante, eu égard à la gêne où il se trouvait, de vingt mille
francs.

Confiant dans les ressources de l'héritage paternel, Clovis avait toujours vécu largement, au milieu d'une sorte de

luxe. Outre qu'il avait acheté de beaux meubles, et en avait
meublé un fort joli appartement, il avait prétendu, en dépit
des réclamations de Madeleine que tourmentait le besoin
d'agir, avoir une servante. Sa fille, objet de son idolâtrie,
était élevée aussi bien que peut l'être la plus riche héri-
tière. Clovis l'aimait tant qu'il se fût ruiné vingt fois pour
lui épargner des chagrins et des larmes. Il faisait mille
beaux rêves pour l'avenir de cette fille chérie.

Les événements se plurent à déjouer toutes les combinaisons de sa profonde, mais imprévoyante tendresse. Il
portait en lui le germe d'une maladie cruelle. Dès son plus
jeune âge, il avait souffert d'oppressions douloureuses,
quelquefois assez vives pour le suffoquer. Il semblait que
du côté gauche, au lieu du cœur, il eût une boule d'eau
qui grossissait incessamment. Dans ces moments il avait la
mystérieuse faculté de prêter un sens fantastique aux bruits
les plus simples : de croire, par exemple, que le vent s'en-
gouffrant dans les cheminées était des plaintes d'esprits en
souffrance ; que le craquement d'un meuble était occasionné
par le pas d'un homme. Il était alors saisi de frayeurs
indicibles, et, au milieu même de la nuit, se levait et remplissait la maison de ses cris.

A mesure qu'il grandit, s'il réussit toujours mieux à neu-
traliser par le raisonnement l'effet moral de ces impressions, il ne trouva aucun remède au développement de la
cause qui les produisait.

Son tempérament sanguin lui valut du moins de pouvoir, jusqu'au bout, dissimuler ses douleurs croissantes
sous les apparences de la santé. Il fallait que la violence
des tortures altérât son visage, pour que sa femme parvînt
à lui en arracher l'aveu.

A la mort de son père, la déception dont il fut victime
engendra en lui un chagrin intense, incurable, qui aida de
jour en jour plus énergiquement à l'altération progressive

de l'organe atrophié. Bien qu'il affectât le calme, l'insouciance, parfois même l'enjouement, il était facile de deviner, à certains indices, les ravages de la maladie. Ses joues restaient pleines et colorées, ses lèvres continuaient de sourire ; mais ses yeux perdaient leur éclat, une sorte de nimbe sombre les cernait, et des rides précoces coupaient son front de lignes chaque jour plus nombreuses.

Insensiblement, il devint incapable de monter un escalier, ou de faire une marche un peu longue sans perdre haleine aussitôt. Il s'accrochait pourtant de toutes ses forces à la vie, et, par amour pour les siens, il ne souhaitait rien tant que la grâce de pouvoir souffrir longtemps encore.

La mort le foudroya, et cela en des circonstances qui ajoutèrent à l'horreur de cette mort. Anaïs était encore en pension. Dans le but de surprendre agréablement sa femme, Clovis s'était entendu avec un peintre pour avoir le portrait de la jeune fille. Chaque jour, à l'insu de Madeleine, il conduisait l'artiste au pensionnat. Moins d'une semaine suffit à l'entreprise. A la dernière séance, debout, les mains dans ses poches, la tête inclinée, l'air souriant, Clovis admirait le travail de l'artiste et lui en exprimait sa satisfaction.

Tout à coup il tressaillit, porta la main à sa poitrine, poussa un cri sourd, s'affaissa sur lui-même, et roula sur le tapis comme une masse inerte.

Anaïs et l'artiste se levèrent avec épouvante, et coururent à lui en appelant au secours.

Presque en même temps, plusieurs personnes pénétraient dans la pièce. Tandis que les uns s'empressaient autour du malheureux, les autres couraient chercher un médecin. Toute cette sollicitude fut inutile.

La tâche du docteur qu'on amena se borna à constater que Clovis Lorin venait de mourir étouffé par la rupture subite d'un vaisseau du cœur.

La femme du quincaillier, loin de s'attendrir, avait profité de la circonstance pour assouvir sa haine contre sa belle-sœur. Sous l'inspiration de l'excellente Euphrasie, on organisa hâtivement un conseil de famille pour faire un inventaire et régler les intérêts d'Anaïs. L'inventaire auquel il fut procédé prouva avant tout autre chose l'insouciance et l'incurie du défunt. Il ne prenait note ni de ses recettes ni de ses dépenses; il brûlait ses quittances de loyer et les reçus de ses fournisseurs. S'il n'avait point de dettes, il n'avait point non plus d'économies. On ne trouva pas la moindre trace de ce qu'il avait hérité de son père. Le peu de pièces qui restaient rendait d'ailleurs impossible l'évaluation, même approximative, de ce qu'il avait dépensé depuis son mariage.

Madeleine dut porter le poids de torts qui paraissaient être bien moins les siens que ceux de son mari. Ce fut elle qu'on taxa de désordre et de gaspillage, et qu'on accusa d'avoir ruiné son enfant. Euphrasie alla plus loin. Aussi inventive que haineuse, elle s'enivra du bonheur de répandre les plus noires calomnies contre la paysanne. Par son humeur acariâtre, Madeleine avait précipité la mort de son mari. En prévision de cette mort, elle avait fait main basse sur toutes les valeurs à sa portée, et avait sans honte dépouillé une fille à laquelle elle n'avait jamais donné que de pernicieux conseils et de détestables exemples. Finalement, parce qu'elle n'avait ni cœur, ni probité, parce qu'elle n'était qu'une marâtre et une voleuse, il fallait au plus tôt lui retirer son enfant, et la contraindre par jugement à la restitution de ce qu'elle avait volé.

On se borna à la blâmer, et à la juger incapable de tutelle. Il fut accordé à ses larmes les trois ou quatre meubles absolument nécessaires pour se loger. Le reste du mobilier fut vendu, ainsi que deux ou trois arpents de vignes que Madeleine tenait de son père, et le produit en fut appliqué aux besoins d'Anaïs. Edmond Lorin, qui prit verbalement l'engagement de ne jamais abandonner sa nièce, en fut d'emblée nommé le tuteur.

De ces arrangements avaient découlé les conséquences qu'on a pu entrevoir. Les quelques ressources placées sur la tête d'Anaïs avaient été promptement épuisées, et la jeune fille s'était trouvée dans l'entière dépendance de sa tante. Celle-ci ne s'était pas fait faute d'en abuser. Outre que son caractère la rendait naturellement insociable, elle avait encore à se venger sur la fille de la haine qu'elle portait à la mère. Bientôt elle n'avait plus eu que des paroles mortifiantes pour sa nièce : elle s'était complu chaque jour plus audacieusement à lui donner tort quand même, et s'était habituée insensiblement à trouver mal tout ce que faisait ou disait la jeune fille.

Anaïs, qui longtemps avait courbé la tête sans dire mot, avait fini par regimber. Le ressentiment d'Euphrasie s'en était accru. Dans la crainte que sa nièce, poussée à bout, ne lui échappât, elle avait eu soin de semer d'iniques préventions contre la jeune fille et de la rendre suspecte à tous ceux qui s'y intéressaient. Le vide s'était graduellement fait autour d'Anaïs. Cet état de choses n'avait pas cessé, et ne cessait pas encore aujourd'hui d'empirer. L'humeur, le caractère, la santé de la pauvre fille commençaient à s'en ressentir. Ajoutons qu'elle n'avait pas moins à souffrir de sa cousine que de sa tante, et que la mère et la fille ne semblaient se proposer d'autre but que celui de lui rendre la vie intolérable.

Telle est, en résumé, à quelques détails près, l'histoire que Madeleine raconta à Bénédict.

« Voilà la vérité pure, dit-elle en terminant; vous savez à cette heure comment, après avoir été dans l'aisance, j'en ai été réduite, pour vivre, à me faire revendeuse; et vous êtes en mesure d'apprécier jusqu'où ma belle-sœur peut

pousser le mensonge, l'injustice, l'improbité, la malice et
la perfidie. »

VIII

Où Bénédict commence à se former une opinion.

« Apprêtez-vous à vous évanouir d'étonnement : à l'exception de votre Madeleine, je connais tous les membres
vivants de la famille dont vous me parlez : Euphrasie Lorin
et son mari, leur fille Victoire et leur nièce Anaïs. De loin
en loin, je vais en soirée dans la maison. J'y ai été pré-
senté par un garçon de profession ambiguë, à la fois mu-
sicien et peintre, qui est pour la maîtresse du logis l'objet
d'un véritable engouement. Ce que vous m'apprenez complète mes observations et me donne enfin la clef des détails
que j'ai recueillis.... »

Ainsi disait Anselme, cet ami à la recherche duquel
allait Bénédict le jour où précisément le jeune sculpteur
nouait connaissance avec la revendeuse. Plusieurs mois
s'étaient écoulés depuis la scène dont le pont Saint-Michel
avait été le théâtre. Bénédict, qui n'avait pas vu son ami
dans cet intervalle, lui contait à la fois et sa liaison avec la
paysanne, et sa rencontre avec Anaïs dans l'escalier, et sa
visite chez Mme Euphrasie, et ce qui s'y était passé sous
ses yeux, et ses impressions, et l'histoire de Madeleine.
Ils étaient assis dans la chambre du fond, la pièce où Bénédict se tenait de préférence, près du poêle allumé, car il
faisait froid. Les coudes appuyés sur une table où gisaient
les restes de leur souper, ils tiraient tant de fumée de leurs
pipes que les lueurs de la lampe qui les éclairait en étaient
obscurcies.

L'existence d'Anselme, au rebours de celle que menait Bénédict, était tout au moins fort aventureuse. Rédigeant pour les journaux ces *canards* qui s'y lisent sous la rubrique *faits divers*, il vivait au jour la journée, avait rarement un domicile fixe, couchait tantôt ici, tantôt là, et travaillait un peu partout, chez un ami, dans un cabinet de lecture, dans une bibliothèque, sur le coin d'une table de café. Une gêne perpétuelle avait quelque peu aigri son humeur. L'excès d'indulgence n'était pas son défaut. Sans qu'il s'en doutât, ses jugements étaient parfois empreints d'une acerbité voisine de la satire. A l'occasion, il médisait de lui-même, quand il ne se calomniait pas. Bénédict et lui avaient été longtemps voisins. Ils n'avaient pas cessé d'entretenir des relations plus qu'amicales, presque fraternelles. Anselme avait écouté son ami jusqu'au bout sans l'interrompre; seulement alors il lui avait répliqué ce qu'on vient d'entendre. Il ajouta :

« Mon cher, que les apparences sont trompeuses et que nos jugements sont incertains !... Au préalable, vous m'auriez questionné, je vous aurais répondu : « Si Mme Lorin n'est pas précisément la perle des femmes, si elle a l'esprit décousu, si elle est capricieuse, emportée, si elle a l'étrange manie de vouloir être toujours malade, au demeurant, elle est remplie de bonnes qualités : elle est désintéressée, compatissante, toujours prête à rendre service, et mieux que cela, pleine de bienveillance pour les faiblesses d'autrui. Je n'en voudrais pour preuve que sa patience et sa longanimité avec une nièce du caractère le plus inégal, dont l'unique souci semble être de déplaire à la meilleure des tantes. » Voilà ce que je vous aurais dit, voilà ce que tout le monde croit ou feint de croire. Aussi ne trouveriez-vous pas parmi ses parents et ses amis une seule personne qui ne lui donne en tout et pour tout mille fois raison contre sa nièce, et ne souscrive aveuglément aux accusations de perversité qu'elle ne cesse de diriger contre sa victime. Moi, tout le premier, je vous le répète, bien que je me pique de pénétration, j'ai eu le tort impardonnable de voir et de juger Anaïs avec les yeux et les sentiments de Mme Euphrasie. L'incessante mélancolie de la jeune fille, sa taciturnité, le désespoir permanent dont sa figure et ses attitudes sont empreintes, ne m'ont paru jusqu'à ce jour que les conséquences d'un caractère difficile, opiniâtre, ingrat, ou encore celles de l'égarement d'un esprit malade.

« Et notez que si mon penchant pour vous ne l'emportait sur l'influence qu'exercent sur moi les dîners de Mme Lorin, je soutiendrais *mordicus* que vous avez tort et que j'ai raison, que vous avez mal vu et que vous vous êtes laissé séduire par les charmes de la jeune fille. Ainsi va le monde, ainsi en est-il de la plupart de nos jugements. Actuellement, j'en suis certain, le charmant visage d'Anaïs, sa grâce ineffable ne mentent pas ; la pauvre fille est tout l'opposé de ce qu'on voudrait la faire paraître. Sa pauvreté, que j'ignorais, me démasque les ressorts d'un drame douloureux, poignant, terrible. Je veux même admettre qu'elle soit irritable, qu'elle ait des impatiences. Eh! quelle humeur ne s'aigrirait, quel ange ne perdrait de sa sérénité au contact et sous la domination d'une femme telle que la tante Euphrasie? Vaniteuse au delà de toute mesure, hautaine, vindicative, elle est d'autant plus redoutable à ses entours, qu'elle est sans esprit de suite, sans jugement, sans dignité, d'une humeur fantasque et irrascible qui la rend capable de toutes les extravagances et de toutes les iniquités. Ajoutez qu'elle ment comme on respire, qu'elle se croit née pour la domination, que la moindre résistance l'exaspère et qu'on n'est son ami qu'à la condition de croire à ses mensonges et de caresser ses faiblesses. Quand déjà, exclusivement esclave de son tempérament, elle ne connaît vis-à-vis de ses égaux, dès que sa passion est en jeu, ni loi, ni justice, ni ménagements, comment n'abuserait-elle pas à outrance de sa position à l'égard d'une enfant qui dépend entièrement d'elle? Peu lui importe le fond des choses, pourvu que les apparences plaident pour elle contre sa nièce. C'est une louve qui incessamment accuse de perfidie et de cruauté un mouton qu'elle tient entre ses pattes, et qu'elle égorge d'une dent caressante.

« Et tenez, je frissonne au souvenir d'une scène qui jusqu'à cette heure avait été pour moi une énigme. Il y a de cela quatre ou cinq mois; il y avait bien six semaines que je n'avais dîné chez Mme Lorin. J'entrai dans le magasin. Il pouvait être trois heures de l'après-midi. Au premier coup d'œil, je compris qu'il se passait quelque chose d'extraordinaire dans la maison. Les commis inactifs avaient des mines bouleversées. Le plus jeune, un enfant qu'on appelle le petit Monhomme, avait les larmes aux yeux. Je lui demandai si Mme Euphrasie était chez elle. Il regarda ses camarades comme pour prendre leur avis. Étonné de ce silence : « Au surplus, repris-je, je vais m'en assurer moi-même. » Et je disparus par la porte qui conduit au premier.

« De la première pièce, dont la porte était entre-bâillée et que je trouvai vide, j'allai à la seconde, où j'entendais des cris étouffés au milieu d'un bruit de voix. Un spectacle émouvant m'y attendait. Euphrasie, M. Lorin, leur fille Victoire, la cuisinière, le petit docteur Moneron et un autre médecin s'empressaient avec des sentiments fort divers autour d'Anaïs, qui, le visage livide et décomposé, les yeux hagars, se tordait sur une chaise dans d'horribles convulsions. Le docteur Moneron aidait gauchement son confrère qui s'efforçait d'introduire le contenu d'une fiole entre les dents serrées de la jeune fille. M. Lorin, sa fille

et la cuisinière avaient l'air atterré. Mme Euphrasie disait :
« Que voulez-vous que j'y fasse ? elle n'a plus la tête à
elle ; la malheureuse a perdu l'esprit. » Dans sa préoccupation, Mme Lorin ne m'avait ni vu ni entendu. Je m'ap-
prochai : « Qu'y a-t-il, mon Dieu ? » lui demandai-je. Ma
présence l'étonna et parut lui causer de l'inquiétude. Elle
me répondit précipitamment : « Elle tombe du haut mal.
Ça n'est pas ma faute. Ne parlez pas de ça, vous lui feriez
du tort. On pense déjà assez mal d'elle. » Elle fit une pause
et ajouta : « Je vous en prie, rendez-moi un service ; descendez au magasin et priez-les de ma part de ne laisser
monter personne. Quelle histoire, monsieur Anselme, si
vous saviez ! Cette méchante fille a juré de me perdre ; elle
veut ma mort. Que va-t-on dire dans le quartier ? Ah ! que
je suis malheureuse ! Descendez vite, je vous en prie, et
recommandez-leur de se taire. Revenez dans quelques
jours, je vous conterai tout.... » Avant de descendre, je
remarquai que la jeune fille souffrait déjà moins et que
ses traits reprenaient un peu de calme. En même temps
j'entendis le médecin qui disait : « Elle n'en mourra pas,
la dose était heureusement trop forte. » Je m'en allai tout
perplexe, tâchant, mais vainement, de comprendre ce que
cela voulait dire.

« Le surlendemain, je retournai dans la maison. Euphrasie m'accueillit avec empressement. Elle me fit monter au premier, où elle m'offrit un verre de vin de Madère
et des biscuits. « Et votre nièce ? lui demandai-je. — Ne
me parlez pas de cette misérable, me répondit-elle avec
animation ; elle ne sait qu'imaginer pour me faire peur et
me causer du chagrin. Vous l'avez vue l'autre jour, et vous
avez pu croire qu'elle agonisait. Tout cela n'était qu'une
infâme comédie. Mademoiselle avait envie d'une robe
neuve, et faisait la mourante pour l'obtenir. A présent
qu'elle a ce qu'elle veut, il n'y paraît seulement plus.

Mais je suis au désespoir, ça sera demain à recommencer. Dieu sait comment cela finira. Je me lasse à la fin d'être l'esclave de ses fantaisies. Tenez, je suis la plus malheureuse des femmes! » Et elle se mit à pleurer. Je pris au pied de la lettre ses affirmations et ses larmes, et je m'en allai, persuadé qu'elle était un phénomène de sensibilité et sa nièce un monstre d'ingratitude.

« Étais-je assez crédule, pour ne pas dire stupide! N'auriez-vous pas compris sur-le-champ, vous, dans les jugements duquel ne pèsent pas les dîners de Mme Lorin, ce que je devine seulement aujourd'hui? A la suite de quelque violente altercation, Anaïs, saisie de désespoir, aura trouvé une drogue sous sa main, du laudanum peut-être, et l'aura avalée. Ce poison est plein de caprices, comme vous savez: il tue à petite dose et produit des effets tout contraires quand on l'absorbe en grande quantité. La dose était sans doute trop forte, comme je l'avais entendu dire au médecin.... Mais que penser de la version de la tante? N'est-ce pas effrayant? N'est-il pas clair que la tentative désespérée d'Anaïs n'avait occasionné chez Mme Lorin ni remords ni même l'intention de modifier sa conduite à l'avenir? Elle a pu, sur le moment, se relâcher de son implacabilité. Mais soyez certain qu'elle n'a pas tardé à tout oublier et à reprendre son rôle de bourreau sentimental. La scène à laquelle vous avez assisté depuis le prouve surabondamment. Aussi, à ne vous rien cacher, ai-je grand'peur, si les choses doivent rester longtemps encore dans cet état, qu'on ait un de ces jours à déplorer quelque affreuse catastrophe.... »

Ces derniers détails avaient profondément ému Bénédict. Tressaillant, il avait attaché sur son ami des yeux remplis d'épouvante. Il baissa ensuite la tête et resta quelques instants en proie à ses réflexions; puis, d'un air triste et préoccupé :

« Je suis oppressé de craintes identiques, fit-il. S'il ne
tenait qu'à moi, Anaïs Lorin ne resterait pas vingt-quatre
heures de plus dans la maison de sa tante. Ce qui me con-
fond c'est que Madeleine, qui certainement aime sa fille,
ne s'alarme point d'une pareille situation. Que je lui parle
d'Anaïs et de ce que la pauvre fille doit souffrir, elle me
répond laconiquement :

« Bah! il faut que la jeunesse soit éprouvée. On n'en
goûte que mieux les joies qui nous arrivent par la suite.
D'ailleurs, souffrir est la loi commune; nul ne peut s'y
soustraire. A l'âge d'Anaïs, des jours exempts de soucis se
payent très-cher plus tard. Quelques chagrins ne peuvent
que hâter sa maturité. Où est le mal? Elle n'en sera qu'une
meilleure femme et une meilleure mère. » Je hoche la
tête, je persiste à vouloir lui faire partager mes inquiétudes. Elle me tourne le dos et coupe court ainsi à mes
observations.

— Ne serait-ce pas une bonne femme? demanda curieusement Anselme. Euphrasie, qui, à n'en point douter, dif-
fame sa nièce, ne dirait-elle que la vérité à l'égard de
votre Madeleine? »

Bénédict balança à répondre.

« A vous parler franchement, dit-il tout à coup, je
flotte à ce sujet dans les plus profondes ténèbres. Je n'ai
pas négligé un seul instant de l'observer depuis que
je la connais. Or, mon opinion n'a pas cessé d'oscil-
ler et de devenir de plus en plus incertaine. On dirait que cette vieille femme prend plaisir à me dérouter.

— Mais encore, dit Anselme, en pensez-vous plus de
bien que de mal, ou plus de mal que de bien?

— Je vous répète, dit Bénédict, que vous m'en demandez plus que je n'en sais moi-même. Tout ce que je puis
vous affirmer c'est qu'il y a dans la mère d'Anaïs quelque

chose de mystérieux, d'extraordinaire, qui me trouble et me tient en suspens. Vingt fois dans une semaine je varie de sentiment sur son compte. On ferait certainement le tour du globe avant de trouver une si bonne ménagère. Je n'ai pas à m'inquiéter de quoi que ce soit. Elle prend soin de mon linge, de mes habits, fait ma chambre, ma cuisine, donne à tout ce qui frappe mes yeux un air de fête qui m'enchante. La propreté parfume en quelque sorte l'air que je respire, et ses attentions me procurent un bien-être dont je n'avais nulle idée auparavant : je vis, en somme, on peut dire, comme un poisson dans l'eau.

— Mais, interrompit Anselme, il n'y a rien là qui ne parle en sa faveur !

— Cependant, continua Bénédict, je ne crois pas non plus qu'elle puisse me taxer d'ingratitude. Sans compter que je lui donne plus qu'il n'avait été convenu, que je paye son loyer, etc., j'ai pour elle la plus grande déférence, et je la traite bien plus comme une mère que comme une femme de ménage. Eh bien, mon ami, un doute empoisonne ma satisfaction. Il est des instants où je crains d'être dupe des apparences, où il me semble qu'elle joue la comédie, où j'arrive à douter de son désintéressement, de son affection, à croire enfin tout ce que sa belle-sœur débite contre elle, et je suis tenté de la prendre en horreur. »

Anselme lui fit observer qu'il ne précisait aucun fait.

« C'est qu'effectivement, dit Bénédict avec tristesse, je répugne à en dire plus. Toutefois je vous confierai mes soupçons : j'ai peur que Madeleine ne me vole !... »

Anselme resta quelques secondes muet d'étonnement.

« Ça n'est pas possible ! s'écria-t-il ensuite. Prenez bien garde, mon cher ! Si vous vous trompiez, vous ne vous pardonneriez jamais une telle erreur.

— Aussi, répliqua Bénédict en faisant un effort et en baissant la voix, vous avouerai-je que mon doute n'est rien moins qu'une certitude. Il m'en coûte de vous l'affirmer, mais enfin cela est comme je vous le dis : cette vieille ingrate me vole ! »

Le silence recommença.

« Peu, il est vrai, reprit bientôt Bénédict qui semblait déjà fâché de son aveu ; des sommes insignifiantes, quelques sous par-ci par-là, sur la nourriture, sur le blanchissage, sur tout ce qu'elle m'achète. Sans le hasard, je ne m'en serais peut-être jamais aperçu. Je n'ai pas même l'intention de lui en parler. Toujours est-il que cette découverte me serre le cœur et me cause le plus poignant chagrin.

— Il y a de quoi ! s'écria Anselme. A votre place, je ne serais pas si bon enfant. Je voudrais la prendre sur le fait et lui faire honte ; et je la menacerais fermement de l'abandonner en cas de récidive.

— Je n'en ferai certainement rien.

— Vous m'étonnez !

— Mon cher, dit Bénédict, j'ai une somme de piété filiale qu'il faut que je dépense, et je crois réellement que j'aimerais encore Madeleine quand même elle ressemblerait à la peinture qu'en fait sa belle-sœur.

— Cependant.... cependant, fit Anselme.

— D'ailleurs, à tout dire, poursuivit Bénédict, je ne suis pas libre : on dirait que cette vieille m'a ensorcelé. Bien qu'elle soit dans ma dépendance, elle a pris sur moi l'ascendant d'un maître sur son esclave. Quand ses regards d'espion fouillent dans ma poitrine, je ne sais plus où j'en suis. Elle est tout mystère pour moi, et je suis de verre pour elle. Ses lèvres ne cessent de m'obséder de questions, et, que je le veuille ou ne le veuille pas, il faut que je réponde. Supposez que j'aie la force de me taire, à mon grand étonnement, elle devine ce que je lui cache. Si je reçois une lettre, je dois aussitôt lui en' dire le contenu. Dans le principe, par habitude, je ne laissais pas les clefs à mes tiroirs : elle a tant fait qu'elle a tenu toutes ces clefs et qu'elle a pu explorer à son aise mes meubles jusque dans les plus secrets recoins. Elle sait, à un centime près, ce que je possède, ce que je dois; elle me rappelle que le terme approche, que j'ai une dette à acquitter, que j'ai besoin de souliers, d'une veste, de linge, etc., etc.

« Je ne peux pas rentrer un quart d'heure plus tard que d'habitude sans être obligé de lui en dire la raison. Je l'ai surprise diverses fois me suivant de loin et m'espionnant. Vous énumérer toutes les questions qu'elle m'a adressées sur vous n'est pas possible. Elle sait votre nom, vos prénoms, votre âge, votre état, votre vie, vos habitudes, votre moralité, votre talent, les conseils que vous me donnez, les conversations que nous avons ensemble. Soyez certain que j'aurais la faiblesse de lui répéter, mot pour mot, ce que nous disons en ce moment, s'il lui prenait fantaisie de le savoir. Je n'y comprends absolument rien, cela me passe, et le plus étrange c'est que je forme chaque jour plus vainement le projet de me fâcher, de me révolter, de me soustraire à cette servitude.

— Vous, que je croyais si jaloux de vos prérogatives d'homme ! fit Anselme.

— Que voulez-vous ? répliqua Bénédict; juste à l'heure où, me rappelant son sans gêne, son indiscrétion, ses torts, je m'irrite et m'enflamme, voilà que je suis ébloui par le spectacle de ses bonnes qualités, que je me sens écrasé sous le poids des services qu'elle me rend. Vous ne la connaissez pas. Son corps débile est en proie à une activité surhumaine. A peine fait-il jour qu'elle est sur pied. En un tour de main mon ménage est fait. A neuf heures

juste mon déjeuner est sur la table. Assise bientôt à côté
de ses paniers, sur les marches de l'église voisine, tout en
se livrant à son petit commerce, elle tricote des bas, ou
raccommode un habit, ou fait des chemises. Mon dîner se
trouve fait comme par miracle. Je ne sache pas qu'elle se
repose jamais. Au milieu de tout cela, je perds de vue mes
griefs pour ne plus songer qu'à elle. Je remarque qu'elle
ne mange pas. Je m'étonne, je m'emporte, je soutiens
qu'avec ce qu'elle dépense deux personnes pourraient vivre
largement. Elle abonde en raisons pour me fermer la
bouche. « Tout est si cher! Les denrées sont hors de prix.
D'ailleurs, elle dévore comme un glouton; elle me ruine
par ses grands appétits; je dois trouver qu'elle engraisse. »
C'est dérisoire. Je suis tenté de rire; mais un coup d'œil
sur elle m'épouvante et me glace. Elle est plus sèche
qu'une branche morte; sa maigreur croissante est celle
d'un spectre; son œil plein de flammes conserve seul chez
elle les apparences de la vie. C'est ma conviction que ce
régime lui sera fatal, et je ne cesse d'appréhender qu'elle
ne tombe pour ne plus se relever, qu'elle ne meure littéralement d'inanition. Cependant sa bonne humeur n'en
souffre pas : elle est toujours gaie, toujours avenante, toujours pleine de bonne grâce. Tour à tour elle m'exaspère,
me fait frémir, me cause de l'admiration, de l'enthousiasme, et finalement exerce sur moi un empire de plus
en plus exclusif, tandis que je n'en exerce aucun sur
elle.

— Si je n'avais une entière confiance dans votre bonne
foi, dit Anselme, je n'en croirais pas mes oreilles.

— Enfin, mon cher, ajouta Bénédict, ce qui achève
de me livrer à sa discrétion c'est l'amour que je crois sentir pour sa fille. »

Anselme marqua une surprise extrême. Bénédict reprit :

« Je l'embrasserais volontiers quand elle me parle d'A-
naïs ; et précisément elle semble avoir autant de bonheur
à me parler de sa fille que j'éprouve de joie à l'écouter.
Aussi vos conseils n'y feront rien. Cette vieille est une
enchanteresse, une sorcière qui me magnétise, me fas-
cine, me charme, me possède, et pourrait me faire passer par le trou d'une aiguille. Qu'elle m'importune, qu'elle
me persécute, qu'elle me demande mon argent, qu'elle
me vole, qu'elle me ruine, il est certain que je serai sans
courage toutes les fois qu'il s'agira de lui opposer un refus
ou de lui adresser un reproche.

— Que ne le disiez-vous plus tôt ! s'écria Anselme. Cet
amour suffisait à tout expliquer. En outre, je vous aurais
prévenu sur-le-champ que cette passion n'est pas ce qui
pouvait vous arriver de mieux.

— Je m'en doute bien, répliqua Bénédict avec amertume. Si la fille de Madeleine est sans fortune, l'éducation
qu'elle a reçue l'éloignera toujours de moi.

— L'éducation que vous vous êtes donnée vaut bien celle
qu'a reçue Anaïs, dit vivement Anselme. Mais tout me
porte à croire que vous avez un rival dangereux dans le
professeur de piano des deux cousines. »

Bénédict tressaillit.

« Je ne l'ai vu qu'en passant, balbutia-t-il. Je confesse
que mon impression ne lui a pas été favorable.

— Ça ne me surprend pas, repartit Anselme. Comme
Diderot : « Je n'aime pas à parler des vivants, parce qu'on
est de temps en temps exposé à rougir du bien et du mal
qu'on en a dit ; du bien qu'ils gâtent, du mal qu'ils ré-
parent. » Toutefois, dudit pianiste, lequel est bien connu
sous le nom d'Armand, je crois pouvoir parler comme
d'un mort. Il n'y a pas à craindre qu'il change jamais et
qu'il fasse jamais autre chose que ce qu'il a fait jusqu'à ce
jour. C'est comme qui dirait une nullité coulée en bronze.

D'une ignorance dont rougirait un balayeur de classe, il compose des marches, des polkas, des romances, toutes rapsodies cherchées au hasard des doigts sur le clavier d'un piano. Il est du nombre de ces mazettes qui échoueraient en province et trouvent à Paris un public pour les admirer. On voit sa plate figure à la montre de tous les marchands de musique. N'a-t-il pas eu l'incroyable fatuité de se faire dessiner dans un groupe de princesses russes qui se disputent ses sourires ? Il a si bien oublié qu'il est le fils d'un honorable ouvrier facteur de pianos qu'il se ferait comte ou marquis sans la crainte du ridicule. Son ver rongeur est de n'avoir aucune décoration, pas même celle de Charles III ou de l'ordre du Chêne, pas même celle d'une médaille. L'espérance d'en avoir une serait capable de lui inspirer le courage de se jeter à la nage dans une cuvette. Il se console du mieux qu'il peut en portant toujours quelque fleur à sa boutonnière. Il a la maladie de tomber invariablement amoureux de toutes les femmes qui ont le malheur de prendre de ses leçons. C'est un fléau. N'oublions pas qu'il est fanfaron et impertinent au point qu'on n'entre dans un lieu public avec lui qu'en tremblant. Il ne manque jamais d'y susciter quelque querelle, pour s'esquiver au moment critique et laisser à ses amis, car il a des amis, le soin d'arranger le différend.

— Comment Anaïs peut-elle aimer un homme pareil ? demanda Bénédict.

— Eh ! mon cher, sait-on bien ce que c'est que l'amour ? Rappelez-vous, dans *le Songe d'une nuit d'été,* la fée Titania qui, par l'effet d'un charme qu'Obéron verse sur ses yeux, s'éprend jusqu'à la folie du grossier Bottom, sur les épaules duquel repose par enchantement une vraie tête d'âne. L'amour des femmes pour de jolis mannequins sans cervelle ressemble furieusement à l'effet de quelque charme analogue. Cela tient du sortilége. Puis le déses-

poir ! sait-on à quelles extrémités il peut réduire une pauvre
fille ? Quand on se noie, on s'accroche à tout ce qu'on peut,
à une branche verte, aussi bien qu'à une corde pourrie.... »

Bénédict était tout triste.

« Rassurez-vous pourtant, reprit Anselme. Le pianiste
Armand n'est pas homme à s'amouracher d'une petite fille
sans dot. Il faut qu'il la suppose riche. Le fait ne tardera
pas à être éclairci. En attendant, soyez sur vos gardes et
préparez-vous à toutes les déceptions possibles, comme il
convient toujours quand on a affaire aux femmes.... »

Bénédict sourit à cette banalité impertinente ; quoique
dans la désolation, il ne voulut pas désobliger son ami.

IX

Un secret.

Les heures avaient formé des jours, les jours des semaines, les semaines des mois, et le soleil avait mis en feu
l'aube du premier jour d'une nouvelle année. Bénédict et
son ami Anselme étaient sortis dès le matin avec l'intention
de ne rentrer que le soir. Madeleine pouvait disposer librement de la journée. Elle attendait sa fille. Le souvenir
d'un aveu que Bénédict s'était laissé arracher causait à la
bonne femme une joie qui se reflétait dans ses yeux.

Bénédict, la veille au soir, était revenu de son atelier
ayant à la main un objet qu'il posait sur la console, et
sous le bras un paquet qu'il remettait à la vieille femme,
en disant :

« Voici vos étrennes. »

C'était une pièce de mérinos. Loin de le remercier, Madeleine lui fit des reproches.

« Vous avez eu tort, lui dit-elle en tâtant l'étoffe. Est-ce que j'ai besoin de ça? Un corsage d'indienne et une cotte de laine me conviennent mieux que tous les affiquets du monde. Il y a longtemps que j'ai dit adieu à la coquette-rie.... Enfin on en fera des robes pour vos enfants.... »

L'objet que Bénédict avait posé sur la console éveilla ensuite sa curiosité.

« Qu'est-ce que vous apportez là encore? » demanda-t-elle. Et sans crainte d'être indiscrète, elle défit l'enve-loppe.

Sa surprise fut grande en découvrant un petit nécessaire en bois de rose du travail le plus précieux.

« Oh! que c'est joli! que c'est joli! répéta-t-elle avec admiration. Est-ce vous qui avez fait cela?

— Non, c'est l'ouvrage d'un tabletier de mes amis.

— Et à qui donc, ajouta Madeleine, est destiné un pa-reil bijou? »

Bénédict hésita à repondre.

« Ah! un secret! fit malicieusement la vieille. Excu-sez-moi.

— Un secret! dit le jeune homme d'un ton bourru; un secret de polichinelle que vous savez aussi bien que moi.

— Ma foi non! dit Madeleine avec une feinte bonho-mie. A moins que vous ne l'ayez fait faire à mon inten-tion! Vous seriez donc fou! Je n'oserais pas seulement y toucher.

— Vous n'êtes pas généreuse, repartit Bénédict sur le même ton. Vous voyez mon embarras et vous vous amusez à l'accroître. Pour qui donc serait ce nécessaire, sinon pour votre fille? »

La vieille crut ne pouvoir moins faire que de s'étonner beaucoup.

« Pour ma fille! s'écria-t-elle; pour ma fille! à quoi pensez-vous? En l'honneur de quel saint?

— Tenez, Madeleine, dit Bénédict, vous m'irritez à plaisir; vous êtes trop clairvoyante pour ne pas vous être déjà aperçue que j'aimais votre fille. Je serai heureux si elle veut bien accepter ce nécessaire comme un témoignage, sinon de mon amour, du moins de mon amitié. »

Madeleine ne put tout à fait dissimuler son attendrissement.

« Ah! tu l'aimes, mon pauvre garçon, dit-elle d'une voix émue. Tu m'en vois tout ébaubie. Je ne m'y attendais guère. Y as-tu bien songé? C'est une affaire grave. Ne serait-ce pas simplement un feu de paille ou encore une fantaisie dont tu viendras à bout avec le temps et un peu de volonté?

— Ah! fit Bénédict avec tristesse, je voudrais qu'il en fût ainsi. Je pourrais me flatter de reconquérir ma tranquillité perdue.

— Tu n'as pas oublié qu'elle n'a aucune fortune, aucune espérance.

— Je gagne assez pour deux et pour trois, dit Bénédict. S'il n'y avait pas d'autre obstacle!

— Elle n'a pas été habituée à faire le ménage ni la cuisine; elle aime sans doute la toilette, et souhaitera peut-être prendre quelque plaisir!

— Je ne demanderais qu'à épuiser mes forces à lui créer une existence heureuse. Mais à quoi bon? mes vœux sont stériles. Elle ne m'aimera jamais.

— Qu'en sais-tu?

— A l'exemple de toutes les jeunes filles, elle doit avoir son rêve, son roman, et le héros, à coup sûr, n'en est pas un ouvrier.

— Après? fit Madeleine. L'imagination des jeunes filles est changeante. Leur inexpérience les promène de fantaisie en fantaisie. Elles rêvent aujourd'hui une chose et demain une autre. Si elle ne songe pas à toi, tâche qu'elle y songe. Tu l'aimes, eh bien, essaye de t'en faire aimer.

— La certitude de ne pas réussir me paralyse.

— Vous voilà bien, vous autres hommes, tout de suite le manche après la cognée ! Il semble qu'il n'y ait qu'à ouvrir la bouche. Mais s'il ne fallait que la chercher chez sa tante et la conduire à l'église, tu ne connaîtrais pas le prix de ton bonheur. On n'obtient rien sans peine. Je ne comprends pas ce qui te décourage. Ma fille a des qualités, mais tu as aussi les tiennes. Tu l'aimes, je ne vois pas pourquoi elle ne t'aimerait pas.

— Ah ! Madeleine, s'écria Bénédict avec des transports de joie, si vous pouviez dire vrai !

— Au surplus, dit Madeleine, ça ne me regarde pas ; je m'en lave les mains ; c'est ton affaire. Ma fille est libre : comme il s'agit de son bonheur et non pas du mien, je n'entends pas la contrarier. Si tu échouais auprès d'elle, ce qui est bien possible, il ne faudrait pas t'en prendre à moi.... »

X

Entre la mère et la fille.

C'était en se remémorant cette petite scène que Madeleine, toute joyeuse, attendait sa fille. Depuis le matin elle faisait le guet sur le palier. Vers onze heures, un pas bien connu frappa son oreille. La jeune fille escaladait déjà l'échelle de meunier qui conduisait à la mansarde de sa mère. Celle-ci l'arrêta au passage et la fit entrer chez Bénédict. Anaïs entrait pour la première fois dans cette jolie chambre. L'étonnement se peignit sur son visage pâle et mélancolique.

« Tu me regardes, mon enfant, dit Madeleine ; mais je suis ici chez moi. »

Revenue de sa surprise, Anaïs se jeta au cou de sa mère et couvrit ses joues de baisers et de larmes.

Madeleine ne comprenait que ce qu'elle voulait comprendre. Elle feignit de croire que les larmes de sa fille n'étaient que des larmes de joie.

« Tu es contente de me voir, chère enfant, dit-elle, et moi aussi. Allons, viens t'asseoir à côté de moi, dans ce fauteuil, que je te donne tes étrennes.... »

La jeune fille essuya ses yeux et vint s'asseoir devant le feu, à côté de Madeleine. Sa tête inclinée, ses yeux ruisselant de mélancolie, sa pâleur, ses traits fatigués, son attitude, tout en elle exprimait ce découragement que causent des chagrins profonds, incessants, sans terme. Sa mère l'épiait du coin de l'œil d'un air de surprise mêlée d'inquiétude.

« Je ne te demanderai pas si tu es heureuse, lui dit-elle, je sais bien que tu ne l'es pas. Mais, encore un peu de patience, tes épreuves auront un terme. »

La jeune fille s'efforça de dompter sa tristesse et d'imprimer un peu de calme à son visage. Ce fut en vain. Au bout de quelques secondes sa tête retomba en avant, ses yeux s'emplirent de larmes, et sa figure se contracta sous l'effort d'angoisses déchirantes.

Madeleine, se flattant encore de pouvoir distraire sa fille et la consoler, persista à ne rien voir. Elle prit sur la table l'un des objets qu'elle y avait cachés sous un journal, et le donna à sa fille.

« Voici, lui dit-elle, une demi-douzaine de mouchoirs en batiste dont tu auras bien soin. »

Anaïs laissa tomber les mouchoirs sur ses genoux, et garda un silence comparable à celui qui, dans les jours caniculaires, annonce quelque terrible ouragan.

« Eh bien ? » fit Madeleine.

D'une voix discordante qui présageait des sanglots, la jeune fille dit tout à coup :

« Ah ! cela m'est égal ! »

La vieille frissonna. Elle continua pourtant à faire, comme on dit, la sourde oreille. Se saisissant d'un second objet et l'offrant à sa fille, elle dit :

« Voici, maintenant, une jolie épingle pour te mettre au cou. Elle est petite, mais elle est en or, et la pierre n'en est pas fausse. Tu peux porter ça parmi les plus honnêtes gens. Te fait-elle plaisir ?

— Cela m'est égal ! » répéta Anaïs prête à suffoquer.

Rien n'était plus navrant que cette trivialité sur les lèvres de la jeune fille. Bien que la pauvre mère en eût le cœur déchiré, elle usa néanmoins de toutes ses forces pour ne pas l'entendre. Elle remit un troisième objet à sa fille, un porte-monnaie d'où elle fit sortir une pièce d'or toute neuve.

« Si par hasard, dit-elle, tu avais un petit caprice, avec cet argent tu pourrais le satisfaire. Je me suis mis en tête de te rendre heureuse aujourd'hui, chère enfant ; voyons, l'es-tu ? »

Pour la troisième fois, Anaïs laissa échapper de ses lèvres ce cri de désespoir :

« Cela m'est égal ! cela m'est égal ! »

Cependant, le diapason de sa voix avait monté d'un degré, pour ainsi dire, l'échelle des pleurs chaque fois qu'elle avait fait entendre ce refrain. Elle fondit décidément en larmes et éclata en sanglots. La tête dans ses mains pendant près d'un quart d'heure, elle fut impuissante à se maîtriser, et donna le spectacle du plus violent désespoir.

Madeleine était frappée de stupeur. A l'exemple de la plupart des mères, elle jugeait sa fille d'après elle-même.

Or, le tempérament, l'éducation, l'âge, l'expérience, les épreuves, en émoussant la sensibilité de son épiderme et en lui inspirant une certaine philosophie, avaient déterminé entre Anaïs et elle des différences chaque jour plus considérables. En se substituant à son enfant pour en mesurer les douleurs, Madeleine n'avait donc pas cessé d'errer. Aussi, par l'explosion du chagrin le plus intense qu'on pût concevoir, sa fille la déroutait-elle complétement. Elle entoura tendrement Anaïs de ses bras, la couvrit de caresses, et lui dit d'un air où l'étonnement le disputait à l'émotion :

« Mon Dieu ! tu es donc bien malheureuse ? »

La jeune fille se pressa convulsivement contre sa mère.

« Ah ! si malheureuse, répliqua-t-elle d'une voix entrecoupée par les sanglots, que je n'ai que des larmes pour exprimer ce que je souffre ! »

Après une pause, Madeleine consternée reprit :

« Voyons, ma fille bien-aimée, essuie tes yeux et conte-moi ce qu'il en est, cela te fera du bien. »

Impuissante à tarir ses larmes, Anaïs répondit, en s'arrêtant à chaque mot :

« Vous conter ce qu'il en est !... il faudrait donc vous dire ma vie heure par heure, minute par minute, seconde par seconde.... Depuis le moment où je me lève jusqu'à celui où je me couche, je suis étendue sur un chevalet de torture.... Mon sommeil même est troublé par des rêves affreux.... Et la honte me monte au front au souvenir des causes de mon supplice, tant ces causes sont toujours si futiles et si méprisables. Une image vulgaire vous en dira plus que mille détails. A la lettre, mère, mon cœur est comme une pelote où ma tante se donne incessamment le cruel plaisir d'enfoncer des épingles. Imaginez encore que ce cœur est perpétuellement engagé dans la noix d'un moulin que tourne ma tante. Je serais peut-être forte et courageuse

vis-à-vis de grandes douleurs. Je perds toute dignité et
tout courage sous l'action de ces blessures qui, pas assez
grièves pour me tuer, sont trop douloureuses pour permettre que je repose jamais. Je ne lève les yeux que pour
surprendre des regards de mépris, je n'élève la voix que
pour m'entendre outrageusement imposer le silence, je ne
fais pas un geste sans aussitôt recevoir l'ordre de me tenir
en repos, et je ne puis me tenir en repos sans que sur-le-
champ je ne sois accusée de paresse et de lâcheté.... Enfin,
que je me taise, que je parle, que j'agisse, que je reste
immobile, inerte, que je fasse ou dise quoi que ce soit, j'ai
toujours tort, je suis toujours en faute, et je suis condamnée, surtout quand des étrangers sont présents, à courber
honteusement la tête sous des accusations de nonchalance,
d'ingratitude, d'insensibilité, de stupidité.... »

Madeleine écoutait sa fille avec une profonde attention ;
la bonne femme s'efforçait de comprendre ; mais on doit
avouer que le sens de ces douleurs lui échappait en partie.

« Je sais cela, je sais cela, dit-elle avec compassion.
Mais, chère fille, ni les uns ni les autres nous ne sommes
parfaits. Est-ce que par hasard tu ne manquerais pas un
peu de patience?

— De patience, Dieu du ciel! s'écria Anaïs, à qui le
désappointement de ne pas être comprise arracha de nouvelles larmes et de nouveaux sanglots. Si je n'avais pas eu
la patience d'une sainte, vivrais-je encore?... Non, vous ne
comprenez pas, vous ne comprenez pas, et je suis réduite
à m'en féliciter. Si vous pouviez un instant vous mettre à
ma place, vous succomberiez à la douleur.

— Je connais ta tante, dit Madeleine, et je sais ce dont
elle est capable. Un peu d'adresse ne te nuirait pas dans
tes rapports avec elle. En définitive, elle a plus de folie que
de méchanceté.

— Qu'importe, ma mère! répliqua la jeune fille, si j'ai

autant à souffrir de l'une que de l'autre. D'ailleurs, reprit-
elle avec exaltation, vous ne savez pas, non, vous ne savez
pas. Je voudrais ne rien dire. Je me l'étais promis. Cela
m'est impossible : mon cœur déborde. Ce que j'ai fait
pour calmer la haine de ma tante et me concilier, sinon ses
bonnes grâces, du moins son indifférence, il m'est dur de'
le confesser. Longtemps je me suis fait violence, j'ai ab-
diqué toute volonté, j'ai vaincu les révoltes de mon cœur,
j'ai été complaisante jusqu'à la bassesse, j'ai été comme
une personne morte. Non-seulement j'ai échoué : tous les
efforts que j'ai faits ont tourné contre moi. La haine implacable de ma tante a toujours été une véritable roche
contre laquelle je me suis en vain fendu la tête.

« Quoi de plus horrible à dire ? elle n'a pas cessé de repousser mes avances et mes caresses comme on recule
devant le contact d'un fer rouge. Je ne lui ai pas une seule
fois offert mes services que je n'en aie été repoussée avec
cette réponse pleine d'aigreur : « Laissez cela, mademoi-
« selle, laissez cela ! est-ce que je ne suis pas faite pour
« être la domestique de tout le monde ? » Même dans ses
moments de bonne humeur, elle ne se relâche jamais dans
ce parti pris de m'écraser. A ses yeux, il semble que je ne
sois née que pour la honte, le deuil et les larmes. Le poids
de tous ses désappointements et de toutes ses humiliations
retombe infailliblement sur ma tête. Et mon oncle, ma
cousine, la domestique, les commis eux-mêmes, à l'exception du petit Monhomme, tous, par jalousie de lui plaire,
affectent de partager son aversion et ses mépris. Au milieu
de ces visages hostiles, ma position est affreuse, intolérable.
Je donnerais de grand cœur la moitié de ma vie pour en
finir !

« Aujourd'hui encore, jour de paix et de conciliation,
de l'air le plus soumis, les larmes aux yeux, les mains
jointes, je me suis approchée d'elle et lui ai dit : « Ma

« bonne tante, mon respect pour vous est inaltérable, et
« vos bienfaits m'inspirent une reconnaissance qui ne peut
« pas se mesurer. Je vous dis cela entre nous, et vous jure
« de ne le jamais dire à personne. Ce que je proclamerai
« volontiers, c'est que je suis mauvaise, même profondément
« ingrate. Le fait est que je vous suis à charge, que je suis
« un objet de trouble dans votre famille ; que, sans le
« vouloir, par suite de ma malheureuse nature, je vous
« irrite et occasionne en vous des impatiences qui com-
« promettent de plus en plus votre précieuse santé. Je sais
« tout cela, ma bonne tante, et je suis pénétrée de mes
« torts, et j'aspire passionnément à y mettre un terme.
« Vous êtes bonne, généreuse, bienfaisante ; mettez le
« comble à votre bonté, à votre générosité, à votre bienfai-
« sance, en exauçant la prière que je vous adresse du fond
« de mon cœur. Qu'une fois par exception le mensonge ne
« vous inspire pas d'horreur. Par compassion pour vous-
« même, pour vous débarrasser d'une fille odieuse qui
« trouble votre repos, abrége vos jours, porte préjudice
« aux intérêts de votre fille, et mérite toute votre indigna-
« tion, daignez mentir. Dites, contrairement à ce qui est,
« que j'ai un bon caractère, que je suis laborieuse, pleine
« de bonne volonté, qu'on sera content de moi, et demain,
« ma bonne tante, vous serez délivrée de moi, et demain
« la paix rentrera dans votre cœur et dans votre maison.
« Et je vous rendrai mille et mille grâces, et je vous en
« garderai une reconnaissance éternelle. » Je lui ai dit
cela, ma mère, et beaucoup d'autres choses, dans l'attitude
d'une femme pieuse devant un crucifix. Je n'ai soulevé que
de la colère chez ma tante. Bientôt, furieuse, elle m'a accablée de reproches et d'injures, et m'a chassée de sa présence en menaçant de me battre. Elle m'a déjà battue, et
je suis exposée à l'être chaque jour plus audacieusement.
Aussi, ma mère, vous le dis-je avec désespoir, malgré une

patience héroïque, malgré une résignation de martyre, je
ne peux plus y tenir; mon courage est à bout, et j'en suis
venue à ne plus pouvoir répondre ni de ma tête ni de mes
actions!... »

Ici la jeune fille s'arrêta pour recommencer à verser des
larmes et à sangloter.

Au visage d'Anaïs, à ses traits altérés, à ses larmes, aux
élans désespérés de son cœur, Madeleine sentait du moins
que sa fille, à tort ou à raison, souffrait horriblement.

« Comment se fait-il, cher ange, lui dit-elle, que tu
aies attendu jusqu'aujourd'hui pour me confier tout cela?
Je me doutais bien de quelque chose; mais, certes, j'étais
loin de supposer que tu eusses tant à souffrir.

— Ah! fit Anaïs en portant la main à ses yeux, que n'ai-
je eu la force de me taire aujourd'hui comme je l'ai fait
jusqu'à ce jour? C'est malgré moi que j'ai parlé. Je verse-
rais avec joie tout mon sang pour vous. Je me reproche à
l'égal d'un crime la contrainte où je suis d'ajouter mes
douleurs aux vôtres. Vous êtes vieille et pauvre, sans avenir, réduite à vivre d'aumônes; votre tendresse est impuissante, vous ne pouvez absolument rien pour moi : à quoi
bon vous déchirer l'âme par la confidence de chagrins que
vous ne pouvez soulager? Ne valait-il pas mieux vous laisser
croire que je pouvais continuer de vivre ainsi? A combien
d'inquiétudes stériles n'allez-vous pas être en proie? O mon
Dieu! ne souffrez-vous pas déjà assez? Ne le vois-je pas à
votre visage? Vous vivez dans les privations. Laissez-moi
vous accabler de tendres reproches. Pourquoi ces mouchoirs, cette épingle, cette bourse? C'est votre vie même
que vous m'offrez en présent! Je ne puis en supporter
l'idée. Vivez d'abord, ma mère, ma tendre mère, vivez! je
vous en conjure! Votre tendresse est mon unique consolation. Si vous veniez à mourir!... Cette pensée me glace;
j'en ai des éblouissements; tout mon corps tremble. Si

vous mouriez, hélas! je n'aurais plus rien à espérer en ce monde. Dieu seul sait ce qu'il adviendrait de moi!

— Peuh! répliqua Madeleine en hochant la tête, quand je mourrais! le grand mal! Ça serait un embarras de moins. En attendant, je te répète que c'est un tort de ne pas m'avoir dit ces choses-là plus tôt. Il y a remède à tout. Par exemple, pourquoi ne te marierais-tu pas?

— Me marier! s'écria Anaïs avec stupéfaction. Et avec qui donc? Quel homme voudrait de moi dans l'indigence où je suis? »

Madeleine se leva et alla prendre sur la console le nécessaire en bois de rose.

« Tiens, dit-elle en le donnant à sa fille, tu m'as tant bouleversée que je ne pensais plus du tout à cela. »

Anaïs ouvrit de grands yeux et resta quelques instants interdite.

« Pour moi! s'écria-t-elle. D'où vient-il? qui peut m'offrir un objet de cette valeur?

— C'est un gage d'amitié que t'offre Bénédict, avec ma permission. »

L'étonnement de la jeune fille redoubla. Un éclair traversa son esprit.

« Je devine, ma mère, dit-elle tristement. Le refus que me commande la probité vous affligera et me navre. Je ne puis encourager des espérances qui ne se réaliseront jamais.

— Jamais! n'est-ce pas trop dire? repartit Madeleine avec un sourire triste. Est-ce que par hasard tu serais orgueilleuse? Prends-y bien garde! cela te siérait mal. Je ne crois pas que les princes doivent épouser des bergères, ni les reines des gardeurs de dindons; mais dans le milieu où tu vis, chère enfant, un honnête homme en vaut un autre. D'ailleurs ne va pas oublier que toi-même tu n'es que l'enfant d'une vieille marchande de pommes qui serait morte à la peine sans le bon cœur de l'homme dont tu sembles faire fi. »

Anaïs répondit par des flots de larmes à ces paroles ; elle s'écria :

« O misère ! si vous me méconnaissez, vous qui m'aimez, quelle justice dois-je attendre de ceux qui me haïssent ? De l'orgueil, moi ! Que je sois assez méprisable pour ne pas estimer profondément l'homme qui prend soin de vous !

— Bien, très-bien, pardonne-moi ; mais alors....

— Alors, alors, ce mariage est impossible précisément parce que je n'ai rien. Voulez-vous que par reconnaissance je m'échappe d'un abîme pour me plonger dans un abîme plus profond encore ? La misère m'inspire plus d'horreur que la mort. Hélas ! si je n'ai pas cessé de souffrir depuis la mort de mon pauvre père, que du moins l'expérience serve à me préserver d'un sort pire que celui où je suis !

— Me crois-tu donc assez dénuée de raison pour songer à faire ton malheur ?

— Je vous en supplie, ma mère, ajouta Anaïs en joignant les mains, si vous ne voulez pas redoubler mon désespoir, vous ne me parlerez plus jamais de cela ! »

L'opiniâtreté d'Anaïs remplit Madeleine de confusion.

« A moins que tu n'aimes déjà quelqu'un ? reprit-elle avec inquiétude. Je ne songe qu'à assurer ton avenir. J'approuve d'avance ce que tu décideras. Anselme, l'ami de Bénédict, parlait devant moi du professeur qui te donne des leçons de piano.... »

Anaïs tressaillit ; une sorte de terreur se répandit sur son visage.

« Vous m'effrayez ! dit-elle. Tout se sait donc ! La plus dangereuse de mes blessures se rouvre et saigne. C'est à en perdre l'esprit. Pourquoi me parlez-vous de cela ? Vous ne savez pas le mal que vous me faites. Il est bien vrai que

M. Armand, dans le principe m'a montré quelque sympathie. Ses soins discrets pouvaient même passer pour de
l'amour. Je m'y suis laissé prendre. Un moment, l'espérance s'est ressaisie de moi. Combien j'étais folle! Jamais
cette plaie ne guérira. Il me croyait de la fortune. Dès
qu'il m'a sue pauvre, son respect est devenu de l'impertinence. Il m'a proposé cavalièrement de faire de moi la *reine
des bals*. Il prétendait composer une polka et y mettre mon
portrait et mon nom. Il rêvait pour moi la célébrité. De
douleur et de colère, j'ai failli tomber morte. Quand je suis
revenue à moi, je lui ai tourné le dos et je me suis sauvée
dans ma chambre. Depuis ce jour, j'ai refusé de prendre
des leçons. Cette histoire a achevé de me rendre la maison
odieuse. Ma tante a profité de l'occasion pour me noircir
des plus indignes calomnies, et se permettre les injures les
plus grossières. Oh! ne m'en parlez jamais! Jusqu'à la
mort, ce sera ma honte d'avoir pu un seul instant fonder
quelque espoir sur cet homme!.... »

Madeleine paraissait aux prises avec des luttes pénibles.
A l'égard de sa fille, elle ne savait évidemment à quoi se
résoudre. D'ailleurs, peut-être se trouvait-elle réellement
dans une complète impuissance.

« Mais, enfin, que prétends-tu? que veux-tu faire? dit-
elle d'un air désolé. Je t'offre un moyen de salut, et tu sembles résolue à ne pas même vouloir m'entendre. J'espère
encore que tu ne m'as pas dit ton dernier mot, et que tu
deviendras plus traitable.

— Non, mère, dit la jeune fille résolûment, pas d'illusions ! Puisqu'il le faut, je vous dirai les motifs qui vous
défendent d'espérer. M. Bénédict est, sans aucun doute, un
excellent homme. Mais épouser un homme qui vous fait la
charité, qui verrait toujours en moi la fille d'une mendiante, qui, dans un moment d'humeur, pourrait me le
rappeler, s'oublier et m'outrager, je vous le déclare, pour

ne pas revenir sur ma résolution, c'est à quoi je ne me résoudrai jamais !

— Jour de Dieu ! s'écria la vieille femme confondue ; que tu t'abuses, ma chère fille ! que tu connais peu le désintéressement de ce garçon ! que tu apprécies mal sa loyauté, sa droiture, son cœur d'or !

— Mère ! mère ! s'écria Anaïs éperdue, priez, priez pour votre malheureuse fille ! que Dieu ait pitié d'elle et qu'il vous accorde de longs jours !... »

Après avoir entendu Madeleine et sa fille, il eût été difficile de ne pas faire cette réflexion : « Qu'il en est des âmes, même des meilleures, comme des étoiles ; à distance, on jurerait qu'elles se touchent ; de près, l'œil se perd dans les abîmes qui les séparent. »

C'est qu'en effet il en est encore des âmes un peu comme des parallèles, des lignes, qui, prolongées à l'infini, ne se rencontrent jamais.

XI

Sémer dans l'argile.

Madeleine n'avait pas jugé à propos de taire la conversation qu'elle avait eue avec sa fille. Elle n'avait caché à Bénédict que ce qui pouvait le décourager, notamment les causes réellement redoutables de l'éloignement d'Anaïs pour lui. La vieille, d'ailleurs, était loin d'avoir perdu tout espoir. Dans sa conviction, Anaïs et Bénédict étaient faits l'un pour l'autre ; c'était son rêve, sa passion, de les voir unis, et, à coup sûr, elle n'était pas femme, surtout quand il s'agissait du bonheur de sa fille, à se laisser rebuter par un échec.

Toutefois, à la suite de nouvelles tentatives toujours plus vaines, elle commença à s'inquiéter et à craindre que l'opiniâtreté d'Anaïs ne fût invincible. Quoi qu'elle en eût, la pauvre vieille en perdit, sinon de son égalité d'humeur, du moins un peu de sa gaieté. Ce n'est pas tout. Soit qu'elle fût aux prises avec un chagrin dissolvant, soit qu'elle ajoutât à ses privations déjà si rigoureuses, toujours est-il que tout à coup elle déclina avec une rapidité effrayante. Son état de consomption ne pouvait aller plus loin; au fond de ses orbites, de plus en plus creuses et bistrées, l'œil s'éteignait; à voir ses reins, on eût dit d'un arc qu'on tend chaque jour davantage; finalement, les forces l'abandonnaient, et ses jambes se refusaient avec une obstination croissante au besoin d'activité qui la dévorait.

Bientôt, d'intervalle en intervalle, elle fut sujette à de graves accidents. Il arriva que parfois le cœur lui manquait, et qu'elle tombait à terre privée de connaissance.

Bien que Bénédict l'observât avec une sollicitude inquiète, il fut encore quelque temps à connaître la gravité d'un état que Madeleine épuisait le reste de ses forces à dissimuler.

La vérité, pourtant, se fit jour. Un matin, en présence de Bénédict et d'Anselme, la vieille se trouva incapable de soulever son panier. Elle essaya encore de sourire. Au même instant elle porta la main à sa tête, ferma les yeux et s'affaissa comme morte sur une chaise qui se trouvait derrière elle.

Les deux amis, épouvantés, s'empressèrent de lui porter secours. Elle resta près d'un quart d'heure sans mouvement. Quand elle rouvrit les yeux, Bénédict, à force d'instances, la contraignit d'avouer que le même accident lui était déjà arrivé plusieurs fois. En proie aux plus sérieuses alarmes, le jeune homme embrassa sur-le-champ un parti énergique.

« Ah çà, ma bonne femme, dit-il en envisageant Madeleine, j'estime que cette odieuse farce a duré assez longtemps. Vous apprendrez, j'espère, sans surprise, que c'est fait ici de votre autorité. Jusqu'à ce jour, votre fantaisie a été la seule loi, et, par égard pour votre âge, bien que je fusse assailli des plus grandes craintes, je n'ai point trop énergiquement regimbé. Mes craintes sont justifiées, et votre cruauté envers vous-même n'est plus contestable. Vous me permettrez donc d'assumer sur moi le poids d'un gouvernement trop lourd pour vos épaules, et de faire à mon tour le despote. Nous allons voir si je saurai être le maître chez moi.... »

Se tournant vers son ami, Bénédict ajouta :

« Mon cher Anselme, vous m'avez parlé souvent d'un médecin distingué qui se trouve au nombre de vos amis les plus intimes. Voici l'occasion de me le faire connaître. Je ne saurais vous exprimer mon impatience de savoir, une fois pour toutes, à quoi m'en tenir sur l'état de cette vieille têtue. »

Madeleine fit mine de vouloir l'interrompre.

« Pas un mot ! s'écria-t-il. Et, au surplus, ne vous flattez pas ; il y a peut-être plus d'égoïsme dans ma résolution que de sollicitude pour vous. En supposant que je sois capable de vous laisser mourir sans secours, je ne veux pas prendre sur moi la responsabilité de votre mort. On ne sait pas ce qui peut arriver, et je prétends me précautionner contre les accusations dont je pourrais être l'objet.... »

Anselme ne se sentait pas moins de sympathie pour Madeleine que d'amitié pour Bénédict. Il sortit presque aussitôt en promettant de revenir le jour même avec son ami le docteur.

A peine seule avec Bénédict, la vieille dit :

« Vous vous inquiétez à tort. Ça ne sera rien. Je n'ai besoin que de repos. Si vous voulez me rendre tout à fait

malade, vous n'avez qu'à vous mettre en frais pour moi.
Vous n'êtes déjà pas si riche !

— Êtes-vous folle? repartit le jeune homme. Quand j'en
serais réduit à la plus extrême misère, ne devrais-je pas
tenter l'impossible pour vous procurer les soulagements
qu'exige votre situation?

— Ta, ta, ta, fit Madeleine, je ne cours aucun danger.
Pas de médecin! J'ai connu un bonhomme qui, à plus de
quatre-vingts ans, trottait comme un lapin. On avait coutume de lui demander : « Monsieur Bistorius, comment faites-vous pour vivre si vieux? » Et lui de répondre : « Défiez-vous des médecins, défiez-vous des
médecins ! » J'en dirai autant : pas de médecins. Laissez
agir la nature.

— Assez, bonne femme, répliqua tranquillement Bénédict. Vous souffrirez bien qu'une fois par hasard j'en fasse
à ma volonté.

— Je vous connais! s'écria Madeleine. Vous agissez
toujours comme si aujourd'hui ne devait jamais avoir de
lendemain.

— Qu'est-ce que ça signifie?

— Ça signifie, répondit Madeleine avec animation, qu'on
ne doit pas s'exposer, par une sensibilité hors de saison,
à compromettre ses intérêts.

— Il faut apparemment y sacrifier aussi sa vie, n'est-ce
pas? dit Bénédict ironiquement. J'ai raisonné assez souvent avec vous là-dessus pour connaître le fond de votre
pensée. L'avenir est tout, le présent n'est rien; et celui-ci
doit être, à votre avis, impitoyablement sacrifié à celui-là.
Si ce principe n'est pas radicalement faux, il n'est du
moins vrai que dans une certaine mesure; poussé à
l'extrême, il ne vous a menée à rien moins qu'au suicide.

— Des idées ! des idées ! fit Madeleine en haussant les

épaules. Je suis vieille et je m'éteins, voilà tout. Prétendre enrayer les effets de la vieillesse, c'est une folie; autant vaudrait perdre sa peine à mettre un emplâtre sur une jambe de bois.

— Nous allons voir, repartit Bénédict. Votre vieillesse, dans ma conviction, est anticipée; elle n'est que la conséquence de votre absurde manière de vivre. Or, si ma conviction est fondée, songez combien vous êtes coupable! Vivre est notre premier devoir. Ruiner son tempérament à plaisir, en vue d'une époque qui ne viendra peut-être jamais, me semble l'effet de l'aberration d'esprit la plus monstrueuse qui puisse se concevoir.

— Je sais ce que je dis. Je ne suis plus qu'une loque inutile; je ne vaux pas le pain que je mange. Au lieu de risquer à vous mettre sur la paille pour moi, vous feriez mieux d'économiser pour les jours qui viennent.

— Les jours qui viennent! Viendront-ils seulement? Pitoyables raisons, ma brave femme. Ne suis-je pas économe? M'avez-vous vu jamais dépenser un centime mal à propos? Non; je tiens l'économie pour une chose salutaire, essentielle; je ne nie pas qu'il ne faille de la prévoyance, même beaucoup de prévoyance. Mais aussi, d'accord avec tous les hommes de sens, je maintiens qu'il est absurde de n'avoir des yeux que pour le lendemain, de ne se préoccuper exclusivement que de ce lendemain, et, pour l'assurer, de se priver aujourd'hui du nécessaire, d'altérer sa santé, de désorganiser son corps, de l'affaiblir jusqu'à la décrépitude. Le présent, qu'est-ce donc, sinon l'avenir d'un présent passé? Vous me saturez d'espérances, vous me promettez des délices ineffables; là-bas, sur le ciel, comme but, vous m'indiquez du doigt des mirages splendides, et, en attendant cette indigestion de joies et de bonheur, vous me privez des secours et des forces dont j'ai besoin pour le voyage; vous me laissez succomber au beau milieu du chemin sous le poids de la maladie et du désespoir. N'est-ce pas le comble de la dérision? Que m'importe votre terre promise si je ne dois y parvenir qu'exténué, épuisé, à demi mort sous le fardeau d'un trésor inutile! N'eût-il pas été plus sûr, plus rationnel, au risque d'écorner ce trésor, de me nourrir et de me vêtir un peu mieux le long de la route?

— Eh, mon Dieu! repartit Madeleine, celui qui gaspille son bien ne raisonne pas autrement.

— Est-ce une raison pour suivre l'exemple des avares?... Mais, je le sais, vous n'en démordrez pas. Votre infirmité, au reste, est celle de bien d'autres. Anselme me parlait précisément d'un vieillard vénérable, au parti duquel vous ne manqueriez pas de vous ranger. Dans les élans de sa philanthropie, il a fondé des sociétés de secours. Sa maladie consiste à exploiter le présent au profit de l'avenir, à capitaliser les fonds qu'il recueille pour renter les générations futures. Au lieu de soulager les membres vivants de l'association, à l'aide de secours efficaces, il ne leur fait que des aumônes à peine suffisantes pour les empêcher de mourir de faim. En revanche, il verse des larmes d'attendrissement en se flattant que nos neveux jouiront d'une aisance merveilleuse, vivront peut-être même au milieu des plaisirs et du luxe de la richesse. Il est en quelque sorte insensible aux maux de ceux qui vivent, et il a des entrailles de père pour ceux qui ne sont pas encore. Cela est incontestablement beau. Je jurerais que son buste en plâtre ornera plus tard le marbre de bien des cheminées. Mais je m'étonne que sa grande âme ne s'alarme pas d'acheter cet honneur au prix de tant de larmes qu'il pourrait sécher, de tant de maux qu'il pourrait guérir.

— Vous arrangez cela à votre manière, dit Madeleine. Ce monsieur a mille fois raison.

— Qu'est-ce que je disais? reprit Bénédict. N'est-ce

pas aussi trop ouvertement mépriser les enseignements de l'Évangile? Rappelez-vous donc ces paroles : « Considérez les lis des champs comme ils croissent, ils ne travaillent ni ne filent. Cependant je vous déclare que Salomon, même dans toute sa gloire, n'a pas été si paré que l'est un de ces lis. » Et plus loin : « Ne vous inquiétez donc plus, et ne dites point : Que mangerons-nous? que boirons-nous? ou : De quoi nous vêtirons-nous ? »

— Oui, oui, répliqua Madeleine d'un air mélancolique, les lis ne travaillent ni ne filent, et ils sont bien vêtus. Mais quant aux hommes, hélas! l'expérience donne trop souvent tort au bon Dieu. »

Cette réflexion arrêta Bénédict; il reprit bientôt :

« Aussi, ne dis-je pas qu'il faille prendre cela au pied de la lettre. C'est de l'esprit de ces paroles dont on ne saurait, il me semble, se trop pénétrer. On ne serait pas si souvent victime de craintes exagérées à propos de l'avenir, et tant de gens ne tomberaient pas, sous d'honorables prétextes, dans l'indigne péché d'avarice.

— Continuez, continuez, fit Madeleine. Vous ne m'empêcherez pas de croire, jusqu'au dernier jour de ma vie, qu'il faut savoir souffrir dans le présent pour mériter d'être heureux plus tard. »

Madeleine ne demandait qu'à clore la discussion ; sans le vouloir elle en soulevait une autre.

« Eh, qui donc vous parle de ne pas souffrir? s'écria Bénédict. Ce que je blâme, ce qui me blesse, c'est la douleur inutile, la douleur que je puis empêcher. Que, de parti pris, on laisse aujourd'hui souffrir un misérable dans le but de lui faire trouver le jour de demain plus doux, voilà ce que je ne comprends pas. M'est avis qu'on doit soulager ceux qui souffrent quand on peut, et autant qu'on peut. Nous n'avons pas le droit de mesurer la douleur à nos semblables. Nous sommes, d'ailleurs, hors d'état d'appré-

cier la somme de leur patience et de leurs forces. Prenons
votre fille pour exemple : je suppose, comme d'aucuns le
prétendent, que vous soyez avare, que vous cachiez de
l'argent dans votre paillasse ou dans vos bas, que vous
soyez finalement en mesure d'arracher votre enfant du
milieu où elle languit et se meurt; eh bien, ma brave
femme, en admettant cela, quand même vous aimeriez
votre fille plus encore que vous ne l'aimez; quand même
vous ne la laisseriez pâtir que par principe, dans la conviction de lui assurer un brillant avenir, en toute franchise je ne saurais décider si vous êtes plus absurde ou
plus folle qu'abominable et odieuse. Qui vous dit que votre
fille malade aura le temps d'attendre qu'il vous plaise de
la guérir? qui vous assure que le désespoir ne troublera
pas sa raison? qui vous dit qu'elle ne succombera pas
juste la veille des beaux jours que vous lui préparez? Ju-
geriez-vous votre fille d'après vous? Cela ne peut être.
Vous savez bien qu'elle n'a pas vécu comme vous; qu'elle
n'a ni votre raison, ni vos idées, ni votre expérience, ni
votre cuirasse d'insensibilité ; que ce qui ne serait pour
vous qu'une piqûre d'épingle, peut être pour elle un coup
de couteau.

« Aussi, vous le dirai-je sincèrement, si j'ai pu prêter
l'oreille aux commérages de vos anciennes voisines et de
votre belle-sœur, conserver quelque temps des doutes sur
votre pauvreté, je n'ai pas eu besoin, pour me former une
conviction définitive, d'autre preuve que celle de votre
inertie vis-à-vis d'Anaïs. Vous l'aimez, j'en suis certain;
vous savez jusqu'à quel point elle est malheureuse; de
toute évidence il faut donc, pour que vous la laissiez, selon
sa propre expression, sur ce chevalet de torture, que vous
soyez dans une complète impuissance de faire autrement,
que vous-même en soyez réduite au dénûment le plus absolu.... »

Madeleine semblait rêver; elle releva tout à coup la tête.

« Bah ! fit-elle, ma fille est plus forte que vous ne l'imaginez. Elle est de bonne race. Ne craignez pas que le courage et la patience lui fassent jamais défaut. Quelques épreuves hâteront sa maturité. Vous le verrez, elle en sortira à son honneur, femme solide et pleine d'expérience pour faire le bonheur de son mari et élever dignement ses enfants.... »

Bénédict s'étonna à la fin du peu d'impression qu'il faisait sur elle. Bien d'autres n'en eussent pas été surpris. Mais il n'avait pas sans doute encore assez vécu pour reconnaître, qu'à l'âge de Madeleine, on ne change volontiers ni de caractère, ni d'opinion, ni de règle de conduite.

XII

Douloureux pronostics.

Anselme, selon sa promesse, revint dans l'après-midi. Le jeune docteur dont il était accompagné avait, outre une physionomie très-intelligente, un extérieur des plus simples et des plus modestes. La malade fut de sa part l'objet d'un consciencieux examen. Il l'accabla de questions. Quelques réponses évasives n'apaisèrent pas sa curiosité. Après avoir observé les symptômes extérieurs, et s'être fait rendre un compte exact des défaillances réitérées de la vieille, il voulut savoir, jusque dans les moindres détails, à quoi elle employait ses journées, et comment elle se nourrissait.

Celle-ci, impitoyablement trahie par les témoignages de

Bénédict et d'Anselme, dut bientôt mettre de côté les subterfuges et répondre catégoriquement.

A diverses reprises, le jeune médecin hocha la tête.

Il passa ensuite dans la pièce du fond avec les deux
amis. Bénédict, inquiet, haletant, le supplia de dire toute
la vérité.

« Je dois vous déclarer, répliqua le docteur, que, dans
mon opinion, à moins d'un miracle, cette femme est
perdue. »

Bénédict, portant les mains à son visage, étouffa un cri
déchirant.

« Elle n'avoue que quarante-six ans, continua le docteur,
et sa face ridée, la faiblesse de ses organes, en annoncent
soixante-dix. Des fatigues excessives et les privations ont
produit à la longue ce résultat. Elle meurt littéralement
d'inanition.

— Ah! fit Bénédict, que de fois je lui ai fait la guerre
au sujet de sa désastreuse sobriété !

— Je ne mets pas cela en doute. Le cas de cette femme
n'est malheureusement pas rare. La crainte exagérée de
l'avenir constitue une véritable maladie. Je n'exerce que
depuis peu d'années ; eh bien, je ne saurais dire combien
j'ai déjà vu de gens dans l'aisance se laisser mourir du
même mal.

— Et vous pensez qu'en la contraignant à se reposer, à
se nourrir ?... reprit Bénédict d'une voix altérée.

— La seule chose qu'il soit en mon pouvoir de répondre,
c'est qu'on peut faire traîner cette bonne femme longtemps
ainsi. Vous est-elle parente ?

— Supposez, monsieur, qu'elle est ma mère, répondit
aussitôt Bénédict.

— Un repos absolu, de très-bons aliments, dont il faudra déterminer la mesure au jour le jour, peuvent sinon
la sauver, du moins prolonger beaucoup sa vie. Quelqu'un

sera nécessaire auprès d'elle pour veiller à ce qu'elle ne s'écarte pas d'un *iota* de mes prescriptions. Ce sera long et coûteux, je vous en préviens.

— Il n'importe !

— Vous n'êtes pas riche ? vous êtes sculpteur en bois, si j'ai bien entendu ?

— Il n'importe, monsieur. Je ne vous demande qu'une chose, une grâce, celle de me promettre que vous lui donnerez vos soins, que vous ne vous lasserez pas.

— Anselme m'a parlé de vous comme de son meilleur ami ; comptez sur moi comme sur vous-même. Le cas est d'ailleurs curieux, il m'intéresse. Il rafraîchira du moins ma mémoire, s'il n'ajoute rien à mes observations.... »

Après le départ du docteur, Bénédict eut à soutenir une nouvelle lutte avec Madeleine. Quand il parla d'un traitement, d'un régime, d'une garde, la vieille l'envisagea avec stupeur, et lui demanda si décidément il avait perdu la raison. Toute bouleversée en comprenant qu'il parlait sérieusement, elle entreprit de le raisonner, et finalement se fâcha. Bénédict attendit tranquillement la fin de l'orage ; il dit alors avec un calme de glace :

« Ma bonne femme, cette colère est absolument inutile. Votre volonté se brisera contre la mienne. Vous aurez désormais ma chambre pour prison, et je vous préviens que vous n'en sortirez que morte ou guérie.

— Comment, votre chambre ! s'écria Madeleine qui n'en croyait pas ses oreilles ; mais où coucherez-vous ?

— Sur mon divan, dans la chambre à côté. On dressera près de vous un lit de sangle pour votre garde, ou mieux pour votre geôlière.

— Vous voulez donc me faire mourir de chagrin ? demanda la vieille hors d'elle-même. Mais vous n'avez plus d'économies ! mais vous avez des dettes ! Il faut avoir perdu complétement l'esprit pour courir ainsi à sa ruine.

— Cela me regarde.

— Encore une fois, et de l'argent ?

— J'en trouverai.

— Et vous comptez bonnement que je vais me laisser faire ?

— Certes, répliqua fermement Bénédict ; vous obéirez, ou je vous envoie mourir à l'hôpital.... Je sors avec Anselme pour chercher ce qu'il faut. Qu'en rentrant je vous trouve au lit.... »

XIII

Les adieux.

Se flattant que l'état de Madeleine ne tarderait pas à s'améliorer, Bénédict recula devant le danger d'alarmer Anaïs mal à propos, et se décida à lui cacher la maladie de sa mère: Il s'en repentit promptement. L'événement, au début, se prêta aux plus sinistres prévisions. Les soins dont on entourait Madeleine semblèrent impuissants à arrêter les ravages du mal. Le jeune médecin, qui venait la voir presque chaque jour, ne cessa plus d'exprimer des doutes de plus en plus inquiétants sur sa guérison. Il finit même par déclarer qu'à en juger par les apparences, la vieille n'avait plus que peu de jours à vivre.

Bénédict comprit alors la faute qu'il avait commise, en ne prévenant pas sur-le-champ la jeune fille. Ne soupçonnant pas même que sa mère fût malade, Anaïs était exposée à en apprendre à la fois et la maladie et la mort. Cela était horrible à penser. On n'en pouvait prévoir les conséquences. Bénédict ne savait à quoi se résoudre ; il sentait qu'il ne devait plus laisser la jeune fille dans sa décevante sécurité; qu'il était urgent de la prévenir et de la préparer à une catastrophe; mais cette tâche l'effrayait; il craignait de commettre quelque nouvelle maladresse, et de ne pas être assez maître de lui pour amener sans secousse Anaïs à pressentir la vérité.

Chaque jour de délai ajoutait encore à ses angoisses.

Au milieu des plus cruelles irrésolutions, il s'arma enfin de courage, et se rendit un jour chez Mme Lorin.

Bénédict n'entra dans la maison du quincaillier qu'en tremblant et le cœur serré. Au souvenir des passions qui y étaient en lutte, de noirs pressentiments envahissaient son esprit. Il monta au premier.

Mme Lorin se trouvait, avec sa fille et sa nièce, dans la chambre qui servait de salle d'étude aux deux cousines.

Le jeune sculpteur essaya d'abord de masquer son but sous le prétexte d'une visite à Mme Euphrasie.

Dans son enchantement, celle-ci le reçut avec les démonstrations d'une joie outrée, le fit asseoir, lui demanda de ses nouvelles et lui reprocha avec obligeance de ne pas venir plus souvent.

Anaïs, plus taciturne et plus sombre encore que de coutume, s'était levée à l'entrée de Bénédict, l'avait salué machinalement, et s'était remise à coudre.

Euphrasie envoya sa fille Victoire chercher une bûche pour ranimer le feu. En attendant, sans perdre une seconde, elle commença sur elle, sur sa fille, sur son mari, sur ses affaires, un discours décousu qui menaçait de ne jamais finir. S'apercevant toutefois que le jeune homme, préoccupé, ne l'écoutait pas, elle s'interrompit tout à coup pour s'inquiéter de sa belle-sœur avec une affectation toute désobligeante.

Bénédict fit une longue pause avant de répondre.

« Votre belle-sœur, madame, dit-il enfin d'une voix émue, n'est pas bien. »

Anaïs tressaillit et leva la tête.

« Je pense, au reste, reprit aussitôt Bénédict, que son indisposition n'aura pas de suites fâcheuses. »

La jeune fille se dressa d'un bond et vint à lui.

« Avouez-le, monsieur, dit-elle avec anxiété ; je le devine à votre visage, ma mère est gravement malade !

— Vous prenez trop vite l'alarme, mademoiselle, » répondit Bénédict en s'efforçant de sourire.

Anaïs l'examina avec des yeux remplis de dévorantes perplexités. Bénédict, outre qu'il tremblait, était d'une pâleur qui trahissait à la fois ses fatigues et ses inquiétudes. La jeune fille fut persuadée qu'elle avait deviné juste.

Au même instant, bien plus sans doute par étourderie que par malice, Mme Lorin s'écriait :

« Malade ! elle, malade ! allons donc ! quelque nouvelle comédie pour se rendre intéressante ! »

Cette révoltante hypothèse décida d'une scène terrible.

Bénédict, se levant, ouvrait la bouche pour exprimer son indignation.

Anaïs le prévint. Au comble de l'exaspération, elle répliqua :

« O ma tante, que le ciel ne vous punisse jamais en raison de votre méchanceté ! »

Un flot de sang monta au visage de Mme Lorin. Dans l'instant qu'elle mit à bondir, elle sembla fouiller son âme pour y trouver une vengeance. Le sourire le plus amer et le plus méchant plissa tout à coup ses lèvres. Faisant une allusion calomnieuse à ce qui s'était passé entre Anaïs et son professeur de piano, elle lança à la tête de la jeune fille une de ces insultes grossières qu'on n'entend guère que dans les halles.

Anaïs fut en quelque sorte transfigurée. Elle devint livide ; ses yeux bleus se teignirent de noir ; elle crispa ses poings et parut prête à fondre sur sa tante.

Devant cet élan irrésistible d'indignation, la colère de Mme Lorin s'évanouit comme par enchantement; elle sembla frappée d'une réelle terreur.

« La malheureuse ! s'écria-t-elle en se sauvant, elle veut m'assassiner ! »

La jeune fille redevint aussitôt maîtresse d'elle-même.

« Ne faites pas attention, monsieur, dit-elle à Bénédict d'une voix altérée. Daignez retourner auprès de ma mère. Le temps de mettre mon chapeau, et je vous suis.... »

Madeleine n'était plus reconnaissable. Quelques jours l'avaient changée d'une manière effrayante. Ses yeux éteints se perdaient dans la cavité des orbites ; sa peau sèche et décolorée reluisait comme le verre ; ses traits respiraient l'abattement ; enfin, entre ses yeux, une profonde dépression du front semblait l'empreinte du doigt de la mort.

Anaïs, oubliant tout d'abord de l'embrasser, attacha sur elle des yeux étincelants d'une sombre et ardente curiosité. Elle ne douta pas un seul instant que sa mère ne fût perdue. Cette certitude la métamorphosa en une sorte de glaçon ; elle ne pleura pas ; elle ne fit même paraître aucun signe de chagrin ; on eût dit qu'elle fût devenue complétement insensible.

Bénédict, qui ne la perdait pas de vue, se demanda avec inquiétude si elle était résignée, ou si son calme sinistre n'était pas celui d'une âme où l'espoir ne peut plus renaître.

La mère et la fille essayèrent mutuellement de se donner le change : la mère en affirmant qu'elle se sentait bien, la fille en feignant de ne voir aucun symptôme de mauvais augure sur le visage de sa mère.

« Que me disait donc M. Bénédict ? fit Anaïs en embrassant Madeleine. Il m'a donné à tort bien des inquiétudes. Je vous croyais gravement malade. Je vois qu'heureusement il n'en est rien.

— Ce garçon est étonnant, répondit la mère en souriant. Je commence à craindre qu'il n'ait pas la tête bien
saine. Défie-t'en ! c'est lui qui veut que je sois malade, et
que je reste au lit quand je brûle de me lever, quand les
jambes me démangent et me font mal à force de rester
tranquille.

— Enfin, chère mère, dit Anaïs d'une voix glacée et
d'un air distrait, il faut avoir de la complaisance. Un peu
de repos, après tout, ne vous fera pas de mal. Je ne saurais, d'ailleurs, trop vous engager à ménager vos forces,
car nos peines touchent à leur terme et les beaux jours vont
enfin venir. »

Madeleine regarda sa fille avec surprise. Remarquant
des gouttes de sueur au front d'Anaïs, elle les essuya, et
repartit :

« Chère enfant, tu ne dis peut-être pas ce que tu penses,
et pourtant tu dis vrai.

— Vous croyez que je vous flatte, ma bonne mère, répliqua la jeune fille toujours de même, parce que vous
ignorez les bonnes nouvelles que j'ai à vous apprendre.

— Explique-toi.

— J'ai réfléchi longuement à ce que vous m'avez dit, et j'ai
fini par admettre que je manquais peut-être de patience et
d'adresse. Vos conseils, que je me suis empressée de suivre, ont produit d'excellents résultats. Ma tante change à
vue d'œil. Elle accueille volontiers mes avances et me
traite déjà beaucoup mieux. Tout me porte à espérer que
je parviendrai bientôt à posséder ses bonnes grâces.

— Est-ce vrai, au moins, ce que tu me dis là ? s'écria
Madeleine avec joie. Oh ! tu ne peux pas savoir le plaisir
que j'en éprouve, et le bien que tu me fais !

— Écartez donc tout sujet d'inquiétude, et jouissez enfin
d'une sécurité profonde, ajouta Anaïs. Avant peu, je l'espère, je gagnerai ma vie et j'aurai le bonheur de pouvoir

vous aider. Vous àvez eu aussi trop d'épreuves. Le ciel prend certainement vos misères en pitié. Encore quelques jours de patience, et vous serez parfaitement heureuse. Qui sait même, bonne mère, si votre rêve le plus cher ne se réalisera pas!

— Allons! allons, dit Madeleine, qui, d'aise, ne pouvait tenir en repos, je ne me sens pas de joie! Des nouvelles comme celles-là seraient capables de prolonger ma vie jusqu'à cent ans. Tu as bien fait de venir. Tes bonnes paroles valent mieux que tous les remèdes. Tu ne sais pas combien je suis malheureuse ici. On m'opprime, on m'écrase de soins, je ne suis pas libre. Il semble que je ne sois plus bonne qu'à boire, qu'à manger, qu'à dormir. Si tu pouvais seulement faire entendre raison à Bénédict.... »

Ce ne fut que par un effort surhumain que la jeune fille arrêta ses larmes prêtes à couler. Elle se tourna vers Bénédict, et se borna à fixer sur lui des regards remplis de reconnaissance. Elle eût craint, en ouvrant la bouche, de donner issue aux sanglots qui la suffoquaient.

Le jour baissa peu à peu, la nuit vint. Anaïs se disposa à s'en aller. Elle était d'une grande pâleur, ses yeux étaient secs, ses membres tremblaient. Elle tint quelque temps sa mère étroitement embrassée avec une sorte de passion; puis elle dit d'une voix éteinte et pourtant résolue :

« Adieu! mère, adieu! Nous avons trop longtemps vécu éloignées l'une de l'autre. Le jour approche, enfin, où nous allons nous réunir pour ne plus jamais nous quitter. Je m'en vais avec cette espérance. Adieu! à bientôt.... »

Bénédict, pénétré d'appréhensions vagues, sinistres, reconduisit la jeune fille.

Sur le palier, Anaïs se saisit brusquement de l'une de ses mains, et s'écria avec une exaltation extraordinaire :

« Votre générosité, monsieur, dépasse les bornes. Je n'ai point d'expressions pour traduire ce qui se passe au

fond de mon âme. L'impuissance de ne pouvoir jamais
m'acquitter envers vous me désespère. Si des vœux fer-
vents ont quelque influence, d'autres s'acquitteront pour
moi. Accordez-moi une dernière grâce ! Quoi qu'il arrive,
monsieur, que ma mère ne soit instruite de rien, qu'elle
puisse s'éteindre en souriant, que mon souvenir ne trouble
pas les doux rêves de son agonie !... »

Bénédict, ému jusqu'aux larmes, eut la pensée de se
jeter aux genoux de la jeune fille, de lui ouvrir son âme,
de lui dire mille choses tendres, de la supplier de voir en
lui, non pas un amant jaloux, importun, mais un confident, un ami, un frère tout dévoué. La crainte d'être ridicule, plus encore que la timidité, le cloua sur place.

Tandis qu'il jouait cette scène touchante au fond de son
cœur, Anaïs gagnait l'escalier et s'éloignait rapidement.

XIV

La nuit.

Les horloges, avec des timbres variés, sonnaient minuit.
Bénédict se tournait et se retournait sur son lit provisoire,
sans parvenir à trouver le sommeil. Au moment de s'as-
soupir, le sang affluait à son cœur et le faisait palpiter
jusqu'à l'étouffement. Tous les souvenirs qui se croisaient
au fond de son cerveau, même ceux où d'ordinaire il pui-
sait des consolations, lui semblaient lugubres et menaçants.

C'est le cœur qui revêt nos pensées de couleurs sombres
ou joyeuses.

Aux prises avec des inquiétudes déchirantes, impuissant

à chasser des alarmes indéfinies, pour ainsi dire sans objet, sous l'empire d'une inspiration irrésistible, il se leva enfin et se résolut à chercher, dans les morsures d'une atmosphère glacée et dans le mouvement, un apaisement aux terreurs instinctives qui l'oppressaient.

Madeleine ne dormait pas non plus. Elle l'arrêta au passage, et lui dit :

« Où allez-vous ? une heure va bientôt sonner.

— Je ne puis dormir, j'étouffe, j'ai besoin d'air.

— Ignorez-vous qu'il fait très-froid ?

— Mon corps brûle.

— Vous avez là une singulière fantaisie. Ne soyez du moins pas longtemps.... »

Quoique glaciale, la nuit était splendide. On l'eût volontiers figurée par une belle et robuste femme, mais sans le manteau noir parsemé d'étoiles ; la lune teignait le manteau d'une couleur blanchâtre et uniforme. Derrière des nuages, comparables aux glaçons que charrie une rivière, elle déroulait aux yeux des arabesques fantastiques et changeantes. Ici, un voile marbré caressait son front et laissait deviner son disque comme à travers un verre trouble ; là, vous eussiez dit les pans noirs des murailles d'un château en ruine, masquant les lueurs de quelque lointain incendie ; plus loin, elle argentait les cimes d'une longue chaîne d'alpes vaporeuses ; parfois aussi, à voir tout à coup sa face écornée dans un cadre à bordure lumineuse, on songeait à un blême malade qui, un bandeau sur l'œil, promènerait ses regards ennuyés dans l'espace. Alors, sa lumière oblique projetait sur le pavé des rues les grandes ombres accidentées des maisons. Un moment après, le ciel couvert n'avait plus que d'épaisses ténèbres pour la ville.

Boutonné jusqu'au menton, le chapeau sur les yeux, les mains dans ses poches, Bénédict errait au hasard,

comme une âme en peine. Çà et là, il ne laissait pas que
d'être distrait par quelque détail imprévu. Le repos n'est
pas moins chimérique que le vide. A peine sommeillons-
nous que d'autres se lèvent.

Les nuits de nos villes, aussi bien que celles des champs,
ne dorment jamais que d'un œil.

D'intervalle en intervalle, le bruit de ferraille, lourdement
cadencé, d'une charrette, murmure au début, s'enflait
jusqu'à emplir l'oreille, pour décroître graduellement et se
perdre de même au loin.

Dans la vive clarté qu'une lanterne projetait à terre, il
remarqua en passant la tête d'un chien décharné qui, l'attitude craintive, l'œil hagard, disputait les os d'un tas d'im-
mondices au crochet d'un chiffonnier.

Cependant, de chaque côté de la rue, les hommes d'une
patrouille, se suivant à la file, longeaient les maisons comme
des ombres.

Tout à coup, des cris sourds, déchirants, terribles, semblaient sortir des entrailles de la terre. Un trouble indéfi-
nissable saisissait l'âme. Qu'était-ce ? peut-être les plaintes
d'une femme à la veille de connaître les joies de la mater-
nité, ou encore celles d'un fou, en qui l'ombre détermine
des accès qui ressemblent aux élans du remords.

Puis le coq, à un rayon de lune, croyant voir l'aube,
poussait un cri éclatant ; puis c'était le chant plus discret
de la caille derrière la vitre d'une croisée, ou encore les
sauvages miaulements d'un chat.

Les horloges, de temps à autre, n'avaient garde d'oublier
de jeter leur notes sonores à travers cette symphonie noc-
turne.

Bénédict suivit quelque temps deux noctambules avinés.
Ils marchaient en chancelant, s'arrêtaient à chaque pas,
et causaient bruyamment, à tort et à travers, de toutes
choses : d'art, de science, d'humanité, du ciel et de la

terre, des planètes, de l'amitié, de l'amour, des femmes.
Ils parlaient sans s'entendre, chacun pour soi, le plus
souvent tous deux en même temps.

Fatigué bientôt de leur bavardage, le jeune homme les
outre-passa.

D'un pas plus irrésolu que celui de ces *philosophes*, il
allait, il allait sans savoir où, insensible au froid, la poitrine toujours plus oppressée, l'âme toujours plus triste.
En l'absence de tout parti pris, l'instinct le conduisait. Ce
fut ainsi que, de détour en détour, à sa grande surprise, il
se trouva tout à coup dans la rue Saint-Martin, au pied
même de la maison du quincaillier.

Envahi par une curiosité soudaine, il traversa la chaussée, et, de bas en haut, parcourut la façade des yeux. Une
lumière brillait encore à l'une des fenêtres du second. Son
émotion fut vive en réfléchissant que la fenêtre éclairée
devait être celle de la chambre d'Anaïs.

Comment n'était-elle pas encore couchée? que faisait la
pauvre fille à cette heure? cherchait-elle dans la lecture
des distractions à ses insomnies? repassait-elle en elle-
même les phases de sa vie douloureuse? méditait-elle
quelque projet sinistre?

Tandis que le jeune homme, frissonnant, se souvenait
des adieux de la veille, qu'il se rappelait la pâleur d'Anaïs,
son air résolu, son calme sombre avec Madeleine, son exaltation surprenante avec lui, une ombre passa et repassa
sur les rideaux de la fenêtre, et la lumière s'éteignit.

Il respira plus librement. La fatigue triomphait sans
doute des douleurs de la jeune fille, et le sommeil allait
peut-être lui procurer quelques instants d'oubli. S'accro-
chant à cette consolante hypothèse, Bénédict songeait à
reprendre le chemin de son domicile....

Le bruit sec d'un pêne qu'on tire frappa son attention.
Il se rejeta instinctivement en arrière, et s'effaça du mieux

qu'il put le long de la muraille. Précisément la lune, éclairant les façades voisines, laissait dans une profonde obscurité l'endroit où il était.

Une étroite allée touchait au magasin de quincaillerie. La porte de cette allée s'ouvrit tout à coup. Une femme s'en échappa et tira vivement la porte derrière elle. Cette femme était Anaïs.

Bénédict n'en put douter à la silhouette, et il eut froid jusqu'au fond des os. Il se remit promptement. Une réflexion l'électrisa. C'était quelque chose de vraiment miraculeux, de providentiel, qu'il se trouvât là juste à cette heure. Tout ce qu'il y avait en lui de virilité et d'énergie fut décuplé soudainement par les périls dont la situation était pleine. Le but de la jeune fille n'était que trop évident. Bénédict devait s'attendre à une lutte avec elle, et il s'agissait de savoir qui, d'elle ou de lui, aurait le dessus. Or, surexcité à la fois par la pensée de la mère, par son amour pour la fille, par la compassion, par son esprit de justice et de dévouement, il se sentait dans les muscles et dans les facultés la puissance de dix Hercules.

Il voulait avec une passion et une violence qui ne pouvaient rencontrer d'obstacle.

Anaïs fit une pause de quelques secondes, regarda autour d'elle et prêta l'oreille. Sa seule attitude trahissait son agitation, sa fièvre, sa terreur. Tenant la gauche de la rue, côté que la lune éclairait, elle marcha soudainement dans la direction des quais.

Bénédict n'avait plus à délibérer; vingt réflexions avaient traversé son cerveau comme des éclairs; la conduite qu'il devait tenir ne faisait plus l'objet d'aucun doute dans son esprit. Se montrer à la jeune fille sur-le-champ ne pouvait être qu'une maladresse dangereuse. On s'exposait à lui inspirer des subterfuges, à lui entendre nier opiniâtrément son projet, à la décider simplement à en différer l'exécution. Rien alors ne serait difficile comme de la raisonner sur des intentions qu'elle affirmerait ne point avoir. Il fallait, en la prenant sur le fait, lui ôter jusqu'à la possibilité de recourir au mensonge. Le seul parti dont on pouvait attendre des conséquences radicales, consistait à la surveiller sans qu'elle s'en doutât et à se tenir prêt à tout événement.

Bénédict, malgré le froid, n'hésita point à se déchausser. Il se trouvait dans un état dont il est presque impossible de rendre compte. Raisonnant avec une exactitude de géomètre, décidé à se rendre invisible, se sentant subitement doué de l'agilité d'un lièvre, de la souplesse d'une couleuvre, prêt à ramper comme celle-ci, à fendre le vent comme celui-là, il n'avait conscience ni de ses raisonnements, ni de ses actes. Il était en proie à une sorte d'exaltation fébrile, délirante, comparable à celle du soldat au milieu de la bataille, et peut-être aussi à celle du voleur dans l'exécution d'un mauvais coup. Les pieds nus, le chapeau rejeté en arrière, le nez au vent, retenant son souffle, noyé dans l'ombre, se collant le long des murs dont il suivait toutes les sinuosités et semblait faire partie, il avançait, ou mieux, il marchait en glissant comme un fantôme, l'œil rivé sur la jeune fille, réglant son pas sur le sien, la suivant comme l'aiguille suit un fer aimanté.

Au début, la démarche d'Anaïs fut timide, incertaine, inégale. Tous les dix pas elle s'arrêtait, regardait derrière elle, écoutait. Il semblait qu'elle eût peur d'être suivie. Elle reprenait sa marche, l'accélérait, puis la ralentissait, puis s'arrêtait de nouveau pour donner les mêmes signes d'inquiétude et de crainte.

Insensiblement elle cessa d'hésiter. A mesure qu'elle s'éloigna du point de départ, elle marcha d'un pas de plus en plus ferme, et avec une précipitation croissante.

Bénédict avait peine à la suivre. Il entendait le bruit de

sa respiration oppressée ; il était lui-même hors d'haleine. Cette espèce de chasse à courre, au clair de lune, avait pour lui quelque chose à la fois de douloureux à l'excès, d'effrayant, de sinistre. L'illuminé, qui, des heures entières, tend son esprit vers un objet inerte, et prétend le faire mouvoir par la puissance de sa volonté, n'endure pas un supplice plus aigu, plus irritant, plus horrible.

Anaïs ne cessa de courir qu'un peu avant d'arriver au terme de sa course. La peur sembla la ressaisir. Elle recommença à marcher lentement, avec précaution, avec défiance, à plonger ses regards dans toutes les directions, à tendre l'oreille. Parvenue enfin au quai, elle fit une halte dont elle profita pour sonder l'espace à droite, à gauche, en face.

Le vent enlevait de légers tourbillons de poussière ; l'eau bruissait sous les arches ; la solitude paraissait complète.

Prenant alors son élan, la jeune fille traversa obliquement la chaussée et gagna le côté droit du pont.

Bénédict s'élança sur ses traces avec la rapidité d'une flèche. Il se coucha à terre, et, s'aidant des pieds et des mains, rampa un instant derrière le coude du parapet.

D'épais nuages, d'ailleurs, voilaient la lune, et couvraient à propos les alentours de ténèbres.

Les deux jeunes gens n'étaient plus qu'à quelques pas l'un de l'autre. Attendre n'était plus permis. Anaïs escaladait le parapet avec une précipitation désespérée.

D'un bond, Bénédict fut debout ; d'un autre, auprès de la jeune fille.

Enlacée à l'improviste par les deux bras d'un homme dont elle ne soupçonnait pas la présence, la fille de Madeleine poussa un cri formidable et perdit connaissance.

XV

D'erreur en erreur.

Jamais Bénédict n'avait encore eu l'occasion de dépenser
à la fois une si grande somme d'énergie. Les forces humaines
ne suffisent que quelques secondes à une telle violence
d'efforts, et cette violence avait duré près d'une demi-heure.
Ses muscles se détendirent, et une indicible faiblesse pé-
nétra tout son corps. Ce fut miracle s'il ne tomba pas en
défaillance. Pliant sous son fardeau, suant à grosses
gouttes, le cœur brisé par l'émotion, il se tint quelques
instants dans l'attitude d'un homme foudroyé. Les exigences mêmes de son étrange situation le rappelèrent
rapidement à lui.

Anaïs, pâle et froide, continuait d'offrir l'image de la
mort. On ne pouvait se trop hâter de la secourir. Bénédict
recommençait à réfléchir activement. Il fouillait son esprit
dans tous les sens afin d'y trouver un parti, une décision.
Sa sollicitude pour l'existence de la jeune fille étouffait en
lui jusqu'à la crainte d'être surpris avec elle en cet endroit,
à pareille heure. Il appelait de tous ses vœux la présence
d'un passant quelconque, dont il se fût empressé d'im-
plorer l'assistance. Mais ses vœux furent stériles ; aucun
bruit, sinon celui d'un *qui-vive* lointain, ne vint frapper
son oreille. Rassemblant toutes ses forces, et serrant Anaïs
dans ses bras, il se résolut enfin à la transporter ainsi jusque
chez lui.

La jeune fille rouvrit tout à coup les yeux. Elle se débarrassa sur-le-champ de l'étreinte qu'elle sentait, se dressa

sur ses jambes, se retourna, et envisagea son sauveur avec une stupéfaction voisine de l'épouvante. Le lieu, l'heure, la vue de Bénédict, lui rappelèrent tout en un clin d'œil. Elle baissa la tête et garda un silence morne.

Le jeune homme remit ses souliers sans la quitter des yeux. Il se redressa bientôt, et lui dit d'un ton en même temps doux et ferme :

« Je vous en prie, mademoiselle, veuillez prendre mon bras.

— Où prétendez-vous me conduire ? demanda Anaïs d'une voix éteinte.

— Où vous voudrez, repartit Bénédict ; l'important est de quitter cette place, de marcher, d'avoir l'air d'aller quelque part.... »

La jeune fille obéit machinalement. Elle venait de recevoir une commotion capable de désorganiser le corps le plus robuste. Ni ses sens, ni ses facultés, n'avaient encore repris leur équilibre. La fièvre ou le froid, et peut-être l'un et l'autre, la faisaient grelotter ; elle paraissait étourdie ou encore abîmée dans un rêve confus et pénible.

Bénédict, qui se sentait dans la tête et dans le cœur des ressources plus que suffisantes pour la réconcilier avec la vie, n'avait garde de rien brusquer. Il se renfermait dans un silence plein d'égards, et attendait patiemment qu'une occasion favorable se présentât d'entreprendre la guérison de cette âme malade et désespérée.

A la suite d'une traite assez longue, Anaïs, levant la tête avec vivacité, et remarquant le chemin qu'ils suivaient, s'écria du ton de l'effroi :

« Encore une fois, monsieur ! où me conduisez-vous ?

— Chez moi, mademoiselle, » balbutia Bénédict avec hésitation.

Anaïs quitta brusquement le bras de son guide.

« C'est impossible, dit-elle, je n'irai pas ! »

A son accent, on devinait que l'exaltation commençait à fermenter de nouveau en elle ; Bénédict craignit de l'irriter en insistant.

« Je ferai ce que vous voudrez, mademoiselle, dit-il avec douceur. Mais, pour l'amour de Dieu, reprenez mon bras, continuons notre chemin et causons.

— Taisons-nous ! repartit vivement Anaïs. Tout ce qu'on peut me dire, je me le suis dit. Vous essayeriez en vain de me faire changer de sentiment, cela ne peut plus être.

— Ainsi, vous l'avouez ! fit tristement Bénédict ; ce que vous n'avez pu faire à cette heure, vous êtes prête à le recommencer dès que je ne serai plus là ?... »

La jeune fille garda le silence ; Bénédict poursuivit :

« Que vous ayez des raisons, mademoiselle, et que ces raisons vous paraissent excellentes, c'est ce que je ne mets pas en doute. Reste à savoir si le chagrin et certains préjugés ne donnent pas à ces raisons une valeur et une portée qu'elles n'ont réellement pas.

— Oh ! je vous en prie, monsieur, s'écria Anaïs, n'ajoutez pas à mon désespoir en vous faisant juge de ce que moi seule je puis sentir et comprendre !

— Je me bornerai donc à soutenir avec une imperturbable conviction, dit le jeune homme énergiquement, qu'en aucun cas on n'a le droit d'attenter à sa vie, et que c'est un crime quand on est aimé comme vous l'êtes.

— Aimée comme je le suis ! fit la jeune fille stupéfaite.... A part ma mère.... et ma mère agonise.... elle n'est déjà plus. De quoi me parlez-vous, monsieur ? Tenue aux quatre membres par des liens de fer, je suis sans relâche flagellée jusqu'au sang, mes blessures ne se comptent plus, un âcre poison ruisselle dans mes plaies, et les jours ne peuvent que multiplier mes tortures et en accroître la violence. Ma destinée est implacable ; aucune puissance hu-

maine ne peut ni la conjurer, ni l'adoucir. Je n'attente pas
à ma vie, je meurs de mes maux.

— Et moi, mademoiselle, dit Bénédict avec une énergie
croissante, je vous répète que la douleur trouble votre entendement. Vous n'apercevez qu'une issue, la mort, pour
échapper au martyre, et il en est mille.

— Vous raisonnez comme ceux qui me tuent; laissez-
moi ! »

Le jeune homme lui indiqua l'ombre qu'elle projetait
sur le trottoir.

« Voyez, lui dit-il d'un ton résolu, je ne sortirai pas
de cette ombre. »

Anaïs recula vivement. Une effervescence extraordinaire
se manifesta dans sa voix et dans ses gestes.

« De quel droit? s'écria-t-elle ; est-ce un défi?...Vous ne
me connaissez pas. Vous me sauverez de l'eau, je me jet-
terai par la fenêtre ; vous m'enfermerez, je m'étranglerai
de mes mains ; vous m'attacherez, je me laisserai mourir
de faim; vous me nourrirez de force, je me tuerai par la
pensée!... »

Cet accès de frénésie glaça Bénédict de terreur ; un instant il ne sut que dire.

« Revenez à vous, mademoiselle, balbutia-t-il enfin
d'un accent suppliant et tendre. Ne sentez-vous pas que
vous avez affaire à un ami, dont l'indiscrétion n'est que du
dévouement?

— Vous ne pouvez rien pour moi.

— Mais votre mère respire encore.

— Oui, comme râle un mourant. Ah! mes pressentiments ne me trompent pas, c'en est fait d'elle, son heure
est venue, et je ne sache pas qu'on puisse me contraindre
à lui survivre.

— Non, mademoiselle, non, vous ne pouvez pas savoir;
nos pressentiments ne sont que des impressions maladives

qui nous perdent, à cause précisément de l'importance que nous y attachons. Croyez-le bien, il n'est donné à personne de prévoir l'heure à laquelle mourra votre mère. Qui sait? elle a peut-être encore de longs jours à vivre. Songez, dans ce cas, à l'impression que lui causerait la nouvelle du malheur que vous méditez.... »

La résolution où était Anaïs n'avait pu naître et se développer que dans un esprit en proie aux plus graves désordres. Il fallait sans doute autre chose que des paroles dorées pour triompher d'un désespoir mortel et d'une défiance que de poignants souvenirs rendaient presque incurable.

« Les morts ne ressuscitent pas, monsieur, fit-elle en secouant la tête; d'ailleurs, que prétendez-vous? Tous les saints du ciel eussent succombé avant moi. La violence des faits m'écrase. J'ai quitté la maison de ma tante, je n'y rentrerai jamais, à moins qu'on ne m'attache, à moins qu'on ne m'y traîne!

— Et qui vous parle, mademoiselle, de vous ramener chez votre tante? fit observer Bénédict.

— Chez vous, alors? s'écria la jeune fille; mais demain, où irai-je?

— Demain, fit le jeune homme, vous continuerez de séjourner chez moi, près de votre mère.

— Vous n'y pensez pas, monsieur, repartit vivement Anaïs: de toutes les choses impossibles, celle-là est la plus impossible de toutes. »

Bénédict reprit courage. Il était parvenu à amener la jeune fille sur un terrain où il ne s'agissait plus que de la maintenir. D'un ton affectueux et pressant, il la conjura d'exposer franchement en quoi ce qu'il proposait blessait si fort le sens commun.

« Votre désintéressement, monsieur, exclut toute prudence, répliqua-t-elle. Par pitié pour moi, je le devine,

vous n'hésiteriez pas à vous précipiter dans un gouffre.
Mais il sera toujours au-dessus de mes forces d'accepter
de tels sacrifices.

— Je ne vous comprends pas.

— Ma mère, monsieur, ne me faisait mystère de rien.
Elle m'a confié les innombrables obligations qu'elle vous a.
Votre admirable désintéressement n'a cessé de dépasser la
mesure de vos ressources. N'écoutant que votre bon cœur,
vous vous êtes imposé une charge ruineuse; votre aisance
a fait place à la gêne; vous en êtes réduit non-seulement
à vivre de privations, mais encore à vous endetter. Les frais
considérables d'une maladie vont encore ajouter à l'embarras de vos affaires. Je sais tout cela, monsieur, sans
parler de ce que j'ignore, et vous vous étonnez du refus
inflexible que j'oppose à vos offres ! »

Ces détails n'étaient malheureusement que trop vrais.
Bénédict se souvint à propos de ce proverbe d'une valeur
relative, comme la plupart des proverbes : *Le mensonge
qui sauve vaut mieux que la vérité qui nuit*, et s'empressa
de répondre :

« Mais il n'y a pas un mot de vrai dans ce que votre
mère vous a dit, mademoiselle. Loin qu'elle m'ait ruiné,
elle n'a pas discontinué de me rendre les plus grands services. Je ne croirai jamais pouvoir m'acquitter envers elle.
Il est faux que je sois dans la gêne, que j'aie des dettes, que
je vive de privations. C'est pour me servir auprès de vous,
pour me gagner votre affection, que Madeleine a dénaturé les faits. En me peignant faible, désintéressé, généreux jusqu'à l'imprévoyance et la sottise, elle s'est flattée
de vous prévenir en ma faveur, quand elle me rendait simplement ridicule à vos yeux. Il semble que sa tendresse
doive vous être fatale et à moi aussi. Désabusez-vous ; je ne
suis pas encore écervelé au point de promettre plus que je
ne puis tenir. Jamais ma situation n'a été plus prospère ;

j'ai la certitude d'être avant peu chef d'atelier : je serai riche alors relativement. Vous voyez donc, mademoiselle, que votre objection n'est pas sérieuse.... »

Anaïs n'écoutait qu'avec impatience ; cette lutte, évidemment, l'importunait.

« Tout cela est possible, monsieur, dit-elle. Je n'en persiste pas moins énergiquement dans mon refus.

— Prouvez-moi, du moins, ajouta le jeune homme, par quelque raison juste et forte, que vous n'agissez pas uniquement sous l'inspiration du chagrin et de la maladie.

— Sachez, monsieur, répondit fermement la jeune fille, que ma répugnance à recevoir désormais l'hospitalité est invincible. Ce sont même de véritables déchirements qui se font en moi à la seule expression de celle que vous m'offrez. Je vous l'ai déjà dit, vous ne pouvez rien pour moi, absolument rien ; j'ai le malheur de ne pouvoir répondre à vos sentiments, et j'aurais horreur de moi-même si j'étais capable de me prêter un seul instant à caresser des espérances qui ne se réaliseront jamais.

— Sans reproche, mademoiselle, vous m'appréciez mal ; je suis peu ouvert, peu communicatif : vous n'êtes pas forcée de me deviner. Il y a lieu de supposer que je suis quelque honnête trafiquant qui donne pour recevoir, qui ne songe qu'à un échange avantageux, voire usuraire ; qui médite de vous contraindre à subir un contrat auquel vous répugnez ; qui viendra un de ces jours réclamer impérieusement, brutalement, le prix de ses bienfaits ; ou encore quelque Narcisse langoureux qui vous mangera du regard, vous poursuivra de ses soupirs et aura toujours l'air de vous menacer de sa mort ou de mourir de la poitrine. Vous vous formez de moi l'une ou l'autre opinion et vous dites : « Plutôt mourir ! » Je le conçois ; à votre place j'en dirais tout autant ; seulement, vous vous méprenez ; si je ne suis pas absolument insensible, je suis du moins d'un tempé-

rament fort câlme, qui exclut les élans frénétiques de la
passion. Laissez-moi vous le dire une première et dernière
fois : il est bien vrai que je vous aime, que mon amour
est profond, durable, exclusif; mais il ne ressemble en
rien à celui que j'ai vu dans beaucoup de livres, il emporte
avec lui le dévouement le plus absolu. Vous ne m'aimez
pas, mademoiselle, tout est dit. Je ne vous en parlerai jamais, ni des lèvres, ni même des yeux, j'en prends l'engagement formel ; et que je sois le dernier des misérables,
si je manque jamais à cet engagement. Et gardez-vous de
craindre que je tombe dans la mélancolie, que je dépérisse
de chagrin ou que je me tue de désespoir. J'estime qu'un
homme doué de quelque virilité doit rougir de ces indignes
faiblesses. De ce côté encore, vous le voyez, mademoiselle,
votre objection n'est pas plus sérieuse.... »

La jeune fille devenait pensive. Bénédict, quoi qu'elle
en eût, ne laissait pas que de faire impression sur elle.
Des lueurs d'espoir traversaient par-ci par-là le chaos de
ses idées. Tout à l'heure, elle se sentait déjà saisie du froid
de la mort; actuellement une douce chaleur revenait graduellement dans ses veines. On eût dit d'un malheureux
que sa grâce vient surprendre sur l'échafaud. Cependant
son opiniâtreté et sa défiance étaient loin encore d'être
vaincues.

« Ce que vous avez fait pour ma mère, répliqua-t-elle
avec mélancolie, me pénètre toujours de la même surprise, de la même émotion, de la même reconnaissance.
Dans l'état de nos mœurs, je sens tout ce que votre conduite a de rare et de généreux. Mais parce que dans l'élan
de votre générosité vous avez eu pitié de la mère, s'en-
suit-il que vous soyez tenu à vous charger aussi de la fille?
En supposant que le sacrifice ne soit pas au-dessus de vos
forces, me supposez-vous assez peu digne, assez peu fière,
assez méprisable, pour consentir à vivre de votre travail,

et à troubler sans remords toute l'économie de votre existence ?

— Pour avoir une idée de ce que vous avez souffert, répondit Bénédict, il suffirait de vous entendre raisonner. Tout ce que vous dites porte l'empreinte de la défiance, de l'exagération, de l'erreur. Vous êtes plus calme ; pesez bien mes raisons. C'est une affaire entendue, vous ne retournez plus chez votre tante ; je me charge de m'entendre avec elle. Par amour pour votre mère, vous ferez violence à votre orgueil et vous consentirez à venir chez moi vous installer auprès de son lit. Nous congédierons la garde dès aujourd'hui et vous la remplacerez. Vos soins, votre affection, votre dévouement, produiront peut-être le résultat que vous n'attendez plus. En dépit des apparences et du docteur lui-même, je vous jure que quant à moi je n'ai jamais perdu l'espérance. Ce n'est pas tout : vous répugnez à recevoir de moi tout ce qui pourrait ressembler à un bienfait ou à un sacrifice. Je comprends votre répugnance. Nous séparerons très-nettement nos intérêts. Il n'y aura entre nous rien de commun ; vous inscrirez sur un registre les sommes que je vous remettrai pour vos besoins. Vous saurez de la sorte le chiffre exact de la dette que vous contracterez envers moi. Il n'y a rien qui puisse blesser l'âme la plus délicate dans les avances que vous fait un ami, un frère. Vous pourrez ainsi vous acquitter rigoureusement plus tard. Je vous laisserai à cet égard toute la latitude possible, et je m'engage même à recevoir de vous, nonseulement l'argent que je vous aurai prêté et celui que vous me supposerez dû par Madeleine, mais encore l'intérêt de cet argent. Grâce à ces petites conventions, vous serez tout à fait à votre aise. Mieux que cela, je vous ferai des reçus motivés, afin qu'en cas de bruits calomnieux, vous soyez en mesure de répondre : « Ce n'étaient que des avances ; je me suis acquittée ; voilà mes reçus. »

— Hélas! monsieur, dit Anaïs que l'attendrissement gagnait, vos bonnes paroles ne sont-elles pas clairement illusoires? Qu'importe que, pour ménager ma suscepti- bilité, vous me laissiez la faculté de m'acquitter envers vous, si j'ai la certitude d'être toujours hors d'état de pou- voir le faire?

— Eh bien, encore ici, mademoiselle, vous vous trom- pez. Je me fais fort de vous mettre à même de payer inté- gralement toutes vos dettes. Votre tante n'a pas cessé de conspirer à faire la solitude autour de vous. Grâce à son système de calomnies, toutes les carrières, même les plus humbles, vous ont été fermées. Mais l'influence de votre tante Euphrasie ne s'étend pas au delà du cercle de son entourage. Du moment où vous ne vivrez plus chez elle, vous n'aurez plus à craindre d'être en butte à des men- songes et à des préventions iniques. Vous commencerez de vivre réellement à nouveau. Mon patron est un commer- çant considérable que ses affaires mettent en relation avec une multitude de personnes. Son affection pour moi n'a d'égale que son estime. Je prétends, par la manière dont je lui parlerai, qu'il fasse de votre affaire son affaire per- sonnelle. Je suis convaincu qu'il s'occupera activement de vous et qu'il ne tardera pas à vous trouver une place avan- tageuse. Le reste dépendra entièrement de vous. Que votre confiance soit imperturbable. Vous serez libre alors de faire des économies, de me rembourser peu à peu mes avances, capital et intérêts; de vous libérer enfin complé- tement, et même d'épargner à Madeleine les ennuis de vivre dans la dépendance d'un étranger.... »

Anaïs, jusqu'alors insensible, pleurait maintenant à chaudes larmes.

« Tout cela serait possible, monsieur? dit-elle d'une voix entrecoupée par les sanglots. N'est-ce pas trop beau? Ce que vous en dites, n'est-ce pas tout uniment pour me

donner du courage ? Ah ! monsieur, ce serait vraiment res-
susciter d'entre les morts!

— Tout cela, mademoiselle, c'est de l'arithmétique. Je
n'exagère ni n'atténue rien. Sachez qu'il m'a suffi de vous
voir une seule fois aux prises avec votre tante, pour vous
comprendre pleinement, pour deviner toutes vos douleurs.
Je n'ai pas cessé, à dater de ce jour, de craindre les mauvais effets d'un désespoir trop fondé. Mes craintes sont
devenues un horrible pressentiment qui m'a obsédé sans
relâche. C'est à ce pressentiment, à cette pénétration
instinctive, que vous devez attribuer le miracle de ma présence ici. Déjà hier soir, au moment où je me suis trouvé
seul avec vous sur le palier, j'ai été sur le point de vous
arrêter, et de vous dire tout ce que je viens de vous dire à
présent. Une sotte timidité, peut-être aussi une vague
crainte de paraître ridicule, m'ont retenu. Mais après tout
cela, comme vous voyez, il m'était bien permis, sans vous
offenser, de soutenir que, par suite de vos profondes et
incessantes douleurs, votre caractère, vos organes, votre
jugement, votre esprit, tout en vous était profondément
altéré. Vos yeux, vos oreilles, votre intelligence, votre âme
vous trompaient. L'objet le plus inoffensif vous apparaissait comme un monstre redoutable ; votre ombre vous faisait peur, votre cœur serré n'envoyait à votre cerveau que
des images lugubres ; et là où il n'y avait qu'un fossé, vous
aperceviez un gouffre. Il était temps. Une seconde de plus,
et vous augmentiez le nombre des victimes de leurs rêves
et des fantômes de leur imagination. Voyez maintenant.
Je suppose, et c'est pour moi une solide espérance, que
Madeleine, sous l'influence de vos soins et de votre tendresse, aille de mieux en mieux et se rétablisse ; que vous
soyez placée avantageusement, que vous viviez sinon heureuse, du moins tranquille, que vous ayez en outre la joie
et la consolation de pouvoir aider votre mère, quel juge-

ment porterez-vous sur votre tentative d'aujourd'hui? De
quelle horreur ne serez-vous pas pénétrée au souvenir de
votre exécrable projet? Dans quelle confusion vous plongera l'idée qu'on puisse à ce point s'égarer! Que penserez-
vous de la faiblesse de notre esprit? Se peut-il que vous
ne frémissiez déjà à la seule idée des erreurs où cette faiblesse peut nous induire? Dans quelle défiance ne devrez-
vous pas être à l'avenir de vos sens, de vos impressions,
de votre raison, de votre jugement?

— De grâce, monsieur, interrompit Anaïs, qui pleurait
toujours, épargnez-moi! Ma confusion est grande, en effet.
Je serai sur mes gardes, je vous le jure. Pourvu que ma
mère vive!

— Elle vivra, mademoiselle, espérez-le! Mais ne per-
dons plus de temps. Essuyez vos yeux et partons. Il fait
froid.

— Rentrer à cette heure! Que va dire ma mère?

— Un rien vous embarrasse. J'ai la clef de sa chambre.
Je vais vous y conduire sans qu'elle s'en aperçoive. Vous
tâcherez de prendre quelque repos. Vers neuf heures, vous
descendrez sans bruit, et vous ferez semblant de venir de
chez votre tante. Vous avouerez que vous vous êtes enfuie
à la suite d'une querelle, que vous n'y pouviez plus tenir,
et que vous êtes décidée à n'y jamais remettre les pieds.

— Après ce que je disais précisément hier soir!

— Votre tante Euphrasie, Madeleine le sait, a l'humeur
fort variable. Les bonnes résolutions que vous lui avez at-
tribuées peuvent déjà s'être envolées. Votre mère sera
beaucoup moins surprise que vous ne l'imaginez. Ne m'a-
t-elle pas déjà avoué qu'elle craignait bien que vous ne
fussiez dupe d'une illusion? D'ailleurs, je serai là, je vous
soutiendrai. Madeleine, au fond, ne demande pas mieux
que de vous avoir auprès d'elle. Au pis aller, je ne manquerais pas d'arguments pour vaincre son obstination.... »

XVI

Le trésor.

Bénédict, dominé exclusivement par la pensée de sauver la fille de Madeleine, se fût parjuré vingt fois pour y parvenir. Déjà dans la gêne, au moment où la vieille femme était tombée malade, il s'était vu depuis dans l'obligation de grossir chaque jour davantage le chiffre de ses dettes. Finalement, après avoir successivement mis en gage tout ce qui chez lui valait quelque chose, il en avait été réduit à demander des avances à son patron. A cette heure, il achevait d'épuiser la ressource des expédients. C'était donc au plus haut degré des embarras d'argent, quand la détresse le pressait de toutes parts, quand l'inquiétude le rongeait, quand il se sentait impuissant à répondre du lendemain, quand le découragement s'emparait de lui, qu'il faisait parade d'aisance, qu'il vantait sa prospérité, qu'il se chargeait de la tutelle d'Anaïs, qu'il lui offrait l'hospitalité, qu'il la berçait d'éblouissantes promesses. Mais, encore une fois, que n'eût-il pas fait, que n'eût-il pas dit et promis pour arracher la jeune fille à la mort?

Tout heureux du résultat, il ne songeait déjà plus qu'à faire face à des difficultés qui menaçaient de le rendre illusoire. Il lui vint à l'esprit de s'ouvrir à Madeleine. Celle-ci affirmait avoir passé une nuit excellente et se sentir beaucoup mieux. La pensée qu'elle ne s'était laissée mourir de faim que pour réaliser des économies avait, d'intervalle en intervalle, préoccupé Bénédict. Il était naturel que cette pensée se ressaisît de lui à une heure où, se noyant, il ne

savait à quelle branche s'accrocher. Toutefois, il n'était pas
tellement sûr de son fait, qu'il ne craignît encore, par la
peinture de son dénûment, d'affliger la vieille femme en
pure perte. Tandis qu'il hésitait, Anaïs se présenta tout à
coup, et joua en rougissant la petite comédie convenue. Le
désappointement de sa mère fut extrême.

« Tu ne veux plus retourner chez ta tante?... dit-elle ;
où iras-tu? »

Le jeune homme intervint. Sa fermeté leva tous les
obstacles. Il fut convenu qu'Anaïs remplacerait provisoirement la garde ; que la mère et la fille vivraient en commun ; qu'elles coucheraient l'une près de l'autre, et que
Bénédict, par convenance, occuperait, jusqu'à nouvel ordre, le cabinet de Madeleine. Cependant, Bénédict verrait son patron, l'entretiendrait d'Anaïs, et le presserait de
s'employer à lui trouver une place convenable. Ce ne fut
pas, bien entendu, sans renouveler ses doléances habi-
tuelles sur la prodigalité et l'imprévoyance que la vieille
femme consentit à ces petits arrangements.

Le jour même, Bénédict, accompagné d'un commissionnaire, se rendit chez Euphrasie Lorin. Il ne réussit qu'a-
vec peine, à force de sang-froid et de modération, à éviter
la scène violente qu'il redoutait. Euphrasie, en apprenant
la disparition de sa nièce, avait supposé sur-le-champ un
enlèvement concerté. Elle le déclara brutalement au jeune
homme. Celui-ci parvint à refouler au fond de lui-même
l'indignation que lui causait cette supposition injurieuse.
Il répliqua que la jeune fille, comprenant enfin tout ce que
son séjour prolongé chez des parents qu'elle gênait avait
d'incompatible avec la bienséance, s'était réfugiée auprès
de sa mère pour ne plus s'en séparer.

« Cela est fort bien, monsieur, dit Euphrasie avec surprise. Mais où prendront-elles de l'argent ?

— Rassurez-vous, madame, j'y aviserai.

— Je ne suis plus de la première jeunesse, monsieur, dit Mme Lorin en secouant la tête d'un air de fausse compassion. L'âge et l'expérience m'autorisent à vous parler sans détours. Ne vous offensez pas si je me permets de vous donner des conseils. D'ailleurs, mon devoir d'honnête femme est de vous prévenir. Prenez garde! défiez-vous! Vous ne les connaissez pas. Vous serez victime de leur voracité et de leur ingratitude. Tout votre avoir ne suffira pas à rassasier ces avides sangsues.... »

Bénédict dédaigna de répondre à ces banales indignités. réclama poliment les effets de la jeune fille.

« En vérité, monsieur, fit Euphrasie d'un air hésitant, e ne sais si je dois. Madeleine est sujette à caution. Elle n'a qu'à vendre les effets de sa fille, il faudra donc que je lui en rachète d'autres? Je ne puis rien faire sans le conseil de famille. Vous pouvez d'ailleurs vous lasser et vous repentir. Il est peut-être sage, dans votre intérêt, de vous laisser le temps de la réflexion.

— Mlle Anaïs, madame, repartit froidement le jeune homme, est majeure et, partant, maîtresse d'elle-même. Je vous ferai observer que le conseil de famille n'a plus aucun droit de contrôle ni sur elle ni sur ses résolutions. Elle m'a chargé de vous redemander les objets qui lui appartiennent. Vous pouvez les garder ou les lui rendre. Vous êtes d'autant plus libre, madame, qu'elle m'a assuré ne vouloir rien tenir que de votre bienveillance et de votre justice. »

Mme Lorin donna l'ordre de descendre les malles de sa nièce. Cependant elle entreprit encore une fois de se vanter, de faire l'éloge de sa patience, de son désintéressement, de sa générosité, de noircir la mère et la fille, et finalement de circonvenir Bénédict par d'adroites flatteries.

Bénédict resta silencieux et impassible. Il attendit pa-

tiemment que le commissionnaire fût chargé et coupa
court à l'intarissable et venimeuse loquacité de Mme Eu-
•phrasie en saluant et en se retirant.

Une légère amélioration s'était effectivement déclarée
dans l'état de Madeleine. La présence de sa fille sembla
encore favoriser cette heureuse réaction. C'en fut assez
pour ranimer le zèle du jeune docteur. Il vint de nouveau
presque chaque jour. L'espérance, qui le ressaisit, se for-
tifia graduellement, et même si rapidement qu'il crut
bientôt pouvoir répondre du rétablissement de la malade,
à la condition toutefois qu'une imprudence, en occasion-
nant quelque rechute, ne vînt pas contrarier les progrès de
cette véritable résurrection.

La vie actuelle d'Anaïs, si peu semblable à celle qu'elle
avait menée jusqu'alors, produisait sensiblement sur son
âme, sur son caractère, sur ses facultés, sur son organisation, des effets salutaires et surprenants. Ces assurances
sur la santé de sa mère achevèrent de la métamorphoser;
elle changea au point de ne plus être reconnaissable; ses
traits reprirent l'expression du calme; sont front, ses yeux
respirèrent la sérénité; la fraîcheur reparut sur ses joues.
Et ces charmes tout nouveaux de son extérieur ne furent
que secondaires, comparés à son égalité d'humeur, à son
caractère enjoué, à l'inépuisable tendresse qui était en elle.
Finalement, il eût été difficile d'imaginer une femme plus
jolie, plus aimable, plus séduisante.

Madeleine ne pouvait se lasser de la regarder. La mère
et la fille vivaient au milieu d'une sécurité profonde; ani-
mées des mêmes espérances, pénétrées des mêmes joies,
elles passaient leurs journées à élaborer de beaux projets
pour l'avenir. Éclairée mieux encore par ses propres sen-
iments que par ce que lui disait sa mère, Anaïs commençait à comprendre, à apprécier Bénédict, et, à mesure
qu'elle entrait plus avant dans cette connaissance, elle sen-

tait son estime pour lui grandir et se tourner presque en admiration.

Chose à noter, heureux du bonheur de la fille, Bénédict, était choqué de celui de la mère. Avec Anaïs, il était de plus en plus affable et prévenant ; avec Madeleine, il prenait un ton toujours plus maussade, toujours plus bourru, et il semblait à chaque instant, à son air refrogné, qu'il allât perdre patience et se fâcher. Devant la jeune fille, il s'efforçait de dissimuler ses tourments sous une apparence de gaieté ; devant la vieille femme, il négligeait de se contraindre, et laissait voir sur son visage toute sa tristesse et toutes ses inquiétudes. Ce qui l'exaspérait c'était que cette mauvaise humeur ne faisait nulle impression sur Madeleine. Elle semblait ne rien voir, ne rien comprendre ; loin de s'émouvoir des signes de chagrin qu'il donnait, elle se plaisait à l'en railler et à afficher la plus parfaite insouciance et le plus profond contentement.

Anselme était là. Bénédict se sentait impuissant à maîtriser son désespoir. Il quitta brusquement la mère et la fille, et s'enferma avec son ami dans la seconde chambre, sous le prétexte de causer en fumant. Les deux amis restèrent quelques instants silencieux. Anselme questionna enfin Bénédict, et lui demanda d'où venait qu'il avait cet air sombre. Bénédict n'attendait que cette invitation pour s'ouvrir à son ami et lui confier ses alarmes.

« Tel que vous me voyez, mon cher, répondit-il à mi-voix, j'épuise vainement mes forces à sortir de l'abîme sans fond et sans issue où je suis. Ma ruine est complète, et mon avenir compromis peut-être à jamais. Le fardeau dont je me suis chargé m'écrase décidément. Je ne sais plus que faire. Je suis criblé de dettes, et mes créanciers, à bout de patience, menacent de me poursuivre l'épée dans les reins. Non content de cela, j'ai escompté mon travail futur, je n'ai pas discontinué de demander des avances à

mon patron; à l'heure qu'il est, je lui dois plus de trois
cents francs, et je sens qu'il ne m'est plus permis de compter sur cette ressource. Enfin je n'ai plus rien à mettre en
gage. Ma situation est horrible. Elle ne peut pas durer huit
jours de plus ainsi.

— Ne vous ai-je pas prévenu? repartit Anselme.

— Pouvais-je faire autrement? d'ailleurs, je n'ai point de
repentir. Ce que j'ai fait, je le ferais encore. Je suis même
bien résolu à ne pas reculer, à redoubler d'énergie pour
suffire à ma tâche. C'est pour moi une douce consolation
d'avoir sauvé Anaïs, de lui avoir rendu le repos, de la voir
heureuse. Sans Madeleine, je ne soufflerais mot. Mais cette
vieille femme a le privilége de soulever en moi une irritation perpétuelle, de m'exaspérer. On ne peut mettre en
doute sa sagacité, sa pénétration. Elle sait ce que je dois,
ce que je gagne, ce que je dépense. Aucun des embarras
de ma position ne peut lui être inconnu. Cependant étu-
diez-la; contrairement à son habitude, elle marque une
sécurité croissante, elle boit, mange, dort, cause, rit, et
nargue ma tristesse loin de s'en affliger.

— Que voulez-vous que fasse la pauvre femme? fit observer Anselme. Elle s'est assez longtemps gendarmée
contre votre héroïsme de désintéressement!

— La pauvre femme, en vérité! répliqua Bénédict avec
aigreur. Votre bienveillance me surprend. Croyez-vous que
je m'amuserais à récriminer si je n'avais sujet de le faire?
Rappelez-vous les doutes que vous m'avez entendu exprimer
sur sa probité. Je n'osais rien affirmer, et pourtant j'avais
une certitude. Les circonstances me contraignent à parler.
Madeleine n'est pas ce que vous semblez croire; elle n'a
pas cessé de m'exploiter, de me gruger, de prélever une
dîme sur toutes les dépenses. En attendant elle ne se nourrissait pas; elle se privait de tout. Que faisait-elle de ses
rapines? Aujourd'hui ma conviction est imperturbable,

cette vieille femme est d'une avarice qui dépasse toutes les bornes. La crainte de l'avenir est sa maladie. Sous l'empire de cette crainte, elle n'a songé, en me pillant, qu'à grossir un trésor inutile. Soyez certain que ce trésor repose au fond de quelque tiroir, et c'est ce qui cause ma fureur. Comment! elle sait que j'ai des dettes, que je m'épuise dans le travail, que je dépense pour elle et sa fille plus en une semaine que je ne gagne dans un mois ; elle doit infailliblement connaître ma détresse, mes inquiétudes, mes tortures, et elle vit sans inquiétude de rien, comme un rat dans son fromage, quand elle ne m'assomme pas par-dessus le marché de sa joie insultante ! Mieux que cela, mon cher : tout récemment j'ai dû faire disparaître ma pendule de la chambre où elle couche. J'ai supposé que cette pendule avait besoin d'une réparation. Madeleine l'a cru ou a feint de le croire ; elle m'a regardé d'un air goguenard en disant : « Tâchez du moins que l'horloger ne vous la rende pas en plus mauvais état qu'elle n'est. » N'est-ce pas trop fort ? Tenez, je vous le dis, je ne suis plus maître de moi, et, si je la savais seule, je courrais sur l'heure lui exprimer toute mon indignation !

— Ne vous en déplaise, mon cher ami, reprit Anselme, je suis loin de partager vos sentiments. Vous ne vous fondez toujours que sur des probabilités. Je vous ai d'ailleurs entendu tant de fois dans une même journée vous exprimer contradictoirement sur Madeleine, que je ne serais nullement surpris si vous pensiez ce soir tout autrement qu'à cette heure. Vous n'êtes pourtant pas d'un caractère irrésolu. Mais la misère aigrit, trouble l'entendement, rend soupçonneux et injuste. Prenez garde de vous abandonner à une colère dont vous pourriez vous repentir, et de prendre des visions pour des réalités.

— Eh bien, dit tout à coup Bénédict, je suis résolu à sortir d'incertitude.

— Comment?

— Je couche dans le cabinet de Madeleine. Là sont tous ses effets ; là doit être son trésor, si elle en a un. A voir ses meubles, je juge qu'ils ferment mal. Seul, j'ai toujours reculé devant des perquisitions ; avec un complice je serai plus hardi. Venez !

— De la prudence, fit encore Anselme.

— Venez, venez, répéta Bénédict en se levant. Que je cesse de douter, que je sache une fois pour toutes à quoi m'en tenir sur cette vieille femme ! »

Les deux amis rentrèrent dans la chambre à coucher. Madeleine précisément exprima le désir de goûter d'un mets encore rare. Bénédict crut avoir mal entendu ; il la pria de répéter sa demande, ce qu'elle fit volontiers, non-seulement d'une voix claire, mais encore d'un air souriant et malicieux. Le jeune homme semblait atterré. Après un moment d'indécision, il se dirigea vers la porte.

« Je vais vous apporter cela, dit-il. Venez, Anselme.... »

Les deux jeunes gens sortirent. Au lieu de descendre, ils escaladèrent sans bruit l'escalier qui conduisait à la chambre de Madeleine.

« Ne remarquez-vous pas, ma mère, dit Anaïs sans lever les yeux, combien M. Bénédict devient triste depuis quelque temps ?

— Ho ! ho ! je sais pourquoi.

— Ne serait-ce pas l'effet du repentir ? Vous et moi, chère mère, devons être pour lui une lourde charge.

— Sois sûr que ce n'est pas là ce qui le préoccupe.... »

En ce moment, les yeux d'Anaïs rencontrèrent ceux de sa mère. Sous le regard pénétrant de Madeleine, la jeune fille devint toute rouge. Bénédict avait rigoureusement tenu sa promesse. Pas une seule fois, depuis qu'ils vivaient l'un près de l'autre, il ne lui avait parlé d'amour ni des lèvres, ni des yeux. Il était poli, prévenant, merveilleusement adroit à ménager son ombrageuse susceptibilité ; mais c'était tout. Rien, dans ce qu'il disait, ne laissait deviner de la tendresse, et la parfaite aisance de ses manières excluait même toute idée de trouble intérieur. La jeune fille, à son insu, s'inquiétait de cette réserve. Elle tombait par instant dans la mélancolie. A peine entendait-elle parler de Bénédict qu'elle devenait attentive, que ses yeux brillaient, que la joie s'épanouissait sur sa figure. Insensiblement, en présence du jeune homme, elle cessait d'être maîtresse d'elle-même, elle était gauche, mal à l'aise, elle tremblait, elle balbutiait. Évidemment, il se passait en elle des choses singulières qui n'échappaient point à l'œil de la pénétrante vieille.

« Le pauvre garçon, reprit celle-ci, ne le sens-tu pas ? souffre de ton indifférence.

— Et moi, je n'en crois rien, repartit Anaïs d'une voix mal assurée. Il en a heureusement pris son parti : lui et moi nous ne nous convenons nullement.

— En vérité ! fit Madeleine ironiquement.

— Ah ! ajouta la jeune fille avec un gros soupir, je suis bien près de croire que je ne suis pas digne de lui.... »

La mère embrassa sa fille avec effusion.

Cependant Anselme et Bénédict s'enfermaient dans la chambre de Madeleine. Cette chambre était meublée d'un méchant lit en bois peint, d'une vieille commode en noyer, d'une table chancelante, de deux chaises en paille, d'une armoire vermoulue, de quelques ustensiles de cuisine et d'un grand coffre à couvercle bombé sur le fond bleu duquel s'épanouissaient des oiseaux et des arabesques jaunes. Les tiroirs de la commode, l'armoire, le coffre fermaient à clef.

« Commençons par la commode, » dit Bénédict.

Il s'était muni d'un trousseau de clefs qu'il essaya les unes après les autres. Impatienté de son peu de succès, il

fit sauter successivement, à l'aide d'un couteau, le pène
des deux serrures. Le premier tiroir ne contenait que du
linge ; dans le second, il découvrit, enveloppé d'un papier
de soie, le coffret qu'il avait offert à Anaïs ; mais ni dans
l'un ni dans l'autre, il ne trouva trace d'argent. Il passa à
l'armoire qu'il ouvrit par le même procédé. A la vue de
vieilles hardes et de loques pliées et rangées soigneusement
sur les tablettes, il se sentit gagné par la honte. Restait le
coffre en bois peint. Il balança à le forcer. Déjà plus
calme, il redoutait actuellement d'avoir commis, en pure
perte, un monstrueux abus de pouvoir. Ébranlé encore
par les remontrances de son ami, qui l'engageait à ne pas
pousser ses recherches plus loin, il se disposait enfin à
s'en aller. Il s'arrêta sur le seuil et revint vivement sur
ses pas.

« J'en ai trop fait pour ne pas aller jusqu'au bout, dit-il.
Je veux en avoir le cœur net. »

Il força le coffre comme il avait forcé la commode et
l'armoire. Avec des gestes fébriles, il le vida entièrement.

« Ah ! » fit-il en se redressant d'un bond.

Il avait à la main un sac pesant qui rendait un son mé-
tallique. La surprise d'Anselme ne fut pas moins profonde
que celle de son ami. Bénédict, les mains tremblantes, la
sueur au front, les yeux troubles, délia le sac et en versa le
contenu sur la table. La stupeur des deux amis redoubla.
Ils avaient sous les yeux un fouillis de centimes, de sous,
de monnaies blanches, de pièces de cinq francs, de pièces
d'or et de billets de banque, qui constituaient un véritable
trésor.

« Vous le voyez ! que vous disais-je ? » s'écria Bénédict
qui, dans son triomphe, ne respirait qu'avec peine.

Après un moment donné à leur mutuelle émotion, ils
s'assirent et songèrent à l'inventaire du trésor. Ils mirent
les billets à part, séparèrent l'argent du cuivre, l'or de

l'argent, firent des lots et comptèrent. Il y avait quatre billets de banque de cent francs, seize pièces d'or, dont six de quarante et dix de vingt francs, cinquante pièces de cinq francs, cent et quelques francs de monnaie blanche et environ huit ou dix en monnaie de billon. Le total qu'ils firent ensuite montait à la somme énorme de douze cent quarante francs et quelques centimes.

« Eh bien, qu'en dites-vous? demanda tout à coup Bénédict, dont les yeux étincelaient d'un plaisir amer. Êtes-vous suffisamment édifié? Que penser de cette femme? Sa scélératesse est-elle assez notoire? Elle se tuait à force de privations, elle laissait sa fille mourir à la peine, à moi-même elle m'imposait des jeûnes; encore aujourd'hui, après m'avoir indignement volé, elle me livre à tous les supplices du dénûment. N'est-ce pas infâme? Oh! qu'est-ce qui me retient?

— Calmez-vous, mon cher, dit Anselme à qui cette exaltation croissante faisait craindre un éclat.

— C'est aussi trop fort! continua Bénédict. La sueur m'en vient au front! Quelle trouvaille! L'étrange chose, avouez-le! Il me semble que je rêve! Ne suis-je pas endormi? C'est à en perdre la raison! Quoi! est-ce possible? Douze cent quarante francs se rouillent ici, tandis qu'en bas prospère la misère! tandis qu'en bas, demain, le nécessaire manquera! Ne comprenez-vous pas ma colère et mon indignation? Voyons, parlez, à ma place, que feriez-vous?

— A votre place, repartit Anselme, je ne me ferais aucun scrupule, je mettrais la main sur le magot, je rembourserais mon patron, je payerais mes dettes, et j'attendrais paisiblement que la vieille avare se rétablisse.... »

Bénédict réfléchit un instant.

« Non, non, fit-il enfin, je ne suivrai pas votre conseil, il est détestable, il troublerait ma conscience. Il se peut d'ailleurs que, dans cette somme, il y ait de l'argent qui lui appartienne. J'attendrai.... »

Ce disant, Bénédict remettait le sac dans l'état où il l'avait trouvé.

« Mais qu'allez-vous faire? demanda Anselme.

— L'impossible avant de me résoudre à me brûler les doigts à cet argent. J'attendrai que Madeleine soit assez forte pour m'entendre, car je me propose de lui dire brutalement son fait. Je la connais enfin, elle ne peut plus m'en imposer. Oh! tout mon sang bouillonne à l'idée que j'ai été perpétuellement dupe d'une comédie d'affection!... »

XVII

Amour.

Pendant ce temps-là, la haine continuait de travailler le cœur de la tante Euphrasie. Quelque chose lui manquait en l'absence de sa nièce. Ne pouvant plus la martyriser, elle la calomniait. A l'entendre, Anaïs ne s'était échappée d'une maison honorable que pour soustraire sa mauvaise conduite au contrôle de sa tante et s'abandonner librement au libertinage. Il ne fallait pas aller bien loin pour en avoir la preuve. Du consentement et sous les yeux d'une mère infâme, la jeune fille vivait ouvertement avec un ouvrier. A force de répéter cette fable, Mme Lorin finissait par y croire. Elle savait lui prêter tous les caractères de la vraisemblance. Parmi les clients, les parents, les amis du quincaillier, se trouvaient nombre de gens crédules qui s'empressaient de colporter l'histoire et de la répandre au loin.

Madeleine en eut connaissance jusque dans les moindres détails. Le plus jeune des commis de Mme Lorin, celui qu'on appelait le petit Monhomme, avait pour Anaïs une affection qui ne s'était jamais démentie. Il venait la voir chaque dimanche quelques instants en cachette. Madeleine, fort curieuse d'ailleurs, le confessa adroitement un jour où Anaïs était sortie et apprit, de la sorte, toutes les calomnies que débitait sa belle-sœur. La pauvre vieille, quoique de longue date habituée aux manœuvres d'Euphrasie, ne l'eût pourtant jamais crue capable de si audacieux mensonges. Elle en eut un violent chagrin. Son plan fut bientôt fait. Dans la persuasion qu'on ne pourrait jamais trop vite mettre la réputation de sa fille à l'abri de bruits pareils et enlever tout prétexte à la malveillance, elle se résolut sur-le-champ à hâter un dénoûment auquel elle ne prévoyait plus d'obstacles sérieux.

Sa vie ne courait plus aucun danger; elle reprenait sensiblement des forces, et le médecin lui présageait une santé de fer. Anaïs était assise auprès d'elle. Bénédict, pâle de fatigues et d'inquiétudes, se tenait non loin sur une chaise. C'était un jour de fête, dans l'après-midi. Les deux jeunes gens étaient muets et semblaient rêver. Madeleine portait alternativement sur eux des regards remplis de tendresse.

« Ah! çà, mes enfants, dit-elle tout à coup, à quoi songez-vous? »

Anaïs et Bénédict tressaillirent.

« Vous êtes beaux et bons tous les deux, poursuivit la vieille femme, tous les deux vous avez de la sensibilité et de l'esprit, et vous restez-là à vous regarder comme des chiens de faïence. N'avez-vous donc rien à vous dire? »

Madeleine alla directement contre son but, elle accrut la gêne de sa fille et celle de Bénédict, qui baissèrent les yeux et détournèrent la tête. Sans s'inquiéter de cela, elle reprit :

« L'un et l'autre, vous m'aimez également ; l'un et l'autre, n'est-il pas vrai, vous désirez avec une même impatience de me voir rétablie ? Vous avez pourtant à votre disposition un moyen bien simple de hâter ma convalescence et de réchauffer mon vieux sang.... »

Les deux jeunes gens ne bougèrent ni ne répondirent.

« Voyons, ma fille, voyons, mon garçon, ajouta Madeleine d'une voix tendre et pressante, approchez-vous ; donnez-moi votre main, que je les mette l'une dans l'autre.... »

Anaïs obéit timidement ; Bénédict, au contraire, se roidit. Il quitta sa chaise, croisa les bras et regarda la vieille femme d'un air farouche.

« Quelles sont vos intentions ? demanda-t-il d'un ton brusque. Violenter votre fille ! C'est ce que je ne souffrirai pas. J'entends et je prétends que vous laissiez Mlle Anaïs tranquille !

— Eh bien, par exemple, voilà du nouveau ! fit la mère en exagérant sa surprise jusqu'au comique. Comment ! tu te permets de m'imposer silence ; tu as la prétention de m'empêcher de causer avec ma fille ?

— Vous pouvez causer tant que vous voudrez, repartit Bénédict. Ce que je ne veux pas c'est que vous vous mêliez de mes sentiments, que vous me prêtiez des intentions qui sont loin de ma pensée, et que vous importuniez votre fille à cause de moi.

— D'abord, je ne te parle pas, dit Madeleine ; je m'adresse à ma fille ; c'est à elle de me répondre. Elle m'aime, elle veut que je vive, que je vive contente. Aurait-elle bien le cœur de me refuser un petit sacrifice ? Fais-lui honte, chère Anaïs ; défends-moi, apprends-lui qu'il a tort.... »

Pour toute réponse, la jeune fille se jeta au cou de sa mère et la tint étroitement embrassée.

« Est-ce assez clair ? s'écria Bénédict ; vous affligez votre fille, vous l'impatientez, elle vous demande grâce. Une fois pour toutes, je vous prie de ne plus jamais parler de cela, et si vous ne tenez pas à me désobliger, vous changerez tout de suite de conversation.

— Je me moque pas mal de te désobliger, dit la vieille femme en se débarrassant de l'étreinte d'Anaïs et en regardant Bénédict. Tais-toi ! Est-ce que ma fille n'a pas une langue ? Est-ce qu'elle a besoin d'interprète ? C'est toi qui l'ennuies en parlant à sa place. »

Anaïs semblait ne plus avoir la tête à elle ; son cœur battait avec violence ; quelques larmes brillaient dans ses yeux, et ses efforts pour cacher son émotion la faisaient à chaque instant changer de couleur.

« Si vous ne vous taisez pas, je sors, dit le jeune homme résolûment. Mademoiselle, remettez-vous. Vous savez que je n'ai jamais songé à contraindre votre affection. Je suis robuste, et l'orgueil l'emporte en moi sur tout autre sentiment. Votre compassion me blesserait. Ne craignez donc rien. Répondez hardiment à votre mère.

— Ah ! s'écria tout à coup la jeune fille en éclatant en sanglots, que vous êtes cruel !... »

Bénédict, après un moment de stupeur, se jeta à ses genoux et se saisit de ses mains avec impétuosité.

« Quoi ! fit-il d'une voix passionnée, mon amie, ma tendre amie, vous m'aimeriez !... »

Anaïs se pencha vers lui et sanglota plus fort.

Comblé d'un bonheur immense, Bénédict, en ce moment, excusa Madeleine, oublia tous ses torts. Par malheur, la vieille femme ne s'en tint pas là. Après avoir contemplé cette scène avec un profond attendrissement, elle reprit bientôt la parole.

« Vous vous aimez, mes enfants, dit-elle ; vous vous

aimez : c'est déjà quelque chose, mais ce n'est pas tout. Il
n'y a pas de temps à perdre, il faut vous marier.

— Nous marier ! s'écria Bénédict en se relevant.

— Oui, vous marier, et tout de suite.

— Y pensez-vous? Vous ne pouvez pas douter de mon
empressement. Il est du moins convenable d'attendre que
vous soyez rétablie.

— Non, dit Madeleine, avec opiniâtreté, pas un mois,
pas une semaine, par un jour. Dès demain matin, vous
rassemblerez tous les papiers nécessaires ; vous vous assu-
rerez des témoins, vous prendrez jour avec eux; vous ferez
afficher les bans. Les délais rigoureusement nécessaires,
et le mariage ensuite.

— C'est impossible !

— Pourquoi?

— Vous devez le savoir ou du moins vous en douter !

— Je ne sais bien qu'une chose, fit la vieille femme en
se mettant sur son séant, c'est que je veux qu'on m'o-
béisse? »

Anaïs joignit ses instances à celles de Bénédict. Madeleine tint bon.

« Si M. Bénédict refuse, dit-elle, je le préviens que je
me lève et que je sors de chez lui. Il n'est pas convenable,
voilà ce qui n'est pas convenable, qu'un jeune homme et
une jeune fille qui s'aiment, qui se le sont dit, vivent l'un
près de l'autre, se voient librement à toute heure, et cela
sans être mariés. J'ai mes raisons, elles sont excellentes ;
qu'on ne raisonne plus.... »

Bénédict n'insista pas. La vieille femme, depuis qu'il
lui savait un trésor, n'était plus la même à ses yeux : il ne
savait qu'en penser, il lui trouvait un air de phénomène, il
l'observait avec âpreté, et se sentait animé contre elle
d'une espèce de haine. Tout ce qu'il lui voyait faire, tout
ce qu'il lui entendait dire, avait la vertu de l'impatienter,

de l'irriter, de soulever en lui des mouvements de colère. En ce moment, c'était de la fureur qu'elle lui causait avec son obstination, et il ne fallut rien moins que la présence d'Anaïs pour lui donner la force de se contenir. Mais il se promit bien de saisir la première occasion qui se présenterait pour avoir avec elle une explication décisive. Cette occasion ne se fit pas attendre. Le lendemain même, à l'heure du déjeuner, Anaïs sortit pour quelques emplettes, et laissa sa mère et le jeune sculpteur en tête à tête.

« Nous sommes seuls, dit sur-le-champ Bénédict, profitons-en ; expliquons-nous ! J'aime votre fille, elle m'aime : je suis heureux, nous nous marierons : c'est bien. Mais nous marier à cette heure ! Votre extravagance me passe. Êtes-vous devenue aveugle ? Avez-vous perdu tout jugement ? Êtes-vous folle ? Nous marier ! Mais vous ne voyez donc rien ! vous ne devinez donc rien ! Mais je suis criblé de dettes, je dois trois cents francs à mon patron, tout ce que je possède est en gage. Je suis à bout d'expédients ; je n'ai plus de crédit ; ma misère ne saurait aller plus loin, il faut sur-le-champ aviser, il m'est impossible de vous soutenir plus longtemps. Nous marier ! Je vous admire. Je ne vous aurais jamais cru aussi peu de pénétration. Vous restez bien tranquille dans votre lit, vous mangez, vous dormez, vous jacassez, vous riez, et pendant ce temps-là, je suis dévoré de tourments, je dois inventer chaque jour les moyens d'assurer votre existence, je vis au milieu d'un désespoir croissant. Et vous parlez de nous marier ! C'est trop fort ! Décidément, oui, vous avez perdu la tête !... »

Madeleine le laissa dire. Elle l'écouta avec recueillement, et parut ne ressentir à ce qu'il disait qu'une émotion modérée.

« As-tu fini ? demanda-t-elle d'un air tranquille. N'as-tu rien oublié ? Il faut tout de même avouer que tu es fièrement bête ; oui, bête, passe-moi le mot. Que ne pré=

voyais-tu cela d'abord? Que ne t'arrêtais-tu en chemin?
Qu'est-ce qui te forçait de faire ce que tu as fait? Pourquoi
ne m'avoir pas avertie plus tôt? Tant d'orgueil, tant de
confiance en soi-même pour aboutir à ce beau résultat,
pour avouer honteusement son impuissance et sa ruine!
Nous voilà dans de beaux draps! Qu'allons-nous faire et
devenir? Il ne te manquait plus que de m'accuser. A t'entendre, on dirait que c'est ma faute. L'injustice est aussi
trop criante. Ne me suis-je pas opposée de toutes mes
forces à ces folles dépenses? N'ai-je pas demandé qu'on
me conduisît à l'hospice? Ne t'ai-je pas dit ce qui arriverait? Il te sied bien vraiment de t'en prendre à moi,
de me faire des reproches! Au fond, ça ne m'étonne
pas. Je l'aurais parié. Tout ce que tu as fait n'est que
de la fanfaronnade de générosité. On donne volontiers
ses miettes aux autres; mais à la moindre gêne, on ferme
son cœur et sa bourse, on devient féroce, on se repent
de ce qu'on a fait, on voudrait reprendre ce qu'on a donné. »

L'impudence de ces récriminations plongea d'abord Bénédict dans la stupeur, et éveilla ensuite en lui une puissante colère. L'épreuve fut rude et terrible. Il eut toutefois
assez de force pour en triompher.

« Je ne me repens point, balbutia-t-il d'une voix profondément altérée; seulement je m'étonne que vous, si
clairvoyante d'habitude, toujours si soucieuse du lendemain, vous qui connaissez l'état de mes affaires mieux que
moi-même, qui savez ce que je dois et ce que je gagne,
je m'étonne, dis-je, que vous ne vous soyez pas une seule
fois inquiétée de savoir comment je m'y prenais pour soutenir un pareil train de vie.

— Est-ce que tu ne me fermais pas la bouche quand je
voulais parler? D'ailleurs, comment me serais-je inquiétée, quand je te voyais si calme, si plein de confiance, si
sûr de toi-même? »

Bénédict ouvrait déjà la bouche pour l'écraser du poids de son mépris et de sa colère. Elle ne lui en donna pas le temps en reprenant presque aussitôt :

« Que du moins la leçon te profite. J'ai eu heureusement de la prévoyance. J'espère enfin que tu vas me rendre justice. Tiens, prends cette clef, monte dans ma chambre et fouille dans mon coffre. Au fond, sous mes effets, tu trouveras un sac. Il doit y avoir, si je ne me trompe, douze cents et quelques francs. Je les réservais pour plus tard. Il n'y faut plus songer. Prends-les et disposes-en. »

Bénédict tomba en quelque sorte de sa hauteur. Son indignation s'éteignit comme par enchantement. Il arriva même que son visage marqua de la surprise et de la confusion.

« D'où viennent-ils? demanda-t-il avec quelque embarras.

— Le moment est enfin venu, repartit Madeleine, de te dire la vérité. La prudence m'a inspiré jadis un gros mensonge, il ne faisait de mal, au reste, à personne. Je ne te connaissais pas, j'avais peur de manquer. Dans le commencement, je t'ai parlé, tu dois t'en souvenir, d'un incendie. Je prétendais y avoir tout perdu, mon linge, mes meubles, et avoir été obligée, pour les remplacer, de toucher aux six cents francs que je cachais dans ma paillasse pour me retirer un jour aux Petits-Ménages. Je mentais ; je n'avais rien perdu. Mes six cents francs restaient intacts.

— Cela ne fait pas douze cents francs.

— Les six cents autres francs, répliqua Madeleine avec satisfaction, sont des économies que je t'ai faites sur tes dépenses. J'ai prévu ce qui arriverait. Tu me dois un beau cierge.... »

Bénédict eut un remords. Il se reprocha d'avoir douté de l'intégrité de cette bonne femme. Toutefois, la prévoyance de celle-ci avait produit tout le mal. Si Madeleine, au lieu de se tuer sous le prétexte d'économie, eût vécu convenablement, elle ne serait pas tombée malade, elle n'aurait eu besoin ni de remèdes, ni de régime, et Bénédict n'aurait jamais connu la misère où il était. Ces réflexions vinrent à l'esprit du jeune homme, et calmèrent le trouble de sa conscience.

Il refusa d'abord de toucher aux six cents francs de la vieille femme.

« De quoi as-tu peur? demanda celle-ci. Tu n'as pas envie de m'abandonner? Il te faut de l'argent. Aimerais-tu mieux emprunter à d'autres qu'à moi? Cet argent appartient à ma fille; si tu l'aimes mieux, c'est sa dot. »

Bénédict refusait toujours. Il se fondait sur la crainte de dépouiller la vieille femme sans en être lui-même plus avancé.

« Tu as du moins assez pour te mettre au pair, repartit Madeleine. Tu rembourseras ton patron, tu dégageras tes effets, tu payeras tes dettes, et tu te marieras.

— Et après?

— Après, après, répéta Madeleine pensive, sans doute nous ne nagerons pas dans l'abondance. Il faut s'attendre à de rudes commencements. Mais je travaillerai, je vous aiderai, je ferai des ménages. Anaïs, de son côté, travaillera, tu lui trouveras une bonne place. J'imagine, quant à toi, que tu ne resteras pas non plus les bras croisés. Mon Dieu! nous verrons, nous verrons. A force de travail, d'économie, de bon accord, nous parviendrons peut-être bien à mettre les deux bouts ensemble.... »

XVIII

Mariage.

Euphrasie ne vivait pas tranquille. Ses imputations in-jurieuses à l'honneur de Madeleine et d'Anaïs ne la con-solaient que médiocrement. A quoi bon mentir et calom-nier, si ceux qui sont l'objet de ces mensonges et de ces calomnies n'en sont point instruits et n'en souffrent pas ? Or, elle n'entendait plus parler ni de sa nièce ni de sa belle-sœur. Que faisaient-elles ? Était-il possible qu'elles ne fussent pas misérables ? Alors, pourquoi ne les voyait-on plus ? Auraient-elles, par hasard, trouvé des ressources suffisantes et durables ? Seraient-elles heureuses ? La seule idée que la mère et la fille pussent connaître le repos et prospérer, lui causait des douleurs lancinantes intolérables qui la poursuivaient jusque dans le sommeil. Au premier venu, fort surpris de ces questions, elle demandait : « Ne les avez-vous pas vues ? n'en avez-vous pas entendu parler ? »

Elle patienta encore quelque temps. Il lui semblait im-possible que la jeune fille ne vînt pas se remettre sous le joug. Le retour de sa nièce lui eût fait tant de bien ! Elle eût été capable de lui sauter au cou et de l'embrasser, quitte à se venger les jours suivants. Mais Anaïs ne reve-nait toujours pas. Euphrasie se sentit hors d'état de vivre plus longtemps ainsi. Un matin, accompagnée de son mari qui ne savait pas même où on le conduisait, elle tomba comme la foudre chez sa belle-sœur.

Madeleine était seule. Depuis quelques jours seulement, il lui était permis de se lever. Cette visite imprévue lui

causa une profonde surprise. Elle invita la femme et
le mari à s'asseoir. Euphrasie, sans rien entendre, tournait hardiment la tête à droite et à gauche, exami-
nait les meubles, scrutait toutes choses d'un air de jalousie évidente. Elle ne se gênait pas plus que si elle eût été
chez elle.

« Oui, ma bonne Euphrasie, fit malicieusement Madeleine, vous êtes bien ici chez votre pauvre belle-sœur, et
tout ce que vous voyez est bien à elle.

— A vous !

— A moi. Est-ce que ça vous étonne de me voir bien
logée? Est-ce que je n'ai pas le droit, moi aussi, d'avoir
de beaux meubles?

— C'est bon, c'est bon, repartit Euphrasie d'un ton plein
d'animosité. Je ne suis pas née d'hier. Nous sommes de
vieilles connaissances. Il y a longtemps que je vous ai dit
franchement ma façon de penser.

— Il y a, ma foi, si longtemps, dit Madeleine, que je
l'ai tout à fait oubliée. Qu'est-ce que vous voulez dire?

— Une vieille pauvresse comme vous, répliqua Euphrasie, va à l'hôpital; elle n'a pas les moyens de se dorloter
des mois entiers dans un bon lit.

— Après, ma bonne Euphrasie?

— Après ! n'est-ce pas assez clair? Direz-vous encore
que vous n'avez pas fait votre pelote à la mort de Clovis?
C'est commode. Votre fille vivait à nos dépens, tandis
que vous viviez aux siens. A cette heure, sans doute,
vous achevez de manger le bien de votre enfant. Puis,
un jour ou l'autre, elle nous retombera infailliblement
sur les bras.

— Soyez sans inquiétude, ma bonne Euphrasie, dit la
vieille femme avec une joie mal contenue. Anaïs ne vous
retombera jamais sur les bras; car j'ai le bonheur de pouvoir vous annoncer qu'elle se marie.

— Se marier ! elle, se marier !

— Eh ! pourquoi pas?

— Sans m'avoir seulement consultée !

— Êtes-vous donc sa mère ?

— Et avec qui donc ?

— Avec qui voulez-vous qu'elle se marie, sinon avec M. Bénédict? »

Euphrasie tressaillit, devint rouge, et parut un instant toute paralysée. Jamais l'envie, la jalousie, la haine, ne l'avaient encore mordue, déchirée, transpercée plus cruellement. Elle avait songé bien des fois à marier sa nièce, mais avec quelque tyran, vieux, difforme, tracassier, jaloux, mal dans ses affaires, uniquement fait pour tourmenter une femme et la rendre malheureuse. Que la jeune fille se mariât selon son inclination, avec un jeune homme de son âge, un garçon bien fait, bien élevé, intelligent, qui gagnait bien sa vie, qui pouvait amasser de l'argent, s'établir, faire fortune, voilà une supposition qui n'était jamais entrée dans son esprit. Quelle affreuse perspective! Sa nièce pourrait donc un jour rivaliser avec elle ! Il se pourrait donc même qu'à un moment donné Anaïs fût plus riche que sa tante! C'était à en mourir de rage. Euphrasie avait des serpents dans la poitrine. Son premier cri, dès qu'elle put desserrer les dents, fut :

« C'est impossible! ce mariage n'aura jamais lieu !

— Ah bah! chère sœur, fit Madeleine; et pourquoi donc ?

— Un ouvrier ne convient pas à votre fille. L'éducation que nous lui avons fait donner la rend digne d'une condition moins humble. Nous lui ferons une dot, nous nous occuperons de la pourvoir plus convenablement.... »

Madeleine regarda sa belle-sœur dans les yeux.

« Permettez-moi de vous dire, Euphrasie, que vos prétentions sont au moins étranges. Le beau zèle qui s'empare de vous est, vous en conviendrez, bien tardif et bien extraordinaire. Pourquoi donc ne vous êtes-vous pas occupée plus tôt d'établir ma fille? Pourquoi donc, par vos mauvais traitements, l'avez-vous contrainte à fuir de chez vous?

— C'est faux!

— Le séjour d'Anaïs ici parle plus haut que toutes vos dénégations. Et si vous vous étiez bornée à la maltraiter! Mais vous avez encore répandu sur elle et sur moi des calomnies que j'ose à peine redire. Je serais tentée de croire que vous êtes folle.... »

Euphrasie ignorait à quoi sa belle-sœur faisait allusion. Ce qu'elle sentait bien, c'est qu'on la bravait. Elle rougit et pâlit tour à tour. Les éclairs de ses yeux annonçaient l'orage qui grondait dans sa poitrine.

« Je ne vous comprends pas, répliqua-t-elle. Est-ce parce que je n'ai pas appris de vous l'art de mentir? Ça n'est pas ma faute si votre fille n'a pas que des vertus, et si je suis franche.

— Vraiment, chère Euphrasie, pensez-vous tout ce que vous dites? Avez-vous jamais cru que ma fille ne se soit échappée de chez vous que pour se livrer au libertinage? Croyez vous que sous mes yeux, avec mon consentement, elle donne le scandale d'une liaison criminelle avec un ouvrier? »

Euphrasie fut atterrée. Un moment elle fut sans audace et perdit l'usage de sa langue.

« Après cela, ma bonne Euphrasie, continua impitoyablement la vieille femme, de quoi vous inquiétez-vous, de quoi vous mêlez-vous? Que venez-vous faire ici? Que signifient vos dédains pour Bénédict? Est-ce que l'homme que vous avez proclamé l'amant de ma fille ne serait pas digne, par hasard, de devenir son mari? Cessez donc d'avoir l'air de vous intéresser à l'avenir d'Anaïs. Puisque

vous vous piquez d'être franche, dites donc hardiment que
ce mariage blesse votre orgueil et vous désespère. Ne
doit-il pas dévoiler toute votre malignité, et compromettre
étrangement l'autorité de vos témoignages? »

A ces paroles hardies, Euphrasie se dressa comme fait
la vipère irritée. Par les yeux, par les gestes, par la bouche, il sembla vraiment qu'elle lançait du venin et des
flammes.

« Ainsi, c'est la guerre! fit-elle d'une voix formidable.
Vous osez m'outrager en face! vous semblez ne pas craindre de vous mesurer avec moi! A votre aise! Je vous mets
au défi de jamais me monter à la cheville! Et ne comptez
plus sur ma pitié ; souvenez-vous que, si je vous trouve
sur mon chemin, je vous écrase !... »

A la suite de ces rodomontades, qu'elle lança comme des
malédictions, elle saisit le bras de son mari et se hâta de
sortir. M. Lorin n'avait pris aucune part à la querelle.
Absorbé dans ses calculs de Bourse, il n'avait même rien
vu ni rien entendu.

Grâce au repos, à d'excellents aliments, à la tranquillité
d'âme, à la joie dont elle était pénétrée, Madeleine rajeu-
nissait à vue d'œil. Son premier soin, dès qu'elle avait pu
se lever, avait été de reprendre possession de son cabinet
à l'étage supérieur. Quoique faible encore, elle put prési-
der à tous les préparatifs du mariage et les hâter. Les
bans furent affichés : le grand jour arriva bien vite. Anaïs
eut pour témoins Anselme et le jeune docteur ; ceux de
Bénédict furent deux de ses camarades d'atelier. C'était
un beau jour de printemps; le soleil embellissait, égayait
toutes choses ; l'air soufflait mille heureuses promesses.
Anaïs et Bénédict se vêtirent tous deux fort simplement.
Accompagnés de leurs seuls témoins, ils montèrent en
voiture, se rendirent à la mairie, et de là à l'église. Au
moment où le prêtre venait de les bénir, Anaïs, sur le front

de qui le bonheur s'épanouissait comme une belle fleur rouge, aperçut le petit Monhomme qui la regardait avec des yeux petillants de joie. La jeune femme fut vivement touchée de cette marque d'affection. En sortant elle re- merciait le jeune garçon d'un signe de tête et lui souriait affectueusement. Il n'y eut présentement point de noce. Après la double cérémonie civile et religieuse, les jeunes mariés remercièrent leurs témoins et retournèrent chez eux. Madeleine les y attendait. Versant des larmes de joie, Bénédict étreignit sa femme et murmura avec passion :

« Mon amie, ma tendre amie, je t'aime de toutes les forces de mon âme ! Tu viens de me faire le plus heureux des hommes ! je te promets, moi aussi, de te rendre la plus henreuse des femmes ! »

Anaïs alla au-devant d'un baiser et se pâma de bonheur dans les bras de son mari....

XIX

La clef du labyrinthe.

Tout ivre de contentement qu'il fût, Bénédict était loin d'être exempt de soucis. Au plus haut degré de l'aisance, il eût peut-être encore balancé à se marier, dans la crainte de ne pouvoir offrir à Anaïs une existence digne d'elle. Il ne prétendait pas sans doute qu'elle passât ses jours dans l'oisiveté ; il comptait même, dans leur mutuel intérêt, se décharger exclusivement sur elle de l'entière direction de l'intérieur. Par exemple, une hypothèse qui n'avait même jamais traversé son esprit était celle qu'un jour il pourrait voir sa femme déformer ses mains à faire la cuisine et le

ménage. C'était pourtant à cela qu'en était réduite Anaïs,
sans qu'il pût se flatter de la soulager avant longtemps du
poids de cette besogne. Bien que ses dettes fussent payées,
qu'il redoublât d'efforts et d'assiduité, il remarquait avec
chagrin qu'il ne parvenait qu'à assurer le strict nécessaire
à sa petite famille. Tous les trois, en réunissant leurs efforts, vivaient dans une médiocrité voisine de la gêne.

Anaïs cependant paraissait heureuse, et elle l'était effectivement par comparaison. C'était sans aucune répugnance,
gaiement même, qu'elle se rendait chaque matin au marché avec un panier sous le bras. Aidée de sa mère, elle
créait à son mari un intérieur éblouissant de propreté, gai,
plein de charmes. Toujours est-il que Bénédict, qui savait à quel prix, vivait dans l'amertume. Il souffrait véritablement en voyant sa femme s'épuiser dans un travail au-
dessus de ses forces. Il ne discontinuait plus de s'inquiéter
d'une détresse qui menaçait de durer perpétuellement,
voire de grandir. A la vue de sa femme exténuée, la tristesse l'envahissait; quoi qu'il fît pour se contraindre, le
sourire s'éteignait aussitôt sur ses lèvres, et son front se
couvrait de nuages.

Madeleine ne le quittait pas des yeux; elle l'observait,
l'épiait sans relâche, et paraissait jalouse de connaître jusque dans les nuances ce qui se passait en lui. Il sembla
enfin qu'elle l'eût suffisamment étudié. Elle l'apostropha
un jour, à l'heure où ses préoccupations semblaient plus
vives que jamais. Anaïs était absente.

« Ah çà, mon garçon, lui dit-elle, qu'est-ce que tu as?
Tu n'es pas heureux.

— A quoi voyez-vous cela, Madeleine?

— Ne le vois-je pas à ton air? Tu essayerais vainement
de me donner le change; tu as des inquiétudes et j'en connais la source : tu t'impatientes de rester ouvrier, tu voudrais t'établir, être patron à ton tour, faire fortune?

— En vérité, Madeleine, dit le jeune homme en souriant, vous avez le diable au corps : ce qu'on ne vous dit
pas, vous le devinez.

— Eh bien, écoute-moi... »

Bénédict fut frappé de son accent ; il se demanda ironiquement si elle allait lui enseigner quelque recette pour se
faire des rentes.

« Maintenant que tu es mon fils, reprit Madeleine, que
tu m'appartiens, que tu n'as plus de secret pour moi, je n'ai
plus rien à te cacher.

— Auriez-vous encore des confidences à me faire ? interrompit Bénédict, qui se sentait disposé au badinage.

— Oui, et des comptes à te rendre. »

Cette promesse, en redoublant la surprise de Bénédict,
captiva toute son attention.

« Avec l'impatience et l'étourderie qui caractérisent ton
jeune âge, continua Madeleine, tu n'as pas attendu jusqu'au
jour d'aujourd'hui pour te donner le plaisir de me jugeail-
ler. Par exemple, je suis certaine que le jour et la nuit, le
printemps, l'été, l'automne et l'hiver ne sont pas plus dis-
semblables que tous les jugements que tu as portés sur
moi. Dans mes faits et gestes, tu n'as vu qu'un enchaînement de contradictions, et bien des détails de ma vie ont
dû te scandaliser. Tu pensais aujourd'hui une chose, et
demain une autre, et après-demain une autre encore. De
guerre lasse, maintes fois tu as dit : « Elle est inexpli-
« cable ! » A cette heure, il est vrai, c'est tout différent ; tu
n'as plus de doute, ton opinion est bien assise, tu tracerais
mon portrait d'aplomb, tu te flattes de me connaître jusqu'à la moëlle, et pourtant, mon garçon, tu me connais
moins que jamais. Le fait de dérouter les gens a toujours
cadré avec ma malice naturelle. Je voudrais enfin ne plus
être une charade pour toi. A ne point mentir, par exemple, j'ai peur de perdre mon temps, car je ne me connais

pas bien moi-même. Tu sauras du moins le secret de ma vie, si je ne parviens pas à te donner la clef de mon caractère.

— A quoi diable tend ce préambule? interrompit Bénédict, toujours plus disposé à rire.

— Tu vas l'apprendre, repartit la vieille femme. On m'a accusée devant toi de cacher de l'argent dans ma paillasse, d'être une avare et une voleuse, de ramasser des croûtes de pain et de mendier à la porte des églises, quand j'aurais pu, disait-on, vivre plus décemment; ces accusations de mes anciennes voisines, tu les as entendu confirmer par ma belle-sœur, et certaines de mes actions les ont rendues vraisemblables à tes yeux, et tour à tour tu as souri de pitié et ajouté foi à ce que l'on disait, et tour à tour tu as été crédule et incrédule, et tour à tour en toi-même tu m'as accusée et défendue, et finalement tu t'es arrêté à penser que tous ces bavardages n'étaient que des visions inspirées par la jalousie et la haine. Eh bien, mon garçon, l'heure a sonné où je dois te dire que mes voisines et ma belle-sœur, sans être certaines de ce qu'elles avançaient, sans y croire absolument, disaient pourtant l'exacte vérité. »

Bénédict tressaillit; son visage exprima de vives perplexités. Mais réfléchissant aussitôt que Madeleine sans doute faisait allusion à l'argent du coffre peint, il se rassura. Madeleine poursuivit:

« Je t'ai déjà raconté mon histoire: je n'y reviendrai que pour rétablir certains détails oubliés à dessein. Mon mari et moi nous menions une existence vraiment bénie. Notre fille était comme la fleur de notre heureuse union. Son père, qui l'aimait jusqu'à la frénésie, l'eût gâtée, si la charmante fille eût été susceptible de l'être. Elle avait heureusement une de ces natures qu'on peut caresser et flatter impunément. En grandissant, elle croissait à la fois en grâces et en bonnes qualités; elle était un objet d'admiration pour tout le monde, hormis cependant pour ma belle-

sœur. La fille d'Euphrasie ne semblait faite que pour faire
ressortir les charmes de la nôtre. Je ne dirai pas qu'Euphrasie jalousait notre bonheur. Elle l'eût même toléré, si
nous eussions consenti à la proclamer une femme supérieure, à l'encenser, à subir sa domination. Parce que nous
n'adoptions pas ses jugements, parce que nous n'épousions
pas ses passions, parce que nous étions en opposition constante avec elle, toujours prêts à lui contester sa supériorité, parce que nous faisions bande à part enfin, et ne
pouvions nous plier à son capricieux despotisme, elle nous
abhorrait, mon mari, ma fille et moi. Comprenant qu'elle
ne parviendrait jamais à faire de nous ses créatures, elle
ne songeait qu'à nous mortifier, qu'à nous nuire, qu'à nous
écraser. Du vivant de mon mari, elle se tenait encore assez
tranquille, elle ne travaillait guère que de la langue. A la
mort de mon pauvre mari, elle s'est déchaînée. L'occasion
lui a paru favorable pour donner un libre cours à ses mau-
vaises passions et assouvir sa rancune. Elle voyait jour à
troubler notre existence, à nous réduire sous son joug et
à nous faire expier les craintes que nous lui avions inspirées.

« Circonvenu par Euphrasie, le vieux Lorin, déjà plein
de fiel et de haine, nous avait fait autant de mal qu'il avait
été en son pouvoir de nous en faire. Au lieu de soixante-dix
ou quatre-vingt mille francs que nous espérions, nous n'a-
vions eu à sa mort que trente mille francs. Je t'ai dit
vingt mille. Ma belle-sœur avait la conviction que cette
somme était encore intacte. Tandis que je me noyais dans
les larmes, elle remuait ciel et terre, lançait son mari sur
mes trousses, et faisait si bien que je n'étais plus maîtresse
chez moi. Profitant des préoccupations douloureuses où
j'étais et invoquant le prétexte de veiller aux intérêts de ma
fille, ils machinaient à mon insu un conseil de famille entièrement à leur discrétion. Malgré mes réclamations, j'é-

tais déclarée incapable de servir plus longtemps de mère à
ma fille, et Lorin en était nommé le tuteur. On procédait
sans retard à l'inventaire. Euphrasie se flattait de mettre la
main sur le magot, et déjà, en pensée, elle combinait les
moyens de le dissoudre adroitement jusqu'au dernier centime, sans qu'il fût possible plus tard d'exercer contre elle
un recours quelconque. Elle l'eût employé à faire continuer
l'éducation de sa nièce et à me jeter, de temps à autre,
d'insuffisantes aumônes. C'eût été un vrai gaspillage. Euphrasie s'en fût donné à cœur joie. L'homme de loi le plus
subtil n'eût pas su voir clair dans cet effroyable gâchis. Au
grand contentement d'Euphrasie, ma fille, son éducation
achevée et bonne à marier, se serait trouvée sans un sou
de dot, à la merci de sa tante, qui en aurait fait une esclave
docile ou une femme malheureuse. De mon côté, j'aurais
vécu dans une misère croissante, et je serais allée, un jour
ou l'autre, à l'hôpital, mourir de honte et de désespoir.
Voilà ce que j'avais deviné, voilà les beaux projets que j'a-
vais entrevus dans l'âme de ma belle-sœur. L'événement
au reste a prouvé que j'avais deviné juste. Mais, Dieu merci,
si ma belle-sœur avait de la malignité pour quatre, j'avais
de la prudence pour dix. On ne trouva chez moi, outre les
meubles, que quelques cents francs. »

Ne sachant trop encore ce qu'il devait croire, Bénédict
ouvrait de grands yeux et prêtait une oreille de plus en
plus attentive.

« Obéissant à un mouvement intérieur, à mon instinct,
continua Madeleine, j'avais mis la main sur l'argent et l'a-
vais caché. Bien m'en prit. Il était temps. Euphrasie ne
prit pas même la peine de dissimuler son désappointement.
Je ne me souviens plus de toutes les imprécations qu'elle
proféra contre moi. Ce fut de la rage. Elle travailla des
pieds et des mains à me faire traîner devant les tribunaux,
à me faire condamner comme voleuse. Il n'était pas, au

reste, difficile de démontrer comment nous n'étions pas
plus riches. A la mort de son père, mon mari avait beaucoup de dettes. Ajoutez qu'il ne tenait pas de livres. Ses
affaires étaient la bouteille à l'encre. Aucune estimation
de ce qu'il avait dépensé n'était possible. On se borna à
me dépouiller entièrement. Mon beau linge, mon riche
mobilier, mes trois arpents de vigne que j'avais hérités de
mon père, tout fut confisqué. Qu'est devenu le prix de tout
cela? Allez le demander à ma belle-sœur. A l'entendre,
nous lui devons encore de l'argent. Elle aurait eu les
trente mille francs entre les mains que c'eût été la même
chose. On ne m'avait laissé que les meubles nécessaires
pour me loger et quelques chiffons. A dater de ce jour,
commença pour moi une vie bien douloureuse. A aucun
prix, sous la menace de mille morts, je n'eusse touché à la
dot de mon enfant. Il s'agissait donc de vivre sans en distraire seulement un centime. Je vendis le peu qu'on m'a-
vait laissé, je repris mes habits de paysanne, je vendis des
pommes, au besoin je fis la pauvresse, et bien souvent, ah!
oui, je ne mangeai pas mon soûl. Je m'y habituai. D'ailleurs, qu'est-ce que ça me faisait? ma fille était bien élevée, bien nourrie, chaudement habillée, heureuse autant
que possible, et là, sur moi, dans la doublure de ma vieille
robe, je portais de quoi la faire riche un jour. J'ai eu froid,
j'ai eu faim, j'ai été vilipendée, insultée, traitée comme la
dernière des dernières, j'ai vécu d'aumônes, et cela sans
jamais me plaindre, je dirai même sans jamais beaucoup
souffrir, tant la pensée de travailler pour mon enfant
m'inspirait de courage et me mettait de joie au cœur. Je
la guettais les jours de promenade, je la suivais de loin
pour ne pas lui faire honte, je la voyais grandir et devenir
tous les jours plus belle, et je pleurais de bonheur, et
j'emportais avec moi du contentement pour toute une semaine, et je m'en allais toujours plus ferme dans mes idées. »

Bénédict était dans une agitation extrême. Il tenta d'interrompre la vieille femme et de l'interroger. Celle-ci, qui semblait s'amuser des sensations de son gendre, poursuivit d'un air de complaisance à le désespérer :

« Mais, mon ami, mon fils, je puis dire, si le souvenir de mon enfant suffisait à me rendre douces toutes les privations, à me faire la plus heureuse des femmes, qu'elle ne fut pas ma joie, mon inexprimable joie, le jour où le hasard te mit sur mon chemin ! Tu me plus au premier coup d'œil et je me dis : « Si celui-là est tel qu'il me semble, c'est le bon Dieu qui me l'envoie : il sera le mari de mon Anaïs. » Veiller sur elle pendant que je vivais, ce n'était rien ; mais veiller sur elle, assurer son repos et son bonheur même après ma mort, c'était l'affaire importante. Ah ! mon Bénédict, je ne sais pas si veste d'avare a été jamais tournée, retournée, visitée, fouillée, comme moi je t'ai tourné, retourné, visité, fouillé ; je t'ai passé au crible, on peut dire, je t'ai espionné, j'ai lu tes lettres, j'ai mis tes tiroirs sens dessus dessous, j'ai questionné ton patron, tes camarades, j'ai voulu connaître ta vie et jusqu'à tes rêves, heure par heure, minute par minute. Je te le déclare, c'était fait de toi, impitoyablement, si j'eusse découvert quelque chose de louche, si je n'eusse pas été absolument contente. Mais aussi, après tant de défiance, de doute, d'espionnage, quelle joie, quel délire, quelles prières, quelles actions de grâces, le jour où je te connus bien, où je te jugeai capable de rendre ma fille heureuse ! Plus de soucis, plus d'inquiétudes, plus de craintes, je pouvais dormir tranquille, mourir dans les délices : le bonheur de ma fille était assuré. Dès lors, je n'ai plus cessé de travailler en vue de votre mariage futur. Je ne me suis plus gênée avec toi, je t'ai volé effrontément, je t'ai fait jeûner, je me suis privée de tout, afin de vous garder le plus d'argent possible et d'ajouter à votre bien-être, quand je ne

serais plus là. Un moment même, poursuivie par la crainte
d'être pour vous, à cause de ma vieillesse, un fardeau
inutile, j'ai eu la ferme volonté de me laisser mourir de
faim. J'ai peut-être eu tort. Vous voulez que je vive, je
vivrai. D'ailleurs, surtout dans les premiers temps, je
pourrai encore vous rendre bien des petits services. Vous
êtes jeunes et vous avez besoin de conseils.... »

Madeleine ne crut pas devoir rester plus longtemps insensible à la stupeur qu'exprimait le visage de Bénédict.

« Mais qu'as-tu? reprit-elle; pourquoi ces yeux hors de
la tête? pourquoi me regarder ainsi? »

Bénédict se leva précipitamment. Il était pâle, il avait
les yeux hagards, les traits bouleversés.

« Voyons, entendons-nous! s'écria-t-il de l'accent saccadé,
brutal, d'un homme aux prises avec une grande peur. Qu'est-
ce que vous dites? je vous écoute, je vous écoute; mais je
n'ose comprendre. Parlez, parlez! ces trente mille francs?...

— Sont trente beaux et bons billets, répondit Madeleine d'un air de satisfaction profonde, que j'ai cachés jusqu'aujourd'hui dans la doublure de ma robe. »

Le jeune homme faillit suffoquer; il eut froid jusque
dans la moelle des os.

« Ah! fit-il en portant la main à ses yeux; ce serait
possible !

— Tellement possible, répliqua Madeleine en fouillant
dans sa poche, que les voici.... »

Elle déplia un petit paquet, et laissa voir le dessin des
billets de banque.

Bénédict eut des éblouissements. Il parut sur le point de
succomber sous la puissance de l'émotion. En un clin
d'œil, tout le passé se déroula devant ses yeux. Il se souvint de l'existence misérable de Madeleine, d'Anaïs en
proie à de telles douleurs qu'elle en était réduite à sou-
haiter la mort pour y échapper; des privations où lui-

même avait vécu ; il se vit épuisant ses ressources, tombant peu à peu dans la misère, tourmenté, désolé, déses-
péré. Il se rappela tous ces détails, et il regarda la vieille
femme avec épouvante.

« Trente mille francs ! s'écria-t-il d'une voix étouffée;
trente mille francs ! tandis que.... Oh! c'est horrible !
Que vous ai-je dit? Malheureuse, si vous saviez !.... »

Madeleine, qui s'attendait à des cris de joie, n'en revenait pas de ne provoquer qu'une stupéfaction douloureuse.

« Eh bien, quoi? demanda-t-elle en fixant sur Bénédict
des regards hébétés.

— Ah! repartit le jeune homme, je suis prêt à la fois à
vous adorer et à vous maudire, à vous sauter au cou et à
vous repousser. Vous m'inspirez à la fois de l'admiration
et de l'horreur. D'intention vous êtes sublime, par le fait
vous avez manqué d'être bien criminelle. Votre sagacité,
votre expérience, votre énergie, votre courage ont failli
tourner contre vous-même et vous accabler.

— Es-tu devenu fou?

— Mais votre fille a été sur le point de succomber sous le
désespoir et de mourir! Mais, sans un hasard providentiel,
elle n'existerait plus à l'heure qu'il est, et vos trente mille
francs pourraient servir tout au plus à lui élever une
tombe expiatoire.

— Qu'est-ce que tu veux dire? »

Bénédict ne put résister à la satisfaction de confondre
Madeleine et d'avoir enfin raison contre elle. Il lui peignit
le désespoir d'Anaïs, lui apprit la résolution où elle avait
été d'attenter à ses jours, et lui raconta toute la scène de la
nuit. Madeleine, à ce récit, devint toute tremblante. Un
moment, elle ne put parler.

« Oh! mon Dieu! balbutia-t-elle bientôt les larmes aux
yeux et en croisant les mains. Mais je n'ai eu qu'un amour,
qu'une passion dans ma vie, ma fille! Du jour où elle ou-

vrait ses beaux yeux à la lumière, je ne m'appartenais plus, je ne vivais plus que par elle et pour elle. Mon sang, ma santé, ma vie, mon repos, mon âme, tout était à elle. Ma fille! ô Seigneur Dieu tout-puissant! mais l'avenir de cette enfant a été la préoccupation unique de tous mes jours, de toutes mes heures, de toutes mes minutes! Mais je n'ai jamais respiré que pour ma fille. J'eusse voulu faire passer ma vie dans ses veines et allonger la sienne d'autant. Ma fille! ô mon Dieu! non, vous ne l'eussiez pas souffert!... »

Ému de compassion, Bénédict entreprit de la consoler. Il lui fit observer que l'histoire était déjà vieille. A quoi bon se désoler à propos d'un malheur qui n'était plus aujourd'hui qu'un rêve? L'important était que la leçon ne fût pas perdue. Peut-être conviendrait-elle enfin que sacrifier inflexiblement le présent à un avenir incertain, n'était pas une chose toujours immanquablement raisonnable. Le jeune homme fut bien surpris en voyant Madeleine essuyer subitement ses yeux et offrir un visage tout souriant. Incapable de reconnaître qu'elle s'était trompée, elle surmontait énergiquement une désolation qui semblait l'aveu d'un tort.

« Après tout, fit-elle, je soutiens que ce qui est fait est bien fait. Ma fille n'est pas morte, elle ne pouvait pas mourir: tu ne te serais pas trouvé là, un autre l'aurait sauvée. En attendant, voici trente beaux billets de mille francs pour la rendre la plus heureuse des femmes. Si j'avais conduit ma barque d'après tes principes, nous en serions encore aujourd'hui à courir après un bonheur qui n'est plus un rêve, que nous touchons du doigt. »

On oublie vite les douleurs passées, en présence du bonheur présent. D'ailleurs, si la vieille femme avait eu des torts, Bénédict avait eu aussi les siens. Rappelé bientôt au sentiment de la réalité, étourdi par sa fortune, en proie à une joie d'enfant, il ne songea plus qu'à effacer l'impression fâcheuse qu'il avait faite sur l'âme de la bonne vieille.

Il se mit à compter, à examiner, à peser les billets avec
ivresse Il ne pouvait tenir en place ; il se promenait de
long en large, il faisait mille beaux projets, il se représen-
tait l'étonnement, la joie, le bonheur qu'allait éprouver sa
femme. Enfin, contre son habitude, il ne tarissait pas, il
bavardait comme une pie.

« Tout cela, disait-il gaiement, est un véritable conte
des *Mille et une Nuits*. Je me rappelle un jeune prince à la
recherche d'un talisman ; une vieille femme toute cassée et
en guenilles l'aborde et lui demande assistance. Le jeune
prince s'empresse de la secourir. Mais il se trouve que la
vieille n'est autre qu'une fée. En reconnaissance du service
que lui rend le jeune homme, elle le met en possession du
talisman dont il a besoin pour l'emporter sur ses rivaux et
épouser la princesse qu'il aime. Vous êtes la fée, je suis le
prince. Si je n'avais pas été ému de votre misère ; si par
égoïsme j'avais résisté au mouvement qui m'entraînait vers
vous, je serais aujourd'hui Gros-Jean comme devant ; je
n'aurais pas connu Anaïs, elle ne m'aurait pas aimé, je
n'aurais pas la famille que je rêvais, une femme tendre,
une bonne mère, et par-dessus le marché une dot de trente
mille francs. »

Disant cela, Bénédict sautait par la chambre, son visage
respirait une ivresse profonde.

« Il est gentil, le conte que tu me fais là, repartit Madeleine. Mais parlons d'autre chose. Laisse-moi te donner
quelques conseils : je suis sûre de toi ; tu seras le plus honnête, le plus doux, le plus complaisant des maris, et mon
Anaïs, qui est bonne, qui sera une excellente mère, te rendra
avec usure le bonheur qu'elle te devra. A vous deux vous
ferez le plus beau ménage qui puisse s'imaginer. Ce n'est
pas que vous soyez parfaits ni l'un ni l'autre. Ainsi toi, tu
es têtu plus qu'un diable, tu as tes idées à toi ; elles sont
peut-être bonnes, mais ça n'empêche, tu y tiens trop ; tu es

trop entiché de tes droits et tu ne le caches pas assez .En général, j'en conviens, il se peut que les hommes aient plus de raison que les femmes, mais il faut le prouver par des faits et bien éviter de le dire ; ça blesse inutilement. Ainsi, avec Anaïs, dans ton intérêt, n'oublie pas la tactique que je t'enseignerai. Il serait bien étonnant qu'elle n'eût pas quelquefois tort, que par-ci par-là elle n'eût pas quelques caprices. Dans ces occasions, pour que les choses se passent bien, pour qu'il ne se glisse pas d'aigreur entre vous, pour que les petites scènes inévitables ne dégénèrent pas en habitude, sois patient, dis comme ta femme , embrasse-la, passes-en par où elle veut, laisse-la à ses réflexions, cède, enfin ; puis, tout doucement, si tu n'as pas tort, si tu es bien sûr que la justice est de ton côté, fais-en à ta tête. Voilà la méthode, le grand secret pour vivre en paix avec sa femme. C'est comme cela que j'ai toujours fait avec mon mari. Tiens compte de mon conseil, et tu verras que tu t'en trouveras bien. »

La bonne femme ajouta beaucoup d'autres choses que Bénédict promit, en riant, de ne jamais oublier.

XX

Catastrophe.

Bénédict s'était établi rue Caumartin ; il occupait déjà plusieurs ouvriers. Intelligent, actif, laborieux, soutenu par la tendresse d'une femme charmante, et secondé par l'esprit plein de ressources d'une belle-mère dévouée, il ne discontinuait pas de voir le succès couronner toutes ses entreprises. Madeleine se portait tout à fait bien ; elle avait

retrouvé ses jambes de vingt ans ; son agilité tenait du pro-
dige. L'espérance de se voir bientôt grand'mère l'entrete-
nait incessamment dans une joie qu'on ne peut décrire.
Toute cette petite famille jouissait de la plus grande somme
de félicité à laquelle on puisse atteindre. Ils eussent bien
voulu fixer leur ami Anselme auprès d'eux. Une joyeuse
petite chambre, située au dernier étage de la maison qu'ils
occupaient, avait été louée et meublée à son intention.
Mais après y avoir séjourné une quinzaine de jours, Anselme, d'humeur essentiellement voyageuse, avait repris
son existence erratique à travers le monde. Il leur avait
dit :

« Vivre dans un tonneau comme un lapin, même dans
le plus joli des tonneaux, est pour moi, je m'en aperçois,
un véritable supplice. Ma nature d'hirondelle m'impose le
mouvement et l'émigration. Je ne suis point fait pour une
vie sédentaire, ou du moins l'éducation a étouffé en moi
tous les sentiments qui rendent chère la vie de famille.
Laissez-moi donc partir et vivre à ma guise. Vous me verrez de temps en temps comme par le passé, au gré de ma
fantaisie, et mon amitié pour vous n'en sera ni moins profonde ni moins exclusive. Plus tard, quand je serai vieux,
si le temps et l'expérience n'ont point éteint la flamme de
votre générosité, alors nous verrons.... »

Ils avaient dû, quoique à regret, signer l'*exequatur* de
ce mélancolique et intrépide pélerin. A leur grand déplaisir, ils ne le voyaient à leur table qu'à des intervalles très-
éloignés. Le jeune docteur, au contraire, qu'ils avaient en
quelque sorte ensorcelé par leurs manières affectueuses,
leur abandon, et surtout le parfum délicieux qui s'exhalait
de leur droiture et de leur honnêteté, les visitait assez fréquemment. Enfin, chaque dimanche, le petit Monhomme,
à l'insu d'Euphrasie, venait régulièrement dîner chez eux.
Ce jeune garçon, sans parler de son visage ouvert, de ses

joues roses, de ses yeux brillants, était d'une vivacité sans égale, et de l'humeur la plus joyeuse. Son nom de Monhomme n'était qu'un sobriquet. « Je dois cela, disait-il un jour avec l'expression d'une résignation comique, à un mien cousin, jocrisse s'il en fut, qui disait toujours *Monhomme* en parlant de moi. On s'est accoutumé à me désigner ainsi. Mon patron, ma patronne, mes parents, mes camarades, ne m'appellent jamais autrement. La bonne elle-même m'appelle aussi M. Monhomme. » Il n'était jamais à court d'histoires, et n'arrivait jamais sans une abondante provision de nouvelles. Mais le plus souvent il leur racontait les choses navrantes qui se passaient dans la maison du quincailler.

On eût dit que la boîte de Pandore y eût été ouverte. Des cris de colère s'y entendaient du matin au soir. Mme Lorin était décidément métamorphosée en furie. A n'importe quel prix, il lui fallait une victime, un prétexte à contredire, à se fâcher tout rouge ; quand ce n'était pas l'un ou l'autre de ses commis, c'était sa fille ; quand ce n'était pas sa fille, c'était son mari ; quand ce n'était pas son mari, c'était sa cuisinière. Enfin, quand l'irritable femme ne trouvait personne à persécuter, elle se persécutait elle-même : elle avait des attaques de nerfs. Ces crises réclamaient incessamment la présence du petit docteur Moneron, et l'application de ses condoléances antispasmodiques. A dire vrai, le mal devenait si profond que les recettes de l'empirique perdaient chaque jour de leurs vertus. Que pouvaient, en effet, quelques phrases sur une malheureuse que torturait le souvenir permanent de réalités incontestables ? Sa nièce n'était-elle pas mariée ? sa belle-sœur n'était-elle pas heureuse ? Bénédict n'avait-il pas fondé un établissement qui menaçait de prendre des proportions considérables ? Enfin, ces parents exécrés n'étaient-ils pas en voie de faire fortune ?

Ces détails, qu'elle apprenait indirectement, bannissaient pour jamais la paix de son âme. Au fond de son magasin, comme un esprit malfaisant au fond de son antre, plus jalouse, plus haineuse, plus ambitieuse que jamais, elle suivait d'un œil inquiet, la rage dans le cœur, la marche ascendante d'une prospérité dont elle se sentait impuissante à contrarier les progrès. Et ce qui ajoutait à son supplice, c'était que la prospérité de ceux qu'elle prétendait écraser semblait devoir être le signal de sa décadence. En effet, sa maison et celle de Bénédict allaient de mieux en mieux rappeler les deux plateaux d'une balance. A chaque degré que monterait celui du gendre de Madeleine, celui qui portait sa fortune à elle, Euphrasie, en descendrait un. Rien, du reste, n'est plus commun aujourd'hui que ce mouvement de bascule dans la position respective des individus. Nous nous bornons à mentionner des faits, sans prétendre en tirer aucune conséquence.

Au cœur de Paris, entre deux rangées de colonnes, sous de nombreux paratonnerres, s'ouvre un temple, l'expression est polie, qu'on nomme la *Bourse*. Athènes ou Rome en ont fourni le modèle. M. Lorin, âme damnée de sa femme, y demeurait en esprit quand il n'y était pas en personne. C'est le Panthéon des divinités honteuses, de l'ignorance, de la confusion, de la misère, des plus scandaleuses métamorphoses, des fortunes indécentes, de l'abêtissement définitif des races humaines. Sous l'inspiration d'Euphrasie, le quincailler y jouait chaque jour, sur un coup de dé, à pile ou face, son existence, l'avenir de sa fille. Le hasard en est à peu près le seul dieu ; il ne s'y célèbre d'autre culte que celui de l'or. La fortune et la fatalité ne cessent d'y représenter des actions tantôt grotesques, tantôt navrantes, toujours sinistres. Un pauvre diable y entre riche de quelques écus péniblement amassés, et en sort honteusement gueux ; un autre s'y

montre misérable et perdu de considération, et s'en retire
millionnaire avec une réputation redorée; un autre, au
désespoir d'avoir compromis le sort de sa femme, celui de
ses enfants, ajoute le suicide à son crime. On s'y enrichit en
vingt-quatre heures; on s'y ruine encore plus vite. L'air
qu'on y respire donne la fièvre, souffle la férocité; on se
croirait dans les *placers* de la Californie ou de l'Australie.
Lorin, peu à peu, y laissait l'appétit, le sommeil, la santé;
il semblait attaqué d'étisie tant il était décharné; ses cheveux, clair-semés, blanchissaient; il avait toujours l'œil
hagard, les traits bouleversés. Les alternatives du jeu l'en-
tretenaient perpétuellement dans une surexcitation fébrile,
maladive. Euphrasie avait fini par lui communiquer son
délire. Elle le réveillait la nuit pour lui parler de combinaisons nouvelles, ou délibérer avec lui sur l'usage qu'ils
feraient de leur fortune. Ils cherchaient déjà du regard
l'emplacement de leur futur hôtel, se concertaient sur la
livrée de leurs gens, la forme de leur équipage, la couleur
de leurs chevaux, se demandaient sérieusement de quel
côté ils achèteraient un château et un parc. Enfin, leur fille
Victoire ne pouvait moins faire, avec une dot de plusieurs
millions, que d'épouser un comte, voire un duc. En attendant, ils laissaient dépérir leur fond de quincaillerie. Combien il était ridicule, à leur avis, de placer son argent à six
pour cent dans le commerce, lorsqu'on en trouvait l'em-
ploi à la Bourse, pour des périodes de quinze jours et d'un
mois, à des taux de douze, vingt et trente pour cent! Ils ne
renouvelaient pas les marchandises écoulées, refusaient
bravement les commandes, et perdaient insensiblement
leur clientèle.

Dans le principe, la chance leur avait été constamment
favorable. Ils ne jouaient alors qu'avec modération et n'ex-
posaient que des sommes peu élevées. A force d'être heureux, ils eurent insensiblement plus d'audace. Par exem-

ple, du moment où ils élevaient le chiffre de leurs opérations, ils n'étaient déjà plus servis par un égal bonheur;
ils gagnaient et perdaient alternativement, et finalement
ne parvenaient qu'à tenir une balance exacte entre leurs
gains et leurs pertes. Toutefois, depuis quelque temps, ils
ne discontinuaient pas d'être malheureux, de subir échec
sur échec. Il n'était que juste temps de s'arrêter sur cette
pente fatale, de remarquer que le jeu ruine plus de gens
qu'il n'en enrichit, de comprendre que ceux qu'il fait riches
ne le sont que de la ruine des autres. Par malheur, le
mari et la femme n'étaient déjà plus en état de raisonner;
ils étaient frappés l'un et l'autre d'une sorte de vertige. Le
guignon qui les poursuivait ne pouvait manquer, dans leur
conviction, d'avoir bientôt un terme. Ils comptaient fermement sur une revanche éclatante, toute prochaine.
Pleins de cette idée, ils jouaient avec rage, et plus ils perdaient plus leur passion de jouer devenait vive et exigeante. Aiguillonnée, plus qu'effrayée, par une série de
déboires menaçants, Euphrasie en arrivait, pour justifier
son extravagance et sa frénésie, à juger intolérables les
positions médiocres, et à dire hautement : « Plutôt vivre
absolument misérable, même mourir, que de ne pas être
millionnaire! »

Une après-dînée, Anselme et le jeune médecin se rencontrèrent chez Bénédict. Celui-ci avait un meuble à leur
faire voir. Pendant nombre d'années, il avait fréquenté
assidûment l'école de dessin du quartier de l'École-de-
Médecine. Il n'avait pas tardé à savoir parfaitement dessiner. Il était entré alors dans la classe dirigée par le sculpteur d'animaux Rouillard, et s'y était appliqué avec ardeur
au modelage. Bientôt passé maître dans le talent de copier
avec intelligence des bas-reliefs, des médaillons, des bus-
tes, des statuettes, il avait, d'après le conseil de son excellent professeur, modelé de temps à autre des animaux

d'après nature. Insensiblement, il s'était senti assez habile pour se livrer à la composition, et tirer de son propre esprit l'idée de nombreuses esquisses. Enfin, il venait de terminer, d'après des modèles de son invention, les sculptures en bois d'un buffet qui devait figurer à l'Exposition de l'industrie. Sans parler de l'exécution, qui était d'un fini précieux, ce buffet, par la forme et l'ensemble de ses ornements sculptés, était une merveille de goût, de délicatesse et de grâce. Une pareille œuvre devait infailliblement faire sensation. C'était du moins le sentiment bien arrêté d'Anselme, et du docteur, son ami. Ils ne doutaient ni l'un ni l'autre, et ils le répétaient à l'envi, que Bénédict ne parvînt avant peu à la célébrité et à la fortune. Madeleine et Anaïs étaient aux anges. Par opposition, Anselme rappela l'ambitieuse Euphrasie, que la vaine soif. de s'enrichir conduisait à une ruine certaine. Précisément, depuis plusieurs semaines, il n'était bruit à la Bourse que de faillites, d'exécutions, de suicides. Il semblait que ce fût une contagion, une peste, un fléau. Aujourd'hui, c'était un propriétaire qui s'empoisonnait, après avoir englouti dans des opérations du caractère le plus aléatoire la dot de sa femme, la fortune de sa belle-sœur, celle de sa belle-mère. Le lendemain, on ne parlait que d'un riche banquier dont la ruine, décidée par le jeu, entraînait celle d'une foule de petits capitalistes. Puis venait l'histoire d'un artiste bien connu, qui, atteint tout à coup par la fièvre des spéculations, perdait en moins de quarante-huit heures le fruit de trente années de travail. Un jour, enfin, ne passait pas, sans être marqué par des désastres analogues. On était las de les compter, on ne mentionnait plus que ceux qu'accompagnait quelque circonstance particulière.

Le proverbe du diable et de ses cornes est connu de tout le monde. Il ne pouvait manquer de venir à l'esprit en cette occasion. La porte de la pièce où Bénédict devisait

avec ses amis fut brusquement ouverte, et le petit Monhomme entra en courant. Outre qu'il était hors d'haleine,
il avait la tête nue, le visage tout défait. Les uns et les
autres se retournèrent et regardèrent le jeune garçon avec
la plus grande surprise.

« Qu'y a-t-il, mon enfant? s'empressa de demander
Madeleine.

— Ah! fit le jeune commis d'une voix haletante, il est
arrivé un grand malheur! On vient de ramener le patron
à moitié mort, frappé de paralysie et tombé en enfance.
Mme Lorin en a éprouvé une révolution; elle se roule par
terre, se tord, écume, pousse des cris à fendre l'âme.
Mlle Victoire pleure dans un coin. Il n'y a plus de maître
à la maison. Venez, je vous en prie; nous ne savons plus
que faire. »

Il est aisé d'imaginer la stupeur qu'occasionnèrent ces
nouvelles.

« Mais comment cela est-il arrivé? demanda Madeleine
après un moment de silence.

— Je n'en sais pas plus. Le patron était à la Bourse,
selon son habitude; Mme Lorin donnait un grand dîner.
Au dessert, son mari n'était pas encore de retour. Du magasin on entendait le bruit de la vaisselle avec des éclats
de rire. Tout à coup, à travers les carreaux de vitre de la
montre, nous avons vu un fiacre s'arrêter. Il en est descendu
deux hommes qui en ont tiré le patron dans l'état que je
vous ai dit, et l'ont monté au premier. Le vue de M. Lorin,
les hauts cris qu'a jetés sa femme, les pleurs de Mlle Victoire, ont mis en fuite presque en même temps tous les
gens qui dînaient. La cuisinière est alors sortie pour
chercher le docteur Moneron, et moi je suis accouru
ici.... »

Il se pouvait qu'on n'eût pas trouvé cet empirique qui
s'intitulait le *docteur* Moneron, et que la présence d'un vrai

médecin fût absolument nécessaire. Le jeune docteur, ami d'Anselme, sous des dehors froids et des manières discrètes, cachait les plus belles et les plus solides qualités. Il était profondément désintéressé, plein de dévouement, sans ostentation, et toujours prêt à se rendre où l'on avait besoin de lui. Les caractères analogues ne sont point rares parmi nos savants médecins, ce qu'il serait superflu de faire observer, tant le fait est notoire, si la satisfaction de le rappeler n'était pas au moins aussi vive que celle de l'entendre dire. L'ami d'Anselme consentit volontiers à accompagner Madeleine. Ils montèrent en voiture avec le petit Monhomme, et se firent conduire rue Saint-Martin, *aux Cisailles d'or.*

Au silence funèbre qui régnait dans le magasin et à l'air morne des commis, il sembla à la mère d'Anaïs et au médecin qu'ils entraient dans une maison envahie par la peste. Ils se hâtèrent de monter au premier. De la salle à manger, dont la table était encombrée des restes du dîner, ils passèrent dans la seconde pièce, où, quelques instants, ils furent témoins muets de la plus étrange des scènes.

Au milieu de la chambre, dans un fauteuil, gisait la malheureuse Euphrasie. Elle avait les jambes allongées, les bras ballants, la tête pendante; avec sa face ici livide, là rouge ou violette, ses traits contractés, ses yeux fixes, hors de la tête, ses lèvres souillées de sang, elle avait les apparences d'une personne que l'asphyxie étouffe. Elle semblait anéantie; des tressaillements toutefois annonçaient qu'elle respirait encore.

A deux ou trois pas d'elle, se tenait le petit docteur Moneron, debout, le chapeau sur la tête, les bras croisés, le cou dans les épaules, dans une immobilité stupide. A cause de son habit noir et de son pantalon de couleur claire, on l'eût pris, à distance, à travers un léger brouillard, pour une grue en méditation. Ses traits allongés, sa bouche

béante, ses yeux hagards, exprimaient un horrible désappointement.

« Ruinée ! » répétait-il d'intervalle en intervalle.

Il était accouru tout guilleret cependant ; mais aux nouvelles que Victoire lui avait apprises d'une voix entrecoupée par les sanglots, le petit docteur était resté cloué sur
place, dans l'attitude où venaient de le surprendre Madeleine et le jeune médecin.

A la vue de sa tante, Victoire, saisie de honte, quitta sa
chaise et s'enfuit. Quant à l'empirique, tout entier à ses
préoccupations, il ne vit ni n'entendit rien.

« Ruinée !... Ruinée !... dit-il de nouveau en relevant la
tête, comme s'il fût sorti d'un rêve.... Et mes honoraires !... »

Le souvenir de ses honoraires lui rendit décidément toute
sa vivacité. Il alla à Mme Lorin, la prit par le bras, la se-
coua et dit d'une voix que nuançaient les plus cruelles angoisses :

« Ruinée ! est-ce vrai ? Non. C'est une invention du diable, n'est-ce pas ? Allons ! répondez ! j'étouffe. Desserrez,
par grâce, un peu le nœud qui m'étrangle. Ruinée ! est-il
possible ? Vous êtes une honnête femme, incapable de faire
du tort à un père de famille. Ruinée ! C'est un odieux mensonge. Je mettrais ma tête sur le billot que cela n'est pas.
Non, mille fois non, vous n'êtes pas ruinée. On ne fait
pas ainsi peur aux gens ! Vous me devez deux cent et quatre vingts visites bien comptées, marquées sur mon registre, je suis en règle avec les dates, ce qui, à raison de
deux francs chacune, fait la somme ronde de cinq cent soixante francs. Cinq cent soixante francs ! J'ai déjà dépensé cet
argent. Si vous me faites faux bond, je suis un faussaire,
un homme perdu, déshonoré. Ruinée ! vous ne devez pas
l'être pour moi. Ne suis-je plus votre cher docteur ? Ne vous
ai-je pas sauvé vingt fois la vie ? Prenez garde ! Hé ! hé !

ma petite mère, allons, levez-vous! vos tiroirs ne sont pas encore à sec. N'attendez pas qu'on saisisse, soldez-moi, sauvez-moi!... »

L'empirique fut interrompu à cet endroit de sa tirade par le jeune médecin, qui, le visage pâle, grave, sévère, l'œil étincelant d'indignation, le toucha du doigt et lui dit:

« A quoi pensez-vous, monsieur? »

Le petit homme se retourna vivement et toisa, des pieds à la tête, le nouveau venu d'un air d'hébétement et de défiance. Il devina sur-le-champ un confrère.

« Monsieur ignore sans doute, dit-il en se posant l'index sur la poitrine, que je suis le médecin de la maison.

— Vous, monsieur, médecin! fit le jeune docteur d'un air froid et dédaigneux. Cela est impossible. Vous ne parleriez pas ainsi à une femme qui se meurt. »

Le soi-disant émule de Dupuytren sourit de pitié et repartit en haussant les épaules :

« Peuh! rassurez-vous. Son cas n'est pas grave. Comédie, comédie, cher monsieur, elle joue la comédie! » Et, sans attendre de réponse, il fit volte-face et se replongea dans l'idée du désastre qui le menaçait.

Le jeune docteur, de son côté, peu jaloux de contester davantage avec cet avide charlatan, s'occupa sans délai de Mme Lorin. Une saignée était nécessaire. Il se fit apporter un bassin, des linges, tira une lancette de la gaîne et pratiqua sur-le-champ une incision au bras d'Euphrasie. Les symptômes de la vie reparurent insensiblement chez Mme Lorin. Le sang commença à circuler régulièrement dans ses veines; elle desserra les dents, la rigidité de ses traits cessa ainsi que la fixité effrayante de ses yeux; elle put enfin se mouvoir, regarder ce qui se passait autour d'elle, et rappeler ses idées. En même temps que le souvenir de sa ruine traversa sa mémoire, elle aperçut Madeleine. Ce fut pour Euphrasie une épreuve affreuse. Elle fixa

sur sa belle-sœur des regards de lionne blessée et parut
sur le point de fondre sur elle. Bien qu'affaiblie par le sang
qu'elle avait perdu, elle se dressa d'un bond.

« Que faites-vous ici? s'écria-t-elle. Qui vous a appelée?
Vous venez jouir du spectacle de mon malheur! »

Il y avait de l'égarement dans ses yeux.

« Oh! ma chère Euphrasie, dit Madeleine en secouant
douloureusement la tête, vous me croyez donc bien méchante?

— Méchante ou bonne, vous me faites mal! qu'est-ce
que vous voulez?

— Vous offrir mes services, si vous en avez besoin.

— Vos services! s'écria Euphrasie avec une véhémence
extraordinaire. Allons donc! je n'en veux pas! je n'en ai pas
besoin! Sortez de mes yeux!... »

En effet, à la vue de sa belle-sœur, surtout en ce moment, que ne devait pas souffrir la malheureuse Euphrasie?
Sa chute, comparée à la splendeur de ses rêves, était
incommensurable. De cette vieille femme qu'elle haïssait,
qu'elle se flattait d'écraser, reportant les yeux sur elle-
même, vaincue, humiliée, écrasée sous le poids d'un malheur irréparable, réduite à s'entendre offrir des secours,
elle connut de ces tortures qui déterminent la folie, quand
elles ne tuent pas. Le parallèle versait du plomb fondu
dans ses veines. La sueur ruisselait sur son front. Ses
yeux, jetant un éclat hagard, jaillirent en quelque sorte
des orbites, sa bouche, toute contournée, écuma, ses narines se gonflèrent, son visage défiguré n'eut plus rien d'humain. Elle tomba à terre, se tordit dans d'horribles
convulsions, proféra des anathèmes entrecoupés par des
cris frénétiques. Comme pour ajouter à l'horreur de ce
spectacle, les linges qui bandaient sa blessure se déroulè-
rent; en un clin d'œil son visage, sa robe, le parquet, furent
tachés de sang. Quatre hommes robustes ne fussent pas

parvenus à se rendre maîtres d'elle. Il fallut attendre que la violence de la lutte eût épuisé ses forces.

« Votre présence lui fait mal, dit le jeune médecin à l'oreille de Madeleine. Allez-vous-en ; je ne l'abandonnerai pas.... »

Madeleine, pour sortir, traversa la chambre à coucher de Lorin. Elle avait aperçu le bonhomme à travers une porte entre-bâillée. Il était affaissé sur un fauteuil de paille. Les ravages qu'une seule commotion avait faits en lui étaient aussi étranges qu'effrayants. Il avait perdu l'usage de ses membres ; ses yeux étaient complétement éteints ; ses traits respiraient une insensibilité absolue ; la bave souillait ses lèvres ; ses mains, tout son corps tremblait. Son extérieur annonçait un complet idiotisme. Madeleine s'en approcha ; émue de compassion, elle se saisit d'un mouchoir qui était sur les genoux de Lorin et lui essuya maternellement les lèvres. En même temps, elle murmurait :

« Pauvre cher homme ! »

A cette voix, à ce contact, le quincaillier s'agita faiblement, remua les lèvres et balbutia, ou mieux, bredouilla des mots sans suite.

« Achetez ! achetez ! fit-il d'un air mystérieux, mélodramatique. Bonne nouvelle ! hausse.... ma femme !... » Et vingt autres expressions empruntées aux combinaisons qui l'avaient plongé dans l'abîme.

Ce qui lui était arrivé n'avait rien que de très-vulgaire. On se rappelle que depuis quelque temps il ne discontinuait pas d'être malheureux. Excité par sa femme, mal conseillé par un homme d'affaires, trompé par de fausses nouvelles, alléché par l'espoir de toucher une différence considérable et de doubler ses fonds d'un seul coup, il avait exposé tout ce qu'il possédait aux hasards d'une seule opération. Il avait été déçu dans tous ses calculs. Il avait mis sur la rouge, et c'est la couleur noire qui avait gagné. Sa ruine était complète. S'il eût été seul, peut-être en eût-il pris vite son parti. Devenu plus sage, il fût sans doute retourné à son magasin pour n'en plus sortir. Mais sa femme ! sa femme, la tête dont il était le bras ! sa femme, l'objet de son adoration et aussi celui de sa terreur ! sa femme, qui voulait être riche et comptait si bien l'être que déjà, en imagination, elle vivait au milieu du luxe d'un millionnaire ! sa femme, qui, du matin au soir, la nuit, ne rêvait que d'or ! comment lui annoncer la nouvelle ? Elle le tuerait rien qu'en le regardant. Toutes ces idées, qui fermentaient dans la tête déjà faible de ce pauvre homme, lui causèrent une telle secousse qu'il roula à terre sans connaissance. On l'entoura de soins, on le saigna ; il ne rouvrit les yeux que pour donner des signes de démence. Il était en outre atteint de paralysie. On le transporta en voiture à son domicile. Il apparut dans la salle à manger comme un spectre. Les hommes qui l'amenaient annoncèrent sa ruine sans aucun ménagement. Euphrasie poussa des cris déchirants, s'arracha les cheveux ; Victoire pleura, et les convives, incapables d'assister à ce deuil, s'empressèrent de sortir et d'abandonner cette malheureuse famille à son affliction.

Madeleine, aux prises avec une désolation profonde, retourna rue Caumartin. Elle plaignait sincèrement sa belle-sœur et souhaitait qu'elle pût guérir de sentiments odieux qui, même au milieu de la fortune, ne pouvaient que rendre misérable. Bénédict et sa femme accoururent au-devant d'elle et s'écrièrent en même temps :

« Eh bien, chère mère, qu'est-ce qu'il y a ?

— Oh ! mes enfants, mes enfants ! fit Madeleine. Quelle chose affreuse ! Vous me voyez toute bouleversée. C'est à n'y pas croire ! Il me semble que je rêve. Je ne peux pas vous dire ce que j'endure. Si vous saviez ! Ils sont ruinés, perdus ; Lorin est fou, il ne peut plus remuer, et la pauvre Euphrasie n'est guère dans un meilleur état.... »

La bonne femme alors, se recueillant, leur raconta de point en point ce qu'elle venait de voir et d'apprendre. Elle ajouta :

« Quelle leçon, mes enfants ! quelle leçon ! Que du moins elle ne soit pas perdue pour tout le monde ! que leur malheur serve à quelque chose ! ne l'oubliez pas. Gardez-vous de la vanité comme de la peste ! Ne songez qu'à vous élever par le travail. Ne tentez jamais le hasard ; ne jouez pas, même à coup sûr. L'argent du jeu ne tient pas aux doigts. Il s'en va plus aisément encore qu'il ne vient. Travaillez, travaillez ! c'est la grande chose, le grand secret, la grande loi. On ne possède bien que ce qu'on acquiert difficilement, péniblement.... »

Ainsi conclut Madeleine, vraiment ainsi. Gœthe avait dit bien avant elle : « Ce que tu hérites de ton père, acquiers-le pour le posséder. » Mais on peut, sans erreur, affirmer qu'elle n'avait jamais lu Gœthe.

FIN DE LA PREMIÈRE SÉRIE.

TABLE DES MATIÈRES.

THÉRÈSE LEMAJEUR.

I.	Ouverture.	1
II.	Deux oncles, l'un d'épée, l'autre de robe	8
III.	Un rayon de soleil	19
IV.	Les épreuves.	21
V.	Poussé à bout	25
VI.	Un notaire.	31
VII.	Les sommations respectueuses	34
VIII.	Éclairs et tonnerres	37
IX.	Note diplomatique	39
X.	Symptômes de défaillance	44
XI.	Mme Ferdinand arrêtée	46
XII.	Coup de foudre	48
XIII.	Procès.	51
XIV.	Préoccupations douloureuses	54
XV.	Ce qui s'ensuit	57
XVI.	La lettre.	63
XVII.	Armistice	68
XVIII.	Grandeurs et misères	70
XIX.	Réaction	77
XX.	Problème psychologique	82
XXI.	Quatre-vingt-dix-neuf sur cent	86
XXII.	Palinodies.	91
XXIII.	Rupture.	99

XXIV. Inébranlable...................................... 107
XXV. Ce que lui coûte la victoire...................... 112
XXVI. Maladie... 117
XXVII. Déclaration...................................... 123
XXVIII. Mariage.. 128

MADELEINE LORIN.

I. Sur le pont Saint-Michel......................... 131
II. Une action qui n'est pas cotée à la Bourse.......... 135
III. Complications..................................... 144
IV. La tante Euphrasie............................... 149
V. M. le docteur.................................... 158
VI. Volupté.. 161
VII. Histoire de tous les jours...................... 168
VIII. Où Bénédict commence à se former une opinion..... 179
IX. Un secret.. 192
X. Entre la mère et la fille....................... 195
XI. Semer dans l'argile............................. 206
XII. Douloureux pronostics........................... 214
XIII. Les adieux...................................... 217
XIV. La nuit... 223
XV. D'erreur en erreur.............................. 230
XVI. Le trésor....................................... 242
XVII. Amour... 253
XVIII. Mariage... 262
XIX. La clef du labyrinthe.......................... 267
XX. Catastrophe..................................... 279

FIN DE LA TABLE.

Paris. — Imprimerie de Ch. Lahure et Cⁱᵉ, rue de Fleurus, 9.

BIBLIOTHÈQUE
DES CHEMINS DE FER.

FORMATS GRAND IN-16 OU IN-18 JÉSUS.

About (Edm.) : *Germaine.* 4e édition.
1 vol. 2 fr.
— *Le roi des montagnes.* 4e édition.
1 vol. 2 fr.
— *Les mariages de Paris.* 8e édition.
1 vol. 2 fr.
— *Maître Pierre.* 3e édition. 1 vol. 2 fr.
— *Tolla.* 6e édition. 1 vol. 2 fr.
— *Trente et quarante.* 2e éd. 1 v. 2 fr.
— *Voyage à travers l'Exposition uni-
verselle des Beaux-Arts.* 1 vol. 2 fr.
Achard (Am.) : *La Sabotière.* 1 v. 1 fr.
— *Le clos Pommier.* 1 vol. 1 fr.
— *Les vocations.* 1 vol. 2 fr.
— *L'ombre de Ludovic.* 1 vol. 1 fr.
— *Madame Rose;* — *Pierre de Villerglé.*
2e édition. 1 vol. 1 fr.
— *Maurice de Treuil.* 2e édit. 1 v. 2 fr.
— *Montebello, Magenta, Marignan,*
lettres d'Italie. 1 vol. 2 fr.
Andersen : *Le livre d'images sans ima-
ges.* 1 vol. 1 fr.
Anonymes : *Aladdin* ou la Lampe mer-
veilleuse. 1 vol. 50 c.
— *Anecdotes du règne de Louis XVI.*
1 vol. 1 fr.
— *Anecdotes du temps de la Terreur.*
1 vol. 1 fr.
— *Anecdotes historiques et littéraires*,
racontées par Brantôme, L'Estoile,
Tallemant des Réaux, Saint-Simon,
Grimm, etc. 1 vol. 1 fr.
— *Assassinat du maréchal d'Ancre*
(relation attribuée au garde des sceaux
Marillac), avec un Appendice extrait
des *Mémoires* de Richelieu. 1 v. 50 c.
— *Djouder le Pêcheur*, conte traduit de
l'arabe par MM. *Cherbonneau* et
Thierry. 1 vol. 50 c.
— *La conjuration de Cinq-Mars*, récit
extrait de Montglat, Fontrailles, Tallemant des Réaux, Mme de Motte-
ville, etc. 1 vol. 50 c.
— *La jacquerie*, précédée des insur-
rections des Bagaudes et des Pastou-
reaux, d'après Mathieu Paris, Frois-
sart, etc. 1 vol. 50 c.
— *La mine d'ivoire*, voyage dans les
glaces de la mer du Nord, traduit de
l'anglais. 50 c.
— *La vie et la mort de Socrate*, récit extrait de Xénophon et de Platon. 1 v. 50 c.
— *Le mariage de mon grand-père et le
testament du juif*, traduits de l'anglais
par *A. Pichot.* 1 vol. 1 fr.
— *Les émigrés français dans la Loui-
siane.* 1 vol. 1 fr.
— *Le véritable Sancho-Pansa* ou Choix
de proverbes, dictons, etc. 1 vol. 1 fr.
— *Pitcairn*, ou la nouvelle île fortunée.
1 vol. 50 c.
Assollant : *Scènes de la vie des États-
Unis.* 1 vol. 2 fr.
— *Deux amis en* 1792. 1 vol. 2 fr.
Auerbach : *Contes*, traduits de l'alle-
mand par M. *Boutteville.* 1 vol. 1 fr.
Auger (Ed.) : *Voyage en Californie* en
1852 et 1853. 1 vol. 1 fr.
Aunet (Mme Léonie d') : *Étiennette;* —
Sylvère;—Le secret. 1 vol. 1 fr.
— *Une vengeance.* 1 vol. 2 fr.
— *Un mariage en province.* 1 vol. 1 fr.
— *Voyage d'une femme au Spitzberg.*
2e édition. 1 vol. 2 fr.
Balzac (de) : *Eugénie Grandet.* 1 vol. 1 fr.
— *Scènes de la vie politique.* 1 vol. 50 c.
— *Ursule Mirouët.* 1 vol. 1 fr.
Barbara (Charles) : *L'assassinat du
Pont-Rouge.* 1 vol. 2 fr.
— *Les orages de la vie.* 1 vol. 2 fr.
Bast (Amédée de) : *Les Fresques*, contes
et anecdotes. 1 vol. 1 fr.
Belot (Ad.) : *Marthe;* — *Un cas de con-
science.* 1 vol. 1 fr.
Bernardin de Saint-Pierre : *Paul et
Virginie.* 1 vol. 1 fr.
Bersot : *Mesmer*, ou le Magnétisme ani-
mal, avec un chapitre sur les tables
tournantes. 1 volume. 1 fr.
Boiteau (P.) : *Les cartes à jouer et la
cartomancie.* Ouvrage illustré de
40 vignettes sur bois. 1 fr.
Brainne (Ch.) : *La Nouvelle-Calédonie*,
voyages, missions, colonisation. 1 volume. 1 fr.

Bréhat (Alfred de) : *Les Filles du Boër.*
1 vol.   2 fr.
— *René de Gavery.* 1 vol.   2 fr.
Brueys et **Palaprat** : *L'avocat Patelin.*
1 vol.   50 c.
Camus (évêque de Belley) : *Palombe*, ou
la femme honorable, précédée d'une
étude sur Camus et le roman au
XVIIᵉ siècle, par *H. Rigault.* 1 vol. 50 c.
Caro (E.) : *Saint Dominique et les Do-*
minicains. 1 vol.   1 fr.
Castellane (comte de) : *Nouvelles et*
récits. 1 vol.   fr
Cervantès : *Costanza*, traduit par *L.*
Viardot. 1 vol.   50 c.
Champfleury : *Les oies de Noël.* 1 vo-
lume.   1 fc.
Chapus (E.) : *Les chasses princières en*
France, de 1589 à 1839. 1 vol.   1 fr.
— *Le sport à Paris.* 1 vol.   2 fr.
— *Le turf*, ou les Courses de chevaux
en France et en Angleterre. 1 vol. 1 fr.
Chateaubriand (vicomte de) : *Atala*,
René, les Natchez. 1 vol.   3 fr.
— *Le génie du christianisme.* 1 v. 3 fr.
— *Les martyrs et le dernier des Aben-*
cérages. 1 vol.   3 fr.
Cochut (A.) : *Law*, son système et son
époque. 1 vol.   2 fr.
Colet (Mme) : *Promenade en Hollande.*
1 vol.   2 fr.
Corne (H.): *Le cardinal Mazarin.* 1 vo-
lume.   1 fr.
— *Le cardinal de Richelieu.* 1 vol. 1 fr.
Delessert (B.) : *Le guide du bonheur.*
1 vol.   1 fr.
Demogeot (J.). *Les lettres et l'homme*
de lettres au XIXᵉ siècle. 1 vol. 1 fr.
— *La critique et les critiques en France*
au XIXᵉ siècle. 1 vol.   1 fr.
Des Essarts : *François de Médicis.*
1 vol.   2 fr.
Didier (Ch.) : *50 jours au désert.* 1 vo-
lume.   2 fr.
— *500 lieues sur le Nil.* 1 vol.   2 fr.
— *Séjour chez le grand-chérif de la*
Mekke. 1 vol.   2 fr.
Du Bois (Ch.) : *Nouvelles d'atelier.*
1 vol.   2 fr.
Énault (L.) : *Christine.* 1 vol.   1 fr.
— *La rose blanche.* 1 vol.   1 fr.
— *La vierge du Liban.* 1 vol.   2 fr.
— *Nadéje.* 1 vol.   2 fr.
Ferry (Gabriel) : *Costal l'Indien*, scè-
nes de l'indépendance du Mexique.
1 vol.   3 fr.
Le coureur des bois, ou les chercheurs
d'or :
  Première partie. 1 vol.   3 fr.
  Deuxième partie. 1 vol.   3 fr.

— *Les Squatters; — La clairière du*
bois des Hogues. 1 vol.   1 fr.
— *Scènes de la vie mexicaine.* 1 v. 3 fr.
— *Scènes de la vie militaire au Mexi-*
que. 1 vol.   1 fr.
Figuier (Louis) : *La photographie au*
salon de 1859. 1 vol.   50 c.
Figuier (Mme Louis) : *Mos de Lavène.*
1 vol.   1 fr.
Florian : *Les arlequinades.* 1 vol. 50 c.
Forbin (comte de) : *Voyage à Siam.*
1 vol.   50 c.
Fortune (Robert) : *Aventures en Chine*,
dans ses voyages à la recherche du
thé et des fleurs; traduit de l'anglais.
1 vol.   1 fr.
Fraissinet (J. L.) : *Le Japon contempo-*
rain. 1 vol.   2 fr.
Galbert (de Bruges) : *Légende du bien-*
heureux Charles le Bon. 1 vol. 50 c.
Gaskell (Mme) : *Cranford*, traduit de
l'anglais par Mme Louise Sw.-Belloc.
1 vol.   1 fr.
Gautier (Théophile) : *Caprices et zig-*
zags. 1 vol.   2 fr.
— *Italia.* 1 vol.   2 fr.
— *Le roman de la momie.* 1 vol.   2 fr.
— *Militona.* 1 vol.   1 fr.
Gérard (J.) : *Le tueur de lions.* 3ᵉ édition. 1 vol.   2 fr.
Gerstäcker : *Aventures d'une colonie*
d'émigrants en Amérique, trad. de
l'allemand par *X. Marmier.* 1 vol. 1 fr.
Giguet (P.) : *Campagne d'Italie*, avec
une carte gravée sur acier. 1 vol. 1 fr.
Gœthe : *Werther*, traduit de l'allemand
par *L. Enault.* 1 vol.   1 fr.
Gogol : *Nouvelles choisies* (1° Mémoires d'un fou ; 2° Un ménage
d'autrefois; 3° Le roi des gnomes),
trad. du russe par *L. Viardot.*
1 vol.   1 fr.
— *Tarass Boulba*, traduit du russe par
L. Viardot. 1 vol.   1 fr.
Goudall (Louis) : *Le martyr des Chau-*
mettes. 1 vol.   1 fr.
Guillemard : *La pêche en France.* 1 volume illustré de 50 vignettes.   2 fr.
Guizot (F.) : *L'amour dans le mariage*,
étude historique. 6ᵉ édit. 1 vol. 1 fr.
  Les ouvrages suivants ont été revus
  par M. Guizot :
Édouard III et les bourgeois de Ca-
lais, ou les Anglais en France. 1 vo-
lume.   1 fr.
Guillaume le Conquérant, ou l'Angleterre sous les Normands. 1 vol. 1 fr.
La grande Charte, ou l'établissement
du gouvernement constitutionnel en
Angleterre, par *C. Rousset.* 1 v. 2 fr.

— *Origine et fondation des Etats-Unis d'Amérique*, par *P. Lorain.* 1 volume. 2 fr.

Guizot (G.) : *Alfred le Grand,* ou l'Angleterre sous les Anglo-Saxons. 1 volume. 2 fr.

Hall (capitaine Basil) : *Scènes de la vie maritime,* traduites de l'anglais par *Am. Pichot.* 1 vol. 1 fr.

— *Scènes du bord et de la terre ferme,* traduites par le même. 1 vol. 1 fr.

Hauréau (B.) : *Charlemagne et sa cour,* portraits, jugements et anecdotes. 1 vol. 1 fr.

— *François Ier et sa cour,* portraits, jugements et anecdotes. 2e édit. 1 v. 1 fr.

Hawthorne : I. *Catastrophe de M. Higginbotham.* II. *La fille de Rapacini.* III. *David Swan,* contes trad. de l'anglais par *Leroy* et *Scheffter.* 1 vol. 50 c.

Heiberg : *Nouvelles danoises,* traduites du danois par *X. Marmier.* 1 vol. 1 fr.

Héquet (G.) : *Madame de Maintenon.* 1 vol. 2 fr.

Hervé et de Lanoye : *Voyages dans les glaces du pôle arctique,* à la recherche du passage nord-ouest, extraits des relations de sir John Ross, Edward Parry, John Franklin, Beechey, Back, Mac Clure et autres navigateurs célèbres. 1 vol. 2 fr.

Karr (Alph.) : *Clovis Gosselin.* 1 v. 1 fr.

— *Contes et Nouvelles.* 1 vol. 2 fr.

— *Geneviève.* 1 vol. 1 fr.

— *Hortense; — Feu Bressier.* 1 v. 1 fr.

— *La famille Alain.* 1 vol. 1 fr.

— *Le chemin le plus court.* 1 vol. 1 fr.

Laboulaye (Ed.) : *Abdallah,* ou le trèfle à quatre feuilles. 1 vol. 2 fr.

— *Souvenirs d'un voyageur* (Marina, le Jasmin de Figline, le Château de la vie, Jodocus, don Ottavio). 1 vol. 1 fr.

La Fayette (Mme) : *Henriette d'Angleterre,* duchesse d'Orléans. 1 vol. 1 fr.

Lamartine (A. de) : *Christophe Colomb.* 1 vol. 1 fr.

— *Fénelon.* 1 vol. 1 fr.

— *Graziella.* 1 vol. 1 fr.

— *Gutenberg.* 1 vol. 50 c.

— *Héloïse et Abélard.* 1 vol. 50 c.

— *Le tailleur de pierres de Saint-Point.* 1 vol. 2 fr.

— *Nelson.* 1 vol. 1 fr.

Lanoye (de). Voyez *Hervé et de Lanoye.*

Las Cases (comte de) : *Souvenirs de l'empereur Napoléon Ier,* extraits du *Mémorial de Sainte-Hélène.* 1 v. 2 fr.

La Vallée (J.) : *La chasse à tir en France;* illustrée de 30 vignettes par F. Grenier. 3e édition. 1 vol. 3 fr.

— *La chasse à courre en France,* illustrée de 40 vignettes par Grenier fils 2e édition. 1 vol. 3 fr.

— *Les récits d'un vieux chasseur.* 1 volume. 2 fr.

Le Fèvre-Deumier (J.) : *Etudes biographiques et littéraires* sur quelques célébrités étrangères : I. Le Cavalier Marino; II. Anne Radcliffe; III. Paracelse; IV. Jérôme Vida. 1 vol. 1 fr.

— *OEhlenschlager,* le poëte national du Danemark. 1 vol. 1 fr.

— *Vittoria Colonna.* 1 vol. 1 fr.

Léouzon-Leduc : *La Baltique.* 1 v. 2 fr.

— *La Russie contemporaine.* 1 vol. 2 fr.

— *Les îles d'Aland,* avec carte et grav. 1 vol. 50 c.

Lesage : Théâtre choisi contenant : *Turcaret* et *Crispin rival de son maître.* 1 vol. 1 fr.

Lorain (P.). Voyez *Guizot* (F.).

Louandre (Ch.) : *La sorcellerie.* 1 v. 1 fr.

Marco de Saint-Hilaire (E.) : *Anecdotes du temps de Napoléon Ier.* 1 vol. 1 fr.

Martin (Henri) : *Tancrède de Rohan* 1 vol. 1 fr.

Mercey (F. de): *Burk l'étouffeur; — les Frères de Stirling.* 1 vol. 1 fr.

Merruau (P.) : *Les convicts en Australie,* voyage dans la Nouvelle-Hollande. 1 vol. 1 fr.

Méry : *Contes et nouvelles.* 1 vol. 1 fr.

— *Héva.* 1 vol. 1 fr.

— *La Floride.* 1 vol. 2 fr.

— *La guerre du Nizam.* 1 vol. 2 fr.

— *Les matinées du Louvre; — Paradoxes et rêveries.* 1 vol. 1 fr.

— *Nouvelles nouvelles.* 1 vol. 1 fr.

Michelet : *Jeanne d'Arc.* 1 vol. 1 fr.

— *Louis XI et Charles le Téméraire.* 1 vol. 1 fr.

Michiels (Alfred) : *Les chasseurs de chamois.* 1 vol. 2 fr.

Monseignat (C. de) : *Le Cid Campéador,* chronique extraite des anciens poëmes espagnols, des historiens arabes et des biographies modernes. 1 vol. 50 c.

— *Un chapitre de la Révolution française,* ou Histoire des journaux en France de 1789 à 1799, précédée d'une introduction historique sur les journaux chez les Romains et dans les temps modernes. 1 vol. 1 fr.

Montague (lady) : *Lettres choisies,* traduites de l'angl. par *P. Boiteau.* 1 v. 1 fr.

Morin (Fréd.) : *Saint François d'Assise et les Franciscains.* 1 vol. 1 fr.

Mornand (F.) : *Un peu partout.* 1 volume. 1 fr.
Newil (Ch.) : *Contes excentriques.* 2ᵉ édition. 1 vol. 1 fr.
— *Nouveaux contes excentriques.* 1 volume. 2 fr.
Pichot (A.) : *Les Mormons.* 1 vol. 1 fr.
Piron : *La métromanie.* 1 vol. 50 c.
Poë : *Nouvelles choisies* (1° le Scarabée d'or ; 2° l'Aéronaute hollandais); trad. de l'anglais par *A. Pichot.* 1 vol. 1 fr.
Pouschkine (A.) : *La fille du capitaine,* trad. du russe par *Viardot.* 1 vol. 1 fr.
Prevost (l'abbé) : *La colonie rocheloise,* nouvelle extraite de l'Histoire de Cléveland. 1 vol. 1 fr.
Quicherat (Jules) : *Histoire du siége d'Orléans* et des honneurs rendus à la Pucelle. 1 vol. 50 c.
Regnard : *Le joueur.* 1 vol. 50 c.
Reybaud (Mme Ch.) : *Hélène.* 1 vol. 1 fr.
— *Faustine.* 1 vol. 1 fr.
— *La dernière Bohémienne.* 1 vol. 1 fr.
— *Le cadet de Colobrières.* 1 vol. 2 fr.
— *Le moine de Châlis.* 1 vol. 2 fr.
— *Mlle de Malepeire.* 1 vol. 1 fr.
— *Misé Brun.* 1 vol. 1 fr.
— *Sydonie.* 1 vol. 1 fr.
Rousset (Ch.) : Voyez *Guizot* (F.).
Saint-Félix (J. de) : *Aventures de Cagliostro.* 2ᵉ édition. 1 vol. 1 fr.
Saint-Hermel (de) : *Pie IX.* 1 vol. 50 c.
Saintine (X.-B.) : *Un rossignol pris au trébuchet ; le château de Génappe ; le roi des Canaries.* 1 vol.
— *Les trois reines.* 1 vol. 1 fr.
— *Antoine, l'ami de Robespierre.* 1 vol. 1 fr.
— *Le mutilé.* 1 vol. 1 fr.
Les métamorphoses de la femme. 1 volume. 2 fr.
— *Une maîtresse de Louis XIII.* 1 volume. 2 fr.
— *Chrisna.* 1 vol. 2 fr.
Saint-Simon (le duc de) : *Le Régent et la cour de France* sous la minorité de Louis XV, portraits, jugements et anecdotes extraits littéralement des *Mémoires* authentiques du duc de Saint-Simon. 2ᵉ édition. 1 vol. 2 fr.
— *Louis XIV et sa cour,* portraits, jugements et anecdotes extraits littéralement des *Mémoires* authentiques du duc de Saint-Simon. 3ᵉ édit. 1 v. 2 fr.
Sand (George) : *André.* 1 vol. 1 fr.
— *François le Champi.* 1 vol. 1 fr.
— *La mare au Diable.* 1 vol. 1 fr.
— *La petite Fadette.* 1 vol. 1 fr.
— *Narcisse.* 1 vol. 2 fr.

Sarasin : *La Conspiration de Walstein,* épisode de la guerre de Trente ans, avec un Appendice extrait des *Mémoires* de Richelieu. 1 vol. 50 c.
Scott (Walter) : *La fille du chirurgien,* traduite de l'anglais par *L. Michelant.* 1 vol. 1 fr.
Sedaine : *Le Philosophe sans le savoir* 1 vol. 50 c.
Serret (Ern.) : *Élisa Méraut.* 1 vol. 1 fr.
— *Francis et Léon.* 1 vol. 2 fr.
Sollohoub (comte) : *Nouvelles choisies* (1° Une aventure en chemin de fer; 2° les deux Étudiants; 3° la Nouvelle inachevée ; 4° l'Ours; 5° Serge), trad. du russe par *E. de Lonlay.* 1 vol. 1 fr.
Soulié (Frédéric) : *Le lion amoureux.* 1 volume. 1 fr.
Staal (Mme de) : *Deux années à la Bastille.* 1 vol. 1 fr.
Sterne : *Voyage en France à la recherche de la santé,* traduit de l'anglais par *A. Tasset.* 1 vol. 50 c.
Thackeray : *Le diamant de famille* et *la Jeunesse de Pendennis,* traduits de l'anglais par *A. Pichot.* 1 vol. 1 fr.
Töpffer : *Le presbytère.* 1 vol. 3 fr.
— *Rosa et Gertrude.* 1 vol. 3 fr.
Tresca : *Visite à l'Exposition universelle de Paris en* 1855, publiée avec la collaboration de MM. Alcan, Baudement, Boquillon, Delbrouck aîné, Deherain, Fortin Hermann, J. Gaudry, Molinos, C. Nepveu, H. Péligot, Pronnier, Silbermann, E. Trélat, U. Trélat, Tresca, etc., etc., sous la direction de M. *Tresca,* inspecteur principal de l'Exposition française à Londres, ancien commissaire du classement à l'Exposition de 1855, sous-directeur du Conservatoire des arts et métiers. 1 fort volume in-16 de 800 pages, contenant des plans et des grav. 1 fr.
Ubicini : *La Turquie actuelle.* 1 v. 2 fr.
Ulbach (Louis) : *Les roués sans le savoir.* 1 vol. 2 fr.
Viardot (L.) : *Souvenirs de chasse.* 6ᵉ édition. 1 vol. 2 fr.
Viennet : *Fables complètes.* 1 vol. 2 fr.
Voltaire : *Zadig.* 1 vol. 50 c.
Wailly (Léon de) : *Stella et Vanessa.* 1 vol. 1 fr.
— *Angelica Kauffmann.* 2 vol. 4 fr.
Yvan (Dr) : *De France en Chine.* 1 volume. 1 fr.
Zschokke (H.) : *Alamontade, ou le Galérien,* traduit de l'allemand par *E. de Suckau.* 1 vol. 50 c.
— *Jonathan Frock,* traduit par le même. 1 vol. 50 c.

Typographie de Ch. Lahure et Cⁱᵉ, rue de Fleurus, 9.